쓸쓸한 사냥꾼

옮긴이 **권일영**

1987년 아쿠타가와 상 수상작 무라타 기요코의 『남비 속』을 우리말로 옮기며 처음 소설 번역을 시작한 뒤 일본어와 영어 소설을 우리말로 옮겼다. 히가시노 게이고, 미야베 미유키, 기리노 나쓰오, 가이도 다케루 등의 작품을 주로 작업해 왔다. '미야베 월드'에 속한 작품들로는 『누군가』, 『이름 없는 독』, 『스나크 사냥』 등이 있으며 이번 『쓸쓸한 사냥꾼』이 네 번째.

현재 오랫동안 절판 상태이던 덴도 아라타의 『영원의 아이』와, 코난 도일 경이 남긴 창작 노트를 바탕으로 아들인 에이드리언과 존 딕슨 카가 함께 쓴 『셜록 홈즈의 공적』(가제)을 우리말로 옮기는 작업을 하고 있다.

* 이 도서의 국립중앙도서관 출판시도서목록(CIP)은 e-CIP 홈페이지(http://www.nl.go.kr/cip.php)에서 이용하실 수 있습니다.(제어번호: CIP2008000461)

미야베 미유키 연작소설

권일영 옮김

쓸쓸한
사냥꾼

북스피어

할아버지께

차례

유월은 이름뿐인 달

1

"할아버지, 손님."

창고 문 뒤편에서 미노루가 고개를 내밀며 소리쳤다. 늘 그렇듯이 야구모자 챙을 뒤로 돌려서 쓰고, 껌이라도 씹는지 턱을 움직이고 있다.

"얼른 오세요, 미인이니까."

그러곤 바로 매장 쪽으로 돌아갔다.

이와 씨는 열 권이 한 질인 아동 세계 명작 전집을 선반 위에 얹어 놓고 바지에 묻은 먼지를 털며 창고에서 나왔다.

유월, 장마철이다. 아무리 신경 써도 창고 안에서는 곰팡이 냄새가 난다. 문 하나로 나뉜 가게 쪽으로 나오니 이번엔 비 냄새가 났다. 밖에 내리는 비를 손님이 가게 안으로 데리고 들어온 것이다.

도쿄에서 서민들이 많이 사는 동네인 아라카와 둑 아래 있는 작은 사무실 건물 일층에, 여섯 평짜리 가게와 두 평짜리 사무실 겸 창고. 헌책만 취급한다. 그렇다, 이와 씨가 경영하는 이 '다나베 서점'은 헌책 전문 서점이다. 매일 정오부터 자정까지 문을 열며, 일요일이나 공휴일에도 가게를 연다. 쉬는 날은 정월 초사흗날까지의 연휴 기간과 팔월 십오일의 종전 기념일, 그리고 이 서점의 창립자이자 이와 씨의 친구였던 이의 기일인 유월 십오일뿐. 부지런하다는 것이 자랑인 헌책방이지만, 미노루는 해발 영 미터 지대인 이 동네를 놀릴 심산으로 일본에서 바다를 빼고 제일 낮은 지대에 있는 헌책방이란 점도 자랑거리라고 할 때가 있다.

이와 씨가 계산대 쪽으로 다가가니, 미노루는 마침 초로의 남자 손님에게 돈을 받아 들고 계산을 하는 중이었다. 만 엔짜리 지폐 석 장을 천천히 세고 있다. 이와 씨는 조용히 미노루의 등 뒤에 서서, 미노루가 손님에게 잔돈과 책을 건네주기를 기다렸다가 함께 큰 목소리로 인사했다.

"매번 이용해 주셔서 감사합니다."

공연히 그렇게 느꼈는지는 몰라도 손님의 호리호리한 뒷모습이 움찔 굳어진 듯했다. 머리카락이 성긴 머리가 동요한 듯 살짝 흔들렸다. 그 모습을 본 미노루가 두 손으로 입을 가렸다. 웃고 있다.

손님의 모습이 보이지 않게 되자, 이와 씨는 모자 쓴 미노루의 머리를 쥐어박았다.

"얘, 그게 팔린 거지?"

"응, 팔았어." 미노루는 기쁘다는 듯이 작은 코를 실룩거렸다.

"예상이 딱 맞아떨어졌구나, 그치?"

"할아버진 머리가 좋아. 근데 어떻게 알았어?"

이와 씨와 미노루가 '그거'라고 부르는 것은 오다 하쿠요란 이름의 어느 종교단체 교주가 쓴 다섯 권짜리 자서전을 말한다. 사륙판 형에 하드커버, 사진이 많이 실려 있다고는 하지만 터무니없게도 가격이 한 권에 구천 엔. 첫 번째 책의 첫 페이지에 실린 저자 사진에는 '저자 근영'이란 설명이 붙어 있다.

"우리 서점에서 취급하는 상품 가운데 만 엔짜리를 석 장이나 받고 팔 물건은 그것밖에 없으니까."

"값을 더 불러도 될걸 그랬네." 미노루는 싱글벙글 웃었다. "벽보를 보고 화들짝 놀라서 달려왔겠지."

문제의 다섯 권 세트는 지금으로부터 일주일쯤 전, 종이봉투에 담겨 다나베 서점 셔터 앞에 놓여 있었다. 말하자면 돈은 안 받을 테니 이 가게에서 맡아 달라는 의미다. 그런 책들은 대개 변변찮은 경우가 많다. 봉투를 열어 보니, 아니나 다를까, 교주의 일생을 담은 책이 나온 것이다. 게다가 저자 친필 사인본이었다.

이와 씨는 헌책방에 이런 식으로 책을 놓고 가는 사람들을 그리 나쁜 사람들이라고 여기지는 않는다. 정식으로 가져와 '맡아 달라'고 하면 마땅치 않아 할 거라는 사실을 알고 있지만, 쓰레기로 버리거나 폐지 수거 때 내놓을 수는 없다—고 생각하는 사람들이기 때문이다. 말하자면 책이란 것에 약간의 경의를 품고 있다는 이야기다.

그렇다고 이와 씨가 이 세상 만물 가운데 유독 책에만 경의를 표해야 한다고 생각하는 건 아니다. 남이 땀 흘려 창작한 것에는 다들 경의를 표해야 마땅한 것이며, 책도 그 가운데 하나로 여길 뿐이다.

그렇게 떠맡은 교주의 일생은 원래 다나베 서점에서는 환영할 수 없는 종류였다. 이 서점에 정식으로 '고서'라고 부르기에 어울릴 만한 책은 없다. 책꽂이에 있는 책들 대부분이 오락물이다. 훌륭한 오락물들뿐이다. 소설도 있고, 실용서도 있다. '그림 그리기 입문' 같은 게 있는가 하면 동화도 있다. 여기에 헌책을 사러 오는 손님들은 즐거움과 꿈을 원하는 것이다. 교주의 일생 같은 종류의 책은 이 책방에선 시민권을 얻을 수 없다.

"다른 서점에 가져간다 해도 아무도 사지 않을 테고 말이다."

이와 씨가 한숨을 쉬자, 책장을 뒤적이던 미노루가 말했다.

"엽서가 끼워져 있네."

그건 도쿄도 세무서가 보낸 고정자산세 납부 독촉장이었다.

"그거 참 다행이구나. 주소와 이름을 정확하게 알아낼 수 있지 않겠니?"

미노루는 질렸다는 표정을 지으며 "전화해서 책을 가져가라고 하자"고 했지만, 이와 씨에겐 다른 생각이 있었다. 그날 중으로 가게 앞에 벽보를 써 붙였던 것이다.

〈오다 하쿠요 지음 『내가 걸어온 길』 전5권 입하. 저자 증정 사인본. 10일 이내 구입 희망자가 없을 때는 원 판매처에 반품 예정. 서둘러 주세요.〉

원 판매처라고 해 봐야 그 종교단체 사무국이다. 교주의 친필 사인이 든 자서전을 헌책방에 넘긴 불손한 신자가 누구인지 찾아내려 할 게 뻔하다.

그 결과가 이것이다. 조금 전 이 자서전을 사 간 남자 손님은 아마 틀림없이 이 책을 두고 간 장본인이리라.

"그런데 그 사람이 다시 우리 가게에 찾아올 거란 걸 어떻게 알았어? 먼 동네에서 놓아두고 갔기 때문에 다신 이 근처에 들르지 않을지도 몰랐던 거 아니야?"

미노루의 질문에 이와 씨는 소리 없이 웃으며 대답했다. "책이 어떻게 되었는지 걱정돼서 한 번은 반드시 살피러 오게 되어 있어.

범인은 늘 현장에 돌아오는 법이란다."

"할아버지, 형사 같아."

"하지만 저 손님은 전혀 미인이 아니잖아. 너 묘한 은어를 쓰는구나." 미노루가 깜짝 놀란 듯이 의자에서 일어섰다. "이런, 아냐. 진짜 미인 손님이 와 있어. 할아버지를 만나러 왔대."

"어디에?"

미노루는 가게 안을 둘러보더니, 당황하는 이와 씨에게 추리소설 문고본이 진열되어 있는 쪽을 가리켰다.

"저 사람이야."

거기엔 이십대 중반의 날씬한 여성이 서 있었다. 아니, 그녀의 예쁘고 가냘픈 모습을 표현하려면 '서성이고 있었다'고 해야 어울리리라……

"미안합니다. 오래 기다리셨네요."

그 여자를 사무실로 안내해, 사람이 앉으면 삐꺽거리는 소리를 내는 손님용 의자를 권하며 이와 씨가 입을 열었다.

찾아온 여자는 사사키 마리코라고 이름을 밝혔다. 큰 은행에 근무한다면서 사원증을 보여 주고 수상한 사람은 아닙니다, 하며 웃었다. 처음 듣는 이름이었지만 왠지 낯이 익은 느낌이었는데, 바로 지난달까지 이 동네에 살았고 이따금 여기 헌책을 사러 왔었다고 한다.

"이런, 이거야. 단골이시군요. 이용해 주셔서 감사합니다." 이와 씨는 둥근 머리를 숙였다. 미노루의 말에 따르면 '둥글지만 무시무시하게 단단한 머리'를.

"이사하신 건, 결혼 때문입니까?"

이와 씨가 묻자 마리코는 화사한 웃음을 지어 보였다.

"그렇습니다. 지난 주 일요일에 식을 올렸죠."

이와 씨는 "아하" 하는 소리를 냈다. 이른바 유월의 신부_{June Bride, 6월에}
_{결혼하면 행복하게 산다고 하여}인 셈이다.

서양 풍속을 들여와 좋은 것도 있지만, 남들에게 폐가 되는 건 좀
삼가면 좋겠다. 장마가 한창인 유월의 결혼식은 청첩장을 받은 사람
에겐 번거롭기 짝이 없는 노릇이다. 생김새는 슬기로워 보이는데 의
외로 사려 깊지 못한 아가씨인지도 모르겠다는 생각에, 이와 씨는
내심 살짝 실망했다.

그런 줄도 모르고, 마리코는 갑자기 웃음을 지우며 진지한 표정을
지었다.

"이와나가 씨―이와나가 씨라고 불러도 괜찮겠죠?"

"예, 제 이름이 이와나가 고키치입니다."

그 이름은 가게 입구에 걸려 있는 고물 취급업 허가증에 적혀 있
다. 그리고 그 옆에는, 예전에 이 가게 주인이었던 가바노 유지로의
영정이 걸려 있다. 저 사진을 보면 이와 씨는 늘 가바노와 함께 가게
를 꾸려 가고 있는 기분이 든다.

"가게 이름은……."

"아아, 이 동네 이름이 다나베초라서요."

그때 미노루가 차를 내왔다. 마리코가 물었다. "이쪽은 이와나가
씨의―?"

"단 하나뿐인 불효막심한 손자 놈입니다."

미노루가 부루퉁한 표정을 지었다. "불효막심이라니, 너무해. 전 이와나가 미노루예요. 잘 부탁드립니다."

차분한 동작으로 찻잔을 내밀었다. 마리코는 고맙다며 받아들었다.

"고등학생?"

"예, 사월에 입학한 신입생이지만요."

마리코는 미노루의 모자를 이상하다는 듯이 바라보았다. "왜 뒤로 돌려 썼니?"

"가게 안에서는 챙이 거치적거려서요."

"그런데 왜 가게에서 쓰고 있어?"

"먼지나 진드기가 달라붙을 것 같아서."

"이 녀석아, 그렇게 지저분하진 않아."

"그래서 그럴 것 같다고만 했잖아요." 미노루가 정색을 하고 대답했다.

"게다가 전 야구부원이거든요."

"어머, 멋져." 마리코가 미소 지었다. "포지션은?"

"레프트, 오번 타자예요."

"너 내야수 아니냐? 삼루수 바로 뒤에 있는 내야수 아니었니?"

"어쩔 수 없잖아. 학교 운동장이 좁아서 그런 건데."

미노루가 시무룩한 표정으로 얼버무리자, 이와 씨가 말했다. "이 녀석 이야기는 잘 들어야 해요. 이 녀석이 학교에서 하는 건 발야구 비슷한 거랍니다."

마리코가 재미있다는 듯이 웃었다. "정말 귀여운 손자군요. 그런데, 저를 기억하지 못하시는 모양이네요."

이와 씨는 고개를 갸웃거렸다. "무슨 말씀이신지…….."

"전에 여기서 도움을 받은 적이 있어요."

두 달 전 밤이었다고 한다.

"퇴근하는 길에 이상한 남자가 뒤를 따라와, 무서워서 이리 도망쳐 들어왔던 적이 있는데. 기억나지 않으세요? 전 또렷하게 기억하는데요."

그때 이와 씨는 마리코에게 잠시 여기 숨어 있으라고 하고, 직접 주위를 살피러 밖으로 나갔다.

미노루 또한 가게에 있었다. 계산대에 앉아 있다가, 뜀박질을 했기 때문에 숨을 헐떡이던 마리코를 위해 물을 떠다 주었다—고 한다.

"잠시 후에 이와나가 씨가 돌아와, 행동이 수상쩍은 남자가 보이기에 말을 걸었더니 도망쳐 버렸다고 하셨죠. 그러고는 가게 문을 닫고 손자 분과 함께 저를 제 아파트 근처까지 데려다 주셨습니다. 이 주변에는 파출소가 없어 이럴 땐 곤란하겠군요……라고 말씀하신 게 생생하게 기억이 나네요."

이와 씨의 머릿속에서 빛이 바랬던 기억이 조금씩 떠올랐다.

"아아, 그러고 보니 그런 일이 있었군요."

"나도 생각나." 미노루가 다시 끼어들었다. "그래, 맞아. 그때 그분이야. 헤어스타일이 달라져서 바로 알아보지 못했어요."

"엿듣지 마." 이와 씨가 야단쳤지만 마리코는 기쁜 듯이 고개를 끄덕였다.

"맞아, 그땐 내가 긴 생머리를 했었으니까."

지금은 윗옷 칼라가 고스란히 드러나는 쇼트 커트를 하고 있다. 희고 매끈한 이마도 아름다웠다. 이와 씨는 턱을 약간 끌어당기고 마리코를 다시 바라보았다. "그렇군요. 아, 몰라보겠네요. 이제야 생각이 납니다."

"정말? 할아버지가 그랬잖아. 할아버지 정도 나이가 되면 매일 조금씩 죽어가는 셈이기 때문에 건망증이 심하다고."

이와 씨는 미노루를 째려보았다. "가게나 제대로 지키거라. 누가 슬쩍해 가면 그 액수만큼 네 급여에서 뺄 거야."

"돈을 모아 봐야 죽을 때 가져갈 수 있는 것도 아닌데." 미노루가 그렇게 내뱉더니 얼른 도망쳤다.

"불효막심하다고 한 까닭을 아시겠죠?" 이와 씨는 그렇게 말하고 후루룩 차를 마셨다. 마리코는 잠시 자지러지게 웃더니 백에서 손수건을 꺼내 눈가를 훔치며 숨을 고르고 자세를 고쳐 앉았다.

"죄송합니다. 너무 웃어서. 그래도 이렇게 웃어 보기는 오래간만이네요."

"아니, 신부가 무슨 그런 말씀을?"

그러자 마리코의 표정이 갑자기 굳어졌다. 그야말로 오똑한 콧날마저 쭈그러든 듯이 보일 만치 어두운 표정을 지은 것이다.

"실은 부탁이 있어서 찾아뵈었습니다."

이와 씨의 셔츠 왼쪽 어깨 언저리를 바라보던 눈길을 거두더니 마리코가 말했다.

"그때 저를 따라왔던 남자 얼굴, 기억하세요? 지금이라도 보시면 아시겠어요? 제겐 아주 중요한 일입니다."

2

그날 밤, 아니 자정이 조금 지나서 가게 문을 닫은 뒤, 이와 씨는 미노루와 함께 자신이 사는 연립주택으로 장소를 옮겨 스키야키 파티를 벌였다. 그 교주의 일생을 팔아 치운 덕에 쇠고기를 넉넉히 살 수 있었다.

손님도 한 명 있었다. 가바노 도시아키. 세상을 떠난 서점 전 경영자인 가바노 유지로의 외아들로 현재 서른두 살의 독신. 가바노 유지로도 결혼을 늦게 했지만, 아들 또한 쉽사리 가정을 꾸리려 하지 않아 결국은 손자 얼굴도 보지 못하고 세상을 뜨고 말았다.

친한 사람들이나 직장 동료들은 가바노 도시아키를 '가바_{발음만으로는} _{'하마'란 뜻도 있음} 씨'라고 부른다. 별명이니 어쩔 수가 없다. 그를 만난 적이 없는 사람은 '가바 씨'라고 하면 도대체 얼마나 추남일까, 하는 생각을 하다가 상당히 미남이라는 사실을 알면 깜짝 놀라고 만다. 도시아키도 슬며시 그걸 즐기는 눈치다.

"고기에 삼팔선을 긋자." 냄비 안을 들여다보며 미노루가 말했다. "할아버지, 내 영토 침범하면 안 돼."

이와 씨의 잔에 청주를 따르며 도시아키가 웃었다. "그러지 않아도 고기는 아직 많이 남았잖아."

"불평하려면 네 집에 가서 저녁을 먹어라." 이와 씨가 말했다. 약간 술기운이 돌아 여느 때보다 더 목소리가 컸다.

"싫어. 집에선 혼자 먹어야 하는걸."

미노루의 아버지는 기계 생산 회사 판매부장, 어머니는 인테리어 디자이너여서 둘 다 무척 바쁜 나날을 보내고 있다. 외아들인 미노루는 이와 씨가 없었다면 태어나면서부터 목에 집 열쇠를 걸고 있어야 하는 아이나 마찬가지였다. 하지만 아무리 내버려둔다 해도 부모만 똑바로 살면 자식은 올바르게 크는 법이다. 아등바등 자식에게 매달리는 게 더 좋지 않다.

미노루는 일 년 전에 이와 씨가 서점 경영을 떠맡았을 때부터 거의 매주 도와주러 왔다. 이와 씨도 그런 도움이 필요했기 때문에 이 협력 관계는 제법 원만하게 잘 이어져 오고 있다.

다나베 서점은 가바노 유지로가 예순 살 되던 해에 문을 열어 계속 혼자서 꾸려 왔다. 그런 그가 작년 예순네 살에 병으로 세상을 떠났다. 임종이 가까웠을 때, 아들인 도시아키를 머리맡으로 불러 자기가 세상을 뜬 뒤에도 서점은 어떻게든 계속 운영했으면 좋겠다고 부탁했다. 아들도 아버지의 그런 소망을 꼭 들어드리고 싶어 했다.

하지만 도시아키는 직접 서점을 꾸려갈 수가 없었다. 이제 막 그토록 염원하던 사복형사가 되었을 무렵이었기 때문이다.

그래서 아버지의 친구였던 이와 씨를 찾았다. 자기를 대신해 서점을 경영해 줄 수 없겠느냐고.

이와 씨 입장에선 아무리 친구와 그 아들의 부탁이라 해도 쉽게 대답할 수가 없었다. 가바노 유지로와는 달리 이와 씨는 문학을 좋아하는 편도 아니었고, 별로 독서를 즐기지도 않았다. 활자라고 해 봐야 겨우 신문이나 읽을 뿐이다. 사십 년 동안 목재 도매상에 근무하다가 정년퇴직한 뒤에는 아들 부부에게 방해가 되지 않도록 나무나 심으며 살아야겠다고 생각하던 중이기도 했다.

그때 불쑥 나선 것이 미노루였다.

"괜찮잖아, 할아버지. 해 보는 게 어때? 내가 도와줄게. 난 할아버지보다는 소설에 대해 많이 아는걸."

그야말로 기죽이는 소리였다. 그 문제는 그 한마디로 결정되어 버린 셈이다.

아무것도 모르는 상태라 처음에는 그저 시늉을 내며, 개업 때 가바노가 신세를 졌다는 헌책방 조합의 임원을 맡고 있는 사람에게 도움을 받았다. 반년쯤 지나자 겨우 틀이 잡혔다. 그동안 가게가 큰 적자를 내지 않고 굴러갈 수 있었던 것은 오로지 가바노 유지로가 생전에 확보해 둔 손님들이 좋은 사람들이었다는 사실과 '즐거움을 주는 오락 책만 취급한다'고 하는 경영 방침 덕분이었으리라.

이제는 이와 씨도 서점 경영에 익숙해졌다. 아들 식구가 살고 있는 요코하마에서는 출퇴근하기가 번거롭다는 이유로 서점 근처에 방을 빌렸다. 미노루는 주말이면 도와주러 와, 여기서 하루를 묵고 간다.

명목상의 경영자인 가바노 도시아키는 현재 경시청 형사부 수사 1과 소속이다. 흉악 범죄를 다루는 어엿한 형사지만, 그 역시 서점 경영에 대해서는 아무것도 모른다. 경영에는 재주도 없다. 혹시 있다 해도 깊이 숨겨져 있으리라. 이와 씨는 친구의 아들을 위해서라도 다나베 서점을 자신이 잘 꾸려야 한다고 생각하고 있었다. 만약 좋지 않은 사람이 맡으면 나쁜 꾀를 내어 매상을 속이더라도 도시아키는 전혀 눈치 채지 못할 테니까.

"그렇지만 재미없네. 남자만 셋이서 스키야키를 먹다니."

투덜거리는 미노루에게 도시아키가 말했다. "여자친구를 데려오면 되잖아."

"아저씨야말로 이제 그만 어떻게든 결혼을 하시지."

"내게 재혼하라는 이야기는 아무도 해 주지 않는군." 이와 씨가 슬쩍 삐친 척했다.

"그러면 할머니가 꿈에 나타나실 텐데. 무서운 모습을 하고."

"벌받을 소리 하지 마." 그렇게 말하며 도시아키는 이와 씨 쪽으로 시선을 돌렸다. "그보다 좀 전에 하시던 말씀 계속 들려주세요. 그 미녀 이야기."

이와 씨는 사사키 마리코 이야기를 했던 것이다.

"미녀지만 유부녀야." 미노루가 젓가락을 빨면서 말했다. "불륜도 괜찮지. 하지만 아저씨, 이제 그런 헛발질을 할 여유는 없잖아? 슬슬 진짜 짝을 찾아야지―."

"미노루, 입 좀 다물거라."

이와 씨는 청주를 한 모금 마시고 차가운 뒷맛을 혀에 느끼며 머릿속을 정리했다. 마리코가 이야기한 내용이 약간 복잡했기 때문이다.

"그때 그 여자 뒤를 밟고 있던 남자 얼굴을 아마 기억할 수 있을 거라고 했지. 다른 사람과 섞여 있어도 구분할 수 있을 거라고 했네." 이와 씨는 젓가락을 손에 들었다. "그래서 내일 사사키 씨가 대질할 수 있는 자리를 만들어 주기로 했어."

"어디서요?"

"그 여자 언니의 아파트라더군."

"언니? 본인 집이 아니고요?"

"그게 좀 복잡하네."

마리코가 이야기한 '사건'의 기점을 어디로 잡아야 할지, 정하기가 매우 힘들었다. 하기야 그녀가 이야기한 순서에 따르면 지금으로부터 네 달 전, 그녀의 친언니인 히구치 미사코가 실종된 일부터 시작하는 것이 타당하겠지만.

미사코는 서른네 살로, 마리코와 열 살 터울이 지는 언니였다. 일찍이 부모를 여의고 대신 마리코를 부모처럼 키워 온 사람이었다.

—정말 착했어요. 저는 언니에게 면목이 없어서, 좀 불편하기도 했고…….

그런 까닭에 마리코가 학교를 마치고 지금 근무하는 은행에 취직한 것을 계기로 두 사람은 따로 살게 되었다. 마리코는 이 동네에 있는 연립주택에, 미사코는 시모키타자와에 있는 아파트로 이사했다고 한다.

"자식이 부모로부터 독립한 것과 마찬가지였대. 특별히 다투고 헤어진 건 아니라더군. 서로 자주 오갔다고 하고."

하지만 미사코가 갑자기 사라져 아무런 연락이 없는 상태로 사 개월이 흘렀다—.

"실종되기 전에 미사코 씨는 동생 직장으로 전화를 걸어 '이와 손톱을 조심하라'고 했다는 거야."

도시아키가 눈을 크게 떴다. "무슨 뜻입니까, 그게?"

이와 씨는 고개를 저었다. "나도 모르겠어. 미노루는 여러 가지

해석을 하더만." 그렇게 말하며 끼어들려던 미노루를 손으로 제지했다. "나중에 이야기해라. 복잡해지니."

"알았어." 미노루가 고개를 끄덕였다. 이와 씨가 말을 이었다.

"그게 마지막으로 들은 언니 목소리라더군. 그 전화를 받고 당장 시모키타자와로 달려가 보았으면 좋으련만, 전화를 받은 게 평일인 목요일 오후라서 마리코 씨도 쉽게 직장을 빠져나올 수는 없었겠지. 게다가 그때까지 미사코 씨가 이상한 태도를 보인 적은 없었다는 거야. 다만 점심시간에 직장으로 전화하는 일을 드물었다고 하더군. 그래서 일이 끝나고 바로 시모키타자와로 달려가 보았는데……."

"이미 언니는 사라졌다……?"

"그래." 이와 씨는 고개를 끄덕였다.

"자네도 알다시피, 경찰은 실종자 수색에는 별로 성의를 안 보이잖나. 특히 그게 술집 여성이라면 말일세."

"범죄 관련 실종이 아닌 경우에는 그렇죠." 도시아키는 어깨를 움츠렸다. "실제로 임의 가출이거나 증발 쪽이 훨씬 많으니까요."

"하긴." 이와 씨는 한숨을 내쉬고 잔에 남은 청주를 들이켰다. "미사코 씨란 사람도 말하자면 사귀던 남자가 자주 바뀌었고, 유부남과 잠적해 소동을 일으킨 적도 한 번 있다더군. 게다가 아파트를 살펴보았더니 미사코 씨의 슈트케이스와 옷가지가 몇 벌 없어졌다는 거야. 저금통장도 없어졌고. 그러니 더욱 가출일 가능성이 짙어져서 경찰은 이번에도 남자와 도망친 게 아니겠느냐며 전혀 상대해 주지 않았다더군. 그래서 수색 신청서는 내 놓았지만 미사코 씨는 발견되지 않고 오늘까지 와 버렸다더군. 경찰이 너무 관심을 보이지 않는

다며 마리코 씨는 화를 내고 있는 거지."

도시아키는 자기가 질책을 받는 듯이 목을 움츠렸다.

"그런데," 이와 씨가 말을 이었다. "그런데 지난주 일요일 마리코 씨의 결혼식 때 도무지 이해할 수 없는 일이 일어났다는 거야……."

결혼식과 피로연은 무사히 마쳤다고 한다. 하객들이 각자 집으로 돌아가 답례품을 열어 보니 그 안에 담긴 물건에 기묘한 낙서가 되어 있었다—는 이야기였다.

"그 답례품 자체는 이상한 게 아니야. 책이었어. 소설."

"답례품치고는 이상하지 않은가요?" 도시아키가 눈썹을 찡그렸다. "신랑이나 신부 어느 쪽인가가 작가인가요?"

"아니. 신랑인 사사키 유스케란 사람은 프리 라이터. 경찰이 싫어하는 외래어 직종이지."

"별로 싫어하는 건 아니에요. 그런 사람들은 신변 조사가 까다로워서 그러는 거죠." 도시아키가 웃었다.

"신부도 독서를 좋아하는 모양이더군. 그래서 남들과 같은 답례품이 아니라 자기들이 읽고 감명을 받은 적이 있는 소설을 골라서 그걸 답례품으로 넣었대."

"그거 쉽지 않은 일 아닌가요? 하객 수만큼 좋아하는 소설을 모은다는 게."

"종류는 네 가지뿐이었어. 하객도 예순 명 정도밖에 안 되는 조촐한 피로연이었으니 한 종에 열다섯 권씩만 모으면 되는 일이었지. 잘 나가는 책이라면 그 정도 모으는 건 간단한 일이야."

음식 먹는 데 전념하고 있던 미노루가 입을 우물거리며 네 가지 책의 제목을 말했다. "도시아키 아저씨, 한 권이라도 읽은 거 있어?"

"없어." 바로 대답했다. "제목 자체부터 나하곤 인연이 없을 것 같은데."

"요즘 나온 미국 문학이야. 나도 잠깐 훑어봤을 뿐이지만 재미는 별로 없었어. 책을 답례로 준다는 건 좋은 아이디어이긴 한데 책이란 함부로 남에게 선물하는 게 아니지. 뭔가를 준다고 하는 것은 강요하는 일이기도 하잖아? 관심 없는 물건이라면 받는 입장에선 오히려 부담이지. 대개 책을 좋아하는 사람이라면 남에게 권하기는 해도 선물은 하지 않는 것 같던데."

"피로연 답례품이란 건 좀 의미가 다른 거야. 결혼하는 당사자들을 위한 기념품이기도 하니까." 도시아키가 미노루를 타이르고 나서 이와 씨에게 물었다. "그래, 그 책에 낙서가 되어 있었다는 겁니까? 뭐라고 적혀 있었는데요?"

두부 구이를 먹으며 이와 씨가 빠른 말투로 대답했다.

"이와 손톱."

"예?"

"이와 손톱이야. 좀 전에 이야기한, 미사코 씨가 했다는 말과 같은 단어지."

"흐음……. 확실히 경사스러운 날에는 별로 어울리지 않는 어감의 단어로군요. 책 어디에 적혀 있었습니까?"

이와 씨는 얼굴을 찡그렸다. "표지에 적혀 있었다더군."

"그건 지나치네요."

"그렇지? 그것도 선명한 붉은색으로 말이야. 물론 신랑 신부나 친척들이 그런 짓을 했을 리는 없을 테니 아무래도 누군가 다른 사람이 못된 장난을 친 게 틀림없겠다. 문제는 그 낙서를 언제 했느냐는 거야."

당연히 소설책 예순 권은 호텔에서 준비한 답례품과 똑같이 취급할 수는 없었다. 예순 권을 마리코의 집에 보관해 두었다가, 친구 두명의 도움을 얻어 마음에 드는 포장지로 모두 래핑을 했다고 한다. 그리고 상자에 담아 결혼식 하루 전까지 도착하도록 택배로 호텔에 보내 그쪽에서 보관했다고 한다―.

"따로 보관료를 받았기 때문에 호텔 쪽에서도 잘 보관했다더군. 외부 사람이 들어와 답례품에 장난을 칠 수는 없었다는 이야기야. 그리고 결혼식이 열리던 날, 다른 답례품과 함께 하객들에게 줄 때, 예순 권 가운데 포장지가 찢어지거나 벗겨진 흔적이 있는 것은 전혀 없었다고 호텔 측에서는 주장하더라는군."

"유령 문자네……." 도시아키는 고개를 갸웃거렸다. "마리코 씨의 집에 놓아두었던 동안에는 정말 아무 일도 없었던 건가요?"

"그 여자는 그렇다고 하더군. 자기 결혼식 피로연 답례품이라 소중하게 보관했다고."

"래핑한 포장지는 어떻게 마감을 한 거죠? 풀? 아니면 셀로판테이프?"

이와 씨는 또렷하게 기억하지 못했다. 대신 미노루가 대답했다. "나도 그게 신경 쓰여 물어봤어. 포장용 테이프였대. 그러니 풀 같은 걸로 붙였을 때보다는 다시 벗기기가 쉬웠을 거야."

"그렇다고 해도 짧은 시간에 벗겼다가 다시 깨끗하게 원래대로 해

두기는 어려운 노릇인데."

"나도 그렇게 생각해." 미노루가 말했다. "누가 그런 짓을 했는지는 몰라도 예순 권의 책이 마리코 씨 집에 있을 때 한 짓이 아닐까? 호텔 보관실에서는 느긋하게 그런 짓을 하고 있을 순 없는걸."

도시아키가 고개를 끄덕이며 말했다. "그 여자, 결혼식 전에 집을 비운 적은 없었나요?"

"누가 집에 숨어들어 낙서를 했다는 건가?"

"그렇죠. 조심스럽게 포장을 벗기고서요. 그렇게 생각할 수밖에 없잖아요?"

"아니면 제일 깜짝 놀랄 가능성은," 미노루는 진지한 표정으로 말했다. "마리코 씨 자신이 낙서하고 난 뒤에 래핑을 했을 수도 있다는 거지."

이와 씨는 고개를 저었다. "너도 마리코 씨 이야기 들었잖니? 친구 두 명의 도움을 받아 셋이서 포장했다잖아. 그 친구들도 한패였다는 거냐?"

미노루는 날름 혀를 내밀었다. "알아. 그냥 해 본 소리야."

쓴웃음을 짓고 있는 도시아키를 보며 이와 씨가 말을 이었다. "여하튼 마리코 씨는 '이와 손톱'이란 말에 신경을 쓰더군. 언니의 실종과 이번 불쾌한 낙서는 관련이 있지 않겠느냐면서. '이와 손톱'은 자주 쓰는 표현이 아니기 때문에 우연이라고 생각할 수는 없겠지."

"그렇군요……." 도시아키는 형사다운 표정을 지었다.

"자기 언니 문제는 미뤄둔다 하더라도, 이렇게 못된 장난을 할 만한 인물로 짚이는 사람이 있다더군."

"어떤 인물이?"

"딱지 맞은 남자지." 미노루가 말했다. "마리코 씨를 끈질기게 쫓아다녔대."

"결혼식 며칠 전에 그 남자가 마리코 씨 집 주위를 어슬렁거리는 모습을 직접 보았다더군. 또 두 달 전 밤에 그 여자의 뒤를 밟았던 녀석도 그 남자라는 거야. 그때는 그런 이야기까지는 해 주지 않았지만."

"그냥 치한일 거라고 했었지."

"그 여자가 밤길에 남자의 얼굴을 보았으니 틀림없을 거란 생각도 드네. 하지만 자기 혼자만의 증언으로는 신빙성이 떨어진다는 소리를 듣기 쉬울 거야. 그래서 우리에게 물어보러 왔다는 거지. 나 같은 제삼자의 증언을 통해 그 남자의 얼굴과 마리코 씨가 의심을 품고 있는 사람이 일치하면 돼. 그러면 경찰에 그 사실을 신고할 수도 있고, 경찰도 일련의 문제들에 대해 어느 정도 제대로 대응해 주지 않겠느냐는 거야. 누가 답례품에 장난을 쳤습니다, 하는 정도만 가지고는 경찰이 움직여 주지 않겠지?"

"그렇게 면박 주지 마세요." 도시아키가 말했다. "저라도 뭔가 도울 수 있는 일이 있다면 도와드릴 테니까요."

"좋은 마음가짐일세."

배가 불러 다다미에 드러누워 있던 미노루가 "와아, 덥네" 하고 소리치며 창을 열었다.

"당연하지. 유월에 스키야키를 먹으니."

"난 스키야키라면 일 년 내내 먹고 싶은걸."

활짝 연 창으로 가랑비가 섞인 서늘한 바람이 들어왔다. 누워서 기분 좋은 듯이 눈을 감고 있는 미노루를 바라보며 도시아키가 물었다.

"이와 손톱이란 단어에 대해 넌 뭔가 의견이 있다면서? 이야기해 봐."

미노루가 눈을 감은 채로 대답했다. "머리에 바로 떠오르는 건 추리소설 제목이야."

도시아키는 이와 씨 쪽을 돌아보았다.

이와 씨도 고개를 끄덕였다.

"그런 소설이 있다더군."

"윌리엄 S. 밸린저1912~1980. 미국의 소설가란 사람의 대표작인데 그 제목이 바로 『이와 손톱』이야."

"이 사건과 무슨 관계가 있을 것 같니?"

"글쎄……." 미노루는 눈을 감고 천장을 바라보았다. "복수하는 이야기야. 어떤 마술사가 사랑하는 여자를 죽인 남자에게 복수하는 이야기."

"우울한 이야기야? 아니면 상쾌해?"

천천히 일어나 옆방으로 갔던 이와 씨가 파란색 표지의 문고본 한 권을 도시아키 앞에 내밀었다.

"어라? 으흠, 희한한 책이군요."

밸린저가 지은 『이와 손톱』은 사건의 결말을 제대로 파악한 독자에겐 책값을 돌려주겠다며 판매한 책이다. 소설의 마지막, 거의 사분의 일 정도를 별지로 봉인해서, 그걸 뜯지 않고 판매한 곳으로 가져가면 책값을 물어준다는 것이다.

"오늘 밤에 읽어 보려고…….."

3

미사코의 아파트는 시모키타자와 역에서 걸어서 십 분 정도 거리에 있었다. 벽돌색 타일이 붙어 있고, 건물 주위에는 짙푸른 잎사귀를 매단 나무들이 서 있다. 여기저기 짙은 보랏빛 수국도 활짝 피어 있었다.

오늘도 비가 내렸다. 잿빛 하늘이 안개를 뿜어내는 듯한 비다.

건물을 올려다본 이와 씨는 각 집의 베란다에 빨래 건조대나 빨래집게 같은 것이 전혀 걸려 있지 않다는 사실을 깨달았다. 베란다에 아무것도 널려 있지 않은 까닭은 날씨 때문만이 아닐 것이다. 경관 보존과 아파트의 품위 유지를 위해 '볼썽사나운' 세탁물이나 이불을 베란다에 말려서는 안 된다는 규칙이 있는 아파트인 모양이다.

말하자면 고급 아파트란 이야기다.

미사코의 집은 사층 3호였는데, 방향으로 따지면 서남향이었다. 저녁 햇살이 잘 들 방향이다. 조망도 무척 좋으니 틀림없이 비싼 아파트이리라.

오후 한 시가 지난 시각이었다. 열한 시 반에 마리코와 남편 사사키 유스케가 차를 가지고 다나베 서점으로 데리러 와 주어, 부러워하는 미노루에게 가게를 맡기고 왔다.

젊은 부부는 두 사람 다 긴장한 표정이었다. 사사키 유스케는 부드러운 분위기의 미남이지만, 지금은 눈 주변에 힘이 들어가, 마치 방금 감독에게 야단맞은 젊은 배우처럼 보였다. 마리코도 눈 밑에 살짝 다크 서클이 생겼고, 화장이 잘 먹지 않았다.

물론 이와 씨도 상당히 긴장해 있었다. 이렇게 사사키 부부 사이에 끼어 걷고 있으니, 정말로 경찰서에 대질하러 가는 중인 듯한 기분이 들었다. 만에 하나, 그날 밤 본 남자를 구분하지 못하면 입장이 난처해질 것 같았다. 분위기가 너무나 진지했기 때문이다.

마리코가 403호실의 초인종을 누르자, 문이 안쪽에서 바로 열렸다. 마리코와 비슷한 또래로 보이는 예쁜 여자가 얼굴을 내밀며 "어서 와"라고 했다.

"제 직장 친구입니다." 마리코가 소개했다. "이구치 세쓰코. 이 친구에게도 증언을 부탁할 게 있어서 와 달라고 했습니다."

이와 씨는 말없이 고개를 숙였다. 다소 움츠러든 것처럼 보였을지도 모른다. 증언이라고? 이런, 이런. 정말 엄숙해지는 기분이었다.

2LDK인 아파트 안에 발을 들여 놓은 순간, 희미한 곰팡이 냄새가 났다. 장마철이라 사람이 살지 않으면 바로 이렇게 되고 만다.

마리코도 그 냄새를 느꼈는지, 이와 씨에게 거실 소파를 손으로 가리켜 권하면서 예쁜 코에 주름을 지었다.

"이따금 환기시키러 오긴 하지만 역시 안 되는군요."

"아예 네가 여기서 살면 될 텐데. 여기 살면서 언니를 기다리는 건 어떠니?"

이구치 세쓰코가 밝은 목소리로 말했다. 깜짝 놀란 토끼 같은 얼굴을 한 아가씨인데, 자세히 보니 눈도 빨갛다. 어젯밤 늦게까지 놀았는지도 모른다.

"그건 안 됩니다." 사사키가 말했다. 남자치고는 높은 톤의 목소리지만, 억양이 있는 말투라 듣기 좋다. 업무 특성 때문인지도 모른다.

"여긴 처형 댁이니 함부로 들어와선 안 되죠. 오늘만 특별히 예외입니다."

세쓰코가 살짝 혀를 내밀었다. 이와 씨를 보며 웃는다. 낯을 가리지 않는다고 해야 할까, 아니면 뻔뻔하다고 해야 할까.

"여긴 집세가 비싸겠군요." 이와 씨가 물었다. 아무리 맞벌이 부부라 해도 젊은 사사키 부부가 자기들의 의식주 이외에 이 아파트까지 유지하기는 벅찰 것이다.

"여긴 분양받은 겁니다."

마리코의 대답을 듣고 더 놀랐다.

"그럼 대출금 갚기가 버겁겠군요."

마리코는 남편을 보더니 난처한 듯이 시선을 피하며 "지불은 다 끝났습니다. 사실은 전에 언니가 남자와 헤어질 때 위자료로 받은 아파트라서요……."

"아, 그렇군요." 이와 씨는 서둘러 말했다. "그렇게 된 거로군요."

마리코가 끓여 준 커피를 마시며 다들 무료하게 기다렸다.

"두 시 약속이니까." 마리코는 그렇게만 말하고 카운터 키친의 등받이 없는 의자에 앉아 내내 창 쪽을 바라보고 있었다. 남편은 신문을 읽었다.

이구치 세쓰코는 호기심을 드러내며 방 안을 둘러보고 있었다. 젊은 아가씨에겐 이런 방이 동경의 대상이리라. 이와 씨도 이따금 책방에 들어오는 인테리어 관련 잡지 과월호를 들추어 볼 때가 있지만, 그런 잡지 화보에나 나올 만한 방에 사람이 살고 있는 광경을 보기는 처음이었다.

벽 여기저기에 어디서 본 적이 있는 듯한 그림들이 걸려 있었다. 복제품일 테지만 분위기를 호화롭게 만들어 주었다. 어쩌면 한두 점은 진짜일지도 모른다.

직업 때문에 시선은 자꾸 책꽂이 쪽으로 갔다. 서가를 보면 주인의 인격을 파악할 수 있다고까지는 할 수 없겠지만 기호 정도는 쉽게 알 수 있고 연령도 어느 정도 짐작할 수가 있는 법이다.

아마도 미사코는 추리소설을 좋아했던 모양이다. 한눈에 알 수 있었다. 국산, 번역본이 뒤섞여 이단 슬라이드 방식의 책장을 빼곡하게 메우고 있다. 미노루라면 미사코의 미스터리 취향을 바로 설명해 줄 테지만 이와 씨로서는 그런 정도까지 파악할 수는 없었다. 아아, 우리 서점에 있는 게 저기도 있구나—어라, 저기도. 그런 정도였다.

머릿속에 떠오른 것이 『이와 손톱』이었다.

"어제 우리 손자와 이야기를 했습니다." 이와 씨가 마리코를 바라보며 말했다. "『이와 손톱』이라는 건 유명한 추리소설 제목이라더군요."

마리코가 고개를 크게 끄덕였다. "예, 그렇습니다."

"언니는 미스터리를 좋아한 것 같은데, 책꽂이에 『이와 손톱』은 없었나요?"

"있었죠." 마리코가 대답하며 책꽂이에서 그 책을 뽑아와 이와 씨에게 건넸다. 후반부의 밀봉 부분은 뜯어져 있지만, 마치 산 지 얼마 되지 않는 새 책 같았다.

바로 그때를 기다렸다는 듯이 초인종이 울렸다. "왔네." 마리코가 일어섰다. 이와 씨는 제법 오래간만에 등이 조여 오는 긴장감을 맛보았다.

조금 있다가 돌아온 마리코는 남자 두 명을 데리고 들어왔다. 두 사람이 신고 있는 슬리퍼가 바닥에 스치는 소리가 귀에 거슬렸다. 그 소리가 거실로 들어왔을 때, 이와 씨는 고개를 들었다.

이리저리 살필 것도 없었다. 왼쪽에 있는 젊은 사람이 그날 밤 그 남자라는 사실을 바로 알 수 있었다. 마리코와 비슷한 또래이리라. 훤칠하고 잘생긴 남자지만 귀가 크고 마른 체격에, 어깨 폭이 언밸런스한 느낌이 들 정도로 넓었다. 싸구려 레인코트의 어깨 부분이 젖어 있다. 코트 안쪽에도 양복을 입기는 했지만, 자주 입어 보지 못했는지 매무새가 단정치는 않았다.

오른쪽 남자는 전혀 모르는 얼굴이다. 나이도 이 자리에서는 이와 씨를 제외한 세 남자 가운데 제일 많아 보인다. 차분한 분위기의 양복에 넥타이를 단정하게 매고 있었다. 관자놀이 부근에 흰머리가 몇 가닥 보였다.

이와 씨의 얼굴을 바라보던 마리코는 표정만 보고도 모든 걸 눈치 챈 모양이었다. 새로 들어온 두 사람에게 의자를 권하고 커피를 따르러 갔다.

"그보단 용건이나 얼른 마쳐 줘." 젊은 남자 쪽이 말했다. 목에 걸려 나오는 듯한, 상당히 특징 있는 목소리였다.

"단둘이 할 이야기가 있다고 해서 왔는데, 이게 뭐야?" 불만스럽다는 듯이 입술을 비죽 내밀었다.

커피를 탁자에 놓더니 한숨을 살짝 내쉬며 마리코는 몸을 일으켰다. 젊은 남자를 바라보며 입을 열었다.

"이미 용건의 반쯤은 끝난 것 같네."

"무슨 소리야."

마리코는 이와 씨를 돌아보더니, 또 한쪽 남자의 어깨에 손을 얹었다. "이쪽 분은 우리가 식을 올린 호텔의 사고 조사 담당자입니다. 시간을 맞춰 저 사람과 함께 와 달라고 부탁을 드렸죠."

"처음 뵙겠습니다." 사내가 고개를 숙여 인사했다. "이와나가 씨로군요. 말씀은 사사키 부부에게 들었습니다. 저는 모토하시 유키오라고 합니다."

이와 씨는 다시 고개를 숙여 인사했다. 마리코가 문제의 남자를 보며 말했다.

"그리고 이쪽은 스즈키 요지 씨. 이와나가 씨는 바로 알아보신 것 같군요."

"뭘 알았다는 거야?" 젊은 남자가 입을 비죽 내밀었다. 그런 태도를 취하니 미노루보다 더 어린 애처럼 보였다.

"여기 계신 이와나가 씨를 기억하지 못하나?" 마리코의 말투가 뾰족해졌다. "두 달 전 밤, 당신이 내 뒤를 밟았을 때 도와준 서점 주인이셔."

"헌책방입니다만." 이와 씨가 토를 달며 말했다. "그때 내가 말을 걸었더니 자네는 도망쳤지."

스즈키 요지의 얼굴이 갑자기 굳어졌다. "그럴 리가ㅡ."

"아니라고는 할 수 없겠지?"

요지가 입을 다물었다. 어깨에 힘을 주고 무릎 위에 얹은 주먹을 꼭 쥐었다.

"나도 당신 목소리를 똑똑히 기억하고 있습니다." 모토하시가 말했다. 요지가 깜짝 놀란 듯이 고개를 저었다.

"사사키 부부의 결혼식 당일, 우리 사무실에 전화를 해서 내일 두 사람의 결혼식이 분명히 열리느냐고 물어본 사람이 있었죠. 특징 있는 목소리라 잘 기억하고 있습니다."

요지가 불쑥 이렇게 말했다. "전화를 받은 건 당신이 아니었어."

모토하시는 영업용 미소를 지었다. "수상쩍은 전화는 저도 옆에서 모니터합니다."

이런, 참. 한심한 일이다. 이와 씨는 맥이 풀렸다.

"우리 결혼식 답례품에 낙서를 한 사람도 당신이란 걸 알고 있어."

사사키가 말하자 스즈키 요지는 멍한 표정을 지었다.

"무슨 소리야!"

"얼렁뚱땅 넘어가려 하지 마!"

사사키가 설명을 했다. 스즈키 요지가 이번에는 놀란 표정을 지었다.

"내가 그런 짓을 할 이유가ㅡ."

"없다는 거야? 거짓말하지 마. 그럼 어째서 다른 사람과 결혼한다는 걸 알면서도 내 뒤를 밟았지?"

요지는 고개를 숙였다. 숨을 헐떡거리고 있었다. 이와 씨는 그가 측은해지기 시작했다.

"어떻게 낙서를 했지? 내 방에 숨어들어 왔던 거야?"

요지는 그저 고개만 저었다.

"내가 사는 연립주택 근처에서 당신을 우연히 본 적도 있고, 옆집 사는 사람이 당신을 꼭 닮은 남자가 우리 집 문 앞을 어슬렁거리는 걸 보았대. 그것도 결혼식 딱 일주일 전에. 그땐 이미 답례품으로 쓸 책을 모두 래핑해서 방 안에 놓아둔 상태였지. 그 주말에 난 사사키 씨의 아파트에 가 있느라 이틀이나 집을 비웠어."

요지는 말없이 머리를 감싸 안고 있었다.

이와 씨가 조용히 물었다.

"이웃의 증언은 틀림없나요?"

"틀림없습니다." 사사키가 덤벼들 듯이 대답했다. "수상한 남자를 우연히 보았을 때 연립주택 앞에 낯선 승용차가 주차되어 있는 것도 기억하더군요. 여자들만 사는 연립주택이라 그런 문제에는 신경이 예민해서 이웃집 여자는 차 번호까지 기억하고 있었습니다."

사사키가 천천히 차 넘버를 읊었다. 그리고 말했다. "스즈키, 자네 차 아닌가?"

요지는 한동안 대답이 없었다. 입을 열었지만 처음에는 무슨 말인지도 제대로 알아들을 수 없었다.

"갔었어……."

"뭐라고?"

"갔었다니까! 인정해!" 느닷없이 고함을 쳤다. "마리코의 뒤를 밟은 것도 인정하고, 호텔에 전화를 건 것도, 사는 연립주택에 몇 번 찾아갔던 것도 인정해!" 마리코가 쉿소리를 냈다. "내 이름 함부로 부르지 마!"

사사키가 의자에서 일어서, 달래듯 자기 아내의 어깨를 감싸 안았다.

"하지만 결혼식 일주일 전에 찾아갔던 건 만나자고 했기 때문이잖아."

"누가?"

"네가."

"거짓말!" 그녀가 화를 냈다. "내가 왜 너 따위를……."

이와 씨가 천천히 말했다. "누가 마리코 씨를 빙자해서 전화를 걸었을지도 모를 일이죠."

"그럴 리가……."

"게다가 설사 그 집 앞까지 갔다 해도 어떻게 안에 들어갈 수 있겠습니까? 당신도 외출할 땐 자물쇠를 걸 게 아닙니까?"

마리코는 경멸하듯 콧방귀를 뀌었다. "낡은 목조 주택의 자물쇠는 그리 믿을 만한 게 못 되죠."

"그렇다면 불안해서 어떻게 지내죠?"

"예, 불안하죠. 그래서 전 집에 있을 땐 안쪽에서 빗장을 꼭 걸어 둬요. 하지만 나갈 때는 빗장을 걸 수 없죠. 이 사람이 어떻게 했는지는 몰라도 안에 들어간 거예요."

"처음부터 낙서를 할 생각으로? 그렇다면 거기 답례품이 있다는 사실을 알고 있었다는 겁니까?"

이와 씨는 요지에게 물었지만, 대답한 사람은 뜻밖에 이구치 세쓰코였다.

"알았을 겁니다. 지점 직원들 모두들 알고 있었으니 누군가에게 들었겠죠."

"그렇다면 스즈키 씨도 같은 직장 동료입니까?"

마리코의 어깨를 꼭 끌어안으며 사사키가 대답했다. "저 사람은 지점에 출입하는 배달 도시락 가게 점원이라고 합니다."

"예, 맞아요." 이구치 세쓰코가 말을 이었다. "저희 지점에는 구내 식당이 없어서 업자에게 배달을 시켜 먹고 있죠. 저 사람은 배달원인데, 드나들다가 마리코를 찍은 거예요. 한 해 전쯤부터였나? 아주 끈덕지게 말을 걸며 치근대기 시작했죠……."

"어떤 식으로?" 어처구니없어 하면서 이와 씨가 물었다.

"문 앞에서 몰래 기다린다거나 다른 직원을 위협해서 마리코의 전화번호를 알아내 하루에도 몇 번씩 전화를 걸기도 하고……. 그랬지?"

세쓰코가 쳐다보자 마리코는 굳은 표정으로 고개를 끄덕였다. "기분 나쁜 소리만 쓴 편지를 자꾸 보냈고, 멋대로 여기저기에 '마리코는 내 여자다'라는 얘기를 퍼뜨리고 다닌 일도 있습니다."

이와 씨는 요지의 얼굴을 들여다보았다. "정말인가?"

그는 말없이 고개를 숙이고 있었다.

마리코가 떨리는 목소리로 말을 이었다. "이 사람이 어느새 여기, 언니 아파트까지 찾아내서—아마 제 뒤를 밟았겠죠—언니에게 알랑대기도 했습니다. 무슨 일이든 할 테니 동생과 결혼시켜 달라고. 언니는 제가 싫어한다는 걸 알기 때문에 상대도 해 주지 않았죠. 늘

문 앞에서 쫓아 보내고, 경찰에 신고하겠다고 겁도 주었대요."

어쩔 수 없었으리라. 불쾌하게 만들었으니 당연히 들을 소리를 들은 것이다.

"여태 남편만 알고 있던 사실인데, 실은 언니가 실종되기 보름 전쯤에 언니와 나, 스즈키 씨, 이렇게 셋이 이 아파트에서 만난 일이 있습니다. 그때 저는 이미 남편과 약혼을 한 상태였는데, 저 사람이 계속 치근대 무서워서 견딜 수 없다고 했더니 언니가 '내가 확실하게 정리해 줄게'라면서 만든 자리였어요. 언니는 세상 물정을 잘 아는 사람이고, 어차피 이 아파트도 알려져 있으니 도망쳐 숨지 말고 이 아파트에서 이야기하자며 스즈키 씨를 이리 불렀던 겁니다."

분위기를 부드럽게 하려고 미즈와리물을 섞어 묽게 만든 술를 한 잔 내 온 뒤 미사코는 차근차근 요지를 설득했다고 한다.

"하지만 저 사람은 전혀 귀를 기울이지 않고 도중에 일어서서 나가 버렸습니다. 두 시간 정도 지나서 술에 잔뜩 취해 전화를 걸어 왔죠. '두고 보자'고 소리를 질렀습니다."

"자넨 그걸 기억하나?" 이와 씨가 묻자 요지는 고개를 갸우뚱했다.

"정말 저 사람은 대책이 없어."

"정말이야, 마리짱." 세쓰코가 무섭다는 듯이 고개를 움츠렸다. "나 지금 그 이야기 처음 들었어. 정말 그런 일이 있었니? 그 뒤에 언니가 실종된 거야?"

"그래." 마리코가 입술을 깨물며 말했다. "나도 무서워. 그래서 내내 귀를 막고 있었어. 생각하지 않으려 했지. 설마 저 사람이 그렇게까지는 할 리가 없다고 생각했는데……."

요지가 드디어 고개를 들고 중얼거렸다.

"그래서 어쨌다는 거지?"

사사키가 입을 열었다. "자네가 처형을 죽였느냐고 묻고 있는 거야."

팽팽한 긴장 속에 침묵이 흘렀다. 요지의 얼굴이 잔뜩 일그러졌다.

"어째서……. 내가 왜 그런 짓을……."

"언니를 거추장스럽게 여겼기 때문이겠지!" 폭발하는 듯한 큰소리로 마리코가 외쳤다. "날 포기하라고 설교한 게 마음에 들지 않았던 거야! 그래서 죽인 뒤에 시체와 함께 옷과 슈트케이스를 가지고 가, 실종된 것처럼 보이게 했겠지! 언제 죽였어! 언제! 무슨 구실을 붙여서 또 언니를 만난 거야? 전화를 걸었어? 죽이기 전에 둘이 이야기를 나눈 건 확실하지? 언니가 내게 전화를 걸어서 '이와 손톱을 조심하라'고 했어. '이와 손톱'이 당신을 말하는 거지?"

"난 무슨 소린지 모르겠어."

울음을 터뜨린 마리코 대신 사사키가 낮게 말했다. "자네는 자신이 『이와 손톱』의 주인공 같다는 이야기를 했다면서?"

요지가 뭔가 말하려는데 세쓰코가 먼저 끼어들었다. "맞아. 그 이야기라면 나도 들은 적이 있는걸. 마리짱의 언니가 '이와 손톱'이란 말을 남기고 실종된 뒤, 열흘인가 보름쯤 지났을 때던가, 점심시간에 다들 그 이야기를 하고 있는데 당신이 멋대로 끼어들어 '『이와 손톱』이라면 읽었다. 남자가 여자를 위해 살인하는 소설이다. 난 그 주인공과 같다. 좋아하는 여자를 위해서라면 무슨 짓이든 한다'고 했잖아. 내가 들었어."

이와 씨는 마리코를 쳐다보았다. "마리코 씨, 언니에게 받은 전화 내용을 다른 사람들에게 이야기했었나요?"

"예. '이와 손톱'이란 말의 의미를 알고 싶어서……."

"그래, 그 자리에 있던 사람들은 다들 알고 있었다는 건가요?"

"예. 그래서 출납과 과장님이 그 뜻을 가르쳐 주었죠. 밸린저란 사람이 쓴 소설이라고."

침을 삼키며 요지가 말했다. "난 그 말을 듣고 나서야 『이와 손톱』 이란 소설을 읽었어. 그 전에는 몰랐어. 마리코의 언니가 실종되기 전까지도 몰랐어."

"누가 그런 말 믿을 줄 알아?"

요지의 목소리가 갈라졌다. "난, 난 아무도 죽이지 않았어!"

눈물이 뺨을 적시면서 화장을 지워 눈 주위가 지저분해진 마리코 가 말했다. "나도 그러길 바랐어. 언닌 뭔가 다른 사정이 생겨서 모습을 감췄다고 믿으려 했어. 이젠 그럴 수가 없어. 한계야. 결혼식 답례품에 그런 심한 짓까지 하다니. 대체 어쩔 셈이야? 뭐가 '이와 손톱'이란 거야? 그런 걸 적어 놓으면 기분이 좋아? 난 그걸 본 순간 속이 후련했어. 그렇게 집요하게 못살게 구는 사람이니 언니를 죽였 다 해도 이상할 게 없다. 그런 생각이 들었어. 그래서 이렇게 당신이 과거에 해 온 짓의 증거를 모으기 위해 다른 분들에게 시간을 내 달라고 부탁한 거야. 조금씩 증거를 모아 반드시 경찰에 신고할 거야. 언니가 살해당하기 직전에 내게 해 준 경고를 절대로 헛되게 만들지 않을 거야!"

마리코가 '나가!'라고 고함을 지르기도 전에 요지는 벌써 문으로 달려가고 있었다. 뒤에 남겨진 것은 마리코의 흐느낌과 가라앉을 대로 가라앉은 분위기뿐…….

내내 침묵을 지키고 있던 모토하시가 입을 열었다.

"미사코 씨의 실종 당일 스즈키 씨 알리바이를 조사하면 되겠군요."

"그럴 생각입니다." 사사키가 말했다.

"혹시 필요하다면 괜찮은 조사 사무소를 소개해 드리죠. 경찰에 고발하기 위해서는 정황증거라도 가능한 한 전부 모아두는 편이 좋을 겁니다."

사사키 씨가 이와 씨 쪽을 보았다. "조만간 정식으로 증언을 부탁 드리게 될 겁니다."

이와 씨는 "예" 하고 대답했다.

4

그 이후의 조사 경과를 이와 씨는 전화로 들었다.

조사할수록 상황은 스즈키 요지에게 불리해져 가고 있는 모양이었다. 그에게는 미사코가 실종되던 날의 알리바이가 없었다. 도시락 가게의 일은 오후 두 시에 끝나는데 그 뒤에는 파친코를 하러 가거나 영화를 보며 혼자 지냈다는 것이다.

아마도 빈둥빈둥 지내던 이 청년은 무리를 지어 다니며 나쁜 짓을 하는 부류는 아닌 모양이다. 그저 하루하루 별 생각 없이 놀며 지낼 것이다.

고향에서 생활비를 부치는 부모는 아들이 대학에 다닌다고 믿고 있다지만, 그 생활비만 충분하다면 도시락집 일도 그만두고 싶은 상태이리라.

"그런 놈도 여자에게 반할 때만은 사람 행세를 하네." 미노루가 핵심을 찌르는 소리를 했다. 평일이라서 전화로 이야기를 하던 중이었다.

"옆에서 엄마가 듣고 있어. 날보고 무슨 이야기를 하고 있는 거냐고 묻네."

"인생 공부를 하고 있다고 대답하거라."

"할아버지에게 인생 공부를 배우면 만점을 받을 수 있을지는 몰라도 진짜 필수 과목은 전부 낙제 점수가 나오고 말 거야."

수화기를 통해 며느리가 '바보, 그런 소릴 하면 못써' 하고 꾸짖는 소리가 들렸다. 이와 씨는 배꼽을 잡고 웃었다.

"죄송해요, 아버님." 아들로부터 수화기를 빼앗아 든 며느리가 당황한 목소리로 말했다.

"아니다, 아니야." 이와 씨는 대답했다. "너도 시집온 지 이십 년 가까이 되다 보니 이제 이와나가 집안사람이 다 되었구나. 목소리가 커진 게 바로 그 증거지."

수화기를 다시 빼앗아 든 미노루가 말했다. "할아버지."

"뭐냐."

"할아버진 스즈키란 사람이 미사코 씨를 죽였다고 생각해?"

잠깐 생각한 뒤에 이와 씨는 솔직하게 대답했다.

"몰라."

"그 사람이 범인이라면 앞뒤가 다 맞아떨어지는 거지?"

"일단 그렇지."

"난 좀 의문이야."

미노루가 코를 훌쩍거렸다. 감기라도 든 모양이다.

"나도 나이가 스물다섯 정도 되면 여자를 죽인 뒤에 그 여자가 스스로 집을 나간 것처럼 보이게 하려고 슈트케이스에 옷을 넣어 가지고 가는 꾀를 부릴 수 있을까?"

"그건 영원히 수수께끼지." 이와 씨가 말했다.

"그리고 스즈키 요지는 스물셋이야."

"그렇지. 흐음……, 그럼 더 이상해. 미사코 씨는 바에서 마담으로 일했잖아? 비슷한 또래들과는 패션 취향도 달랐을 거야. 그런데도 스즈키 요지는 미사코 씨의 옷을 쉽게 골라낼 수 있었을까? 미사코 씨의 옷이 아니면 나중에 마리코 씨가 보고 바로 이상하게 느꼈을 테니까."

이와 씨는 입을 다물고 생각에 잠겼다.

"할아버지, 할아버지가 이 사건에 관심이 많은 건 왜야?"

"관심이 많은 게 아니라 휩쓸려들었어."

"그래도 어떻게 되어 가는지 신경 쓰이지?"

"응……."

"할아버지, 책에 낙서를 해서 화가 났지? 그래서 사건에 더 신경을 쓰는 거야. 분명히 그렇지, 그치?"

이와 씨가 대답을 망설이자 미노루가 말했다. "엄마가 그만 끊으래."

정정한 이와 씨도 역시 한 주의 중반쯤이 되면 피로가 쌓인다. 다나베 서점에는 아르바이트 학생도 두 명 있었지만, 미노루만큼 영리하지 못한 아이들이라 아무래도 이와 씨에게는 부담이 된다.

그럴 때는 가게 문을 닫은 뒤 집으로 돌아가기도 귀찮아 그냥 사무실에서 아무렇게나 자기도 한다. 그 주의 수요일 새벽에는 그렇게 한 덕분에 도둑을 잡았다.

아니, 정확하게 이야기하자면 도둑이 아니다. 가게에서 몰래 책을 가지고 나갔다면 도둑일 테지만, 몰래 두고 가려 한 사람이니 이럴 땐 뭐라고 불러야 하나?

"우리 셔터는 망가져서 살짝만 건드려도 요란한 소리가 나지!"

야구방망이를 들고 달려 나온 이와 씨는 거기 서 있던 남자에게 말했다.

"이번엔 잘 걸렸군. 고정자산세 독촉장은 제대로 빼 놓고 가져왔나?"

저번에 교주의 일생 다섯 권짜리 세트를 사 간 사내였다. 오늘도 그걸 그대로 품에 안고, 달리 어쩔 도리가 없다는 듯이 멋쩍게 웃으며 이렇게 대답했다.

"이번엔 사인 부분을 찢어 내고 가져왔는데요……."

마누라가 이 신흥종교에 빠져 버렸습니다. 사내가 말했다.

"거기 정신이 팔려 기도원에 틀어박혀 있죠. 집에도 제대로 들어오지 않습니다."

사십대 후반쯤 되었을까? 눈썹에도 난 흰 털이 왠지 측은해 보여 이와 씨는 동정심이 일었다.

"이 자서전도 사 가지고 오자마자 집 책꽂이에 요란하게 장식을 하더군요. 모셔 두고 읽으라는 겁니다. 그러면 행복해질 거라면서요. 그러고는 옆에서 자식이 어처구니없어 하는데도 본 척도 않고 기도원으로 돌아가 버렸습니다."

"그래서 우리 서점에 가져왔습니까? 쳐다보기만 해도 화가 나서?"

사내는 고개를 숙였다.

"당신도 참 답답하군요. 그냥 버리면 어때서."

"책인데 아무리 그래도 어떻게 버릴 수 있습니까." 사내는 그렇게 말하며 고개를 저었다. "그래서 화가 납니다. 이런 뻔뻔스러운 책을 마구 만들다니. 그래도 책인데, 함부로 버릴 수가 없어서요."

이와 씨는 이런 사람을 무척 좋아한다. 결국 아침 식사까지 대접하고 말았다.

남자는 잘 먹었다. 오랫동안 제대로 된 아침 식사를 해 보지 못했다고 했다.

"부인에게 기대지 말고 당신과 애가 집안일을 배우는 게 낫겠구려."

그렇겠군요, 라고 하면서 공기밥을 세 그릇이나 먹었다. 배가 부르자 수다스러워졌다.

"전 기술자입니다. 배관 쪽인데 큰 발전소나 석유 콤비나트 플랜트 같은 걸 많이 담당했었죠. 그래서 출장이나 전근이 많았습니다. 집사람도 쓸쓸하기는 했겠지만 어쩔 수 없는 노릇 아닙니까. 회사 일인데요. 그래야 먹고살 수 있으니."

맞는 말이라며 이와 씨도 맞장구를 쳤지만 이와 씨가 일했던 목재 도매업은 전근도 출장도 없었다.

"그러니 마누라가 신흥종교에 빠진 것도 반쯤은 제 책임이겠죠. 하지만 그 사람은 세상을 너무 모릅니다. 그 사람만이 아니라 신자들 대부분이 마찬가지예요. 완전히 속아서 가짜를 '성스러운 신체神體'로 숭배하고 있으니. 기도원 정면에 커다란 제단이 있는데, 대단하다며 보러오라고 하도 귀찮게 굴어서 한번 구경하러 갔었습니다. 신자들이 모두 바닥에 엎드려 있고 흰옷 입은 무녀巫女가 절을 하고 거기 불을 붙이죠. 제단 앞에서요. 그러면 기도원 벽에 아미타여래의 모습이 불쑥 떠오르는 겁니다. 신자들은 거의 미친 듯이 기뻐하죠. 정말 어처구니없는 짓입니다."

"아……, 그럼 무슨 속임수가 있습니까?"

사내는 무릎을 탁 쳤다. "있습니다. 당연하죠. 그건 말입니다, 기능성 도료를 이용한 겁니다. 온도 차이가 나면 색이 드러납니다. 일반적인 상태에서는 아무런 색도 없지만 불을 붙여 실내 온도가 올라가면 색이 나타나죠. 그래서 아미타여래 모습이 나타난 겁니다. 아주 간단한 속임수죠."

이와 씨는 갑자기 눈이 확 떠지는 느낌이 들었다. 불쑥 질문을 던졌다.

"그 기능성 도료라는 건 어디서든 구할 수 있습니까?"

"예, 살 수 있죠. 사용법만 알면 아마추어라도."

"다른 종류도 있습니까? 예를 들면 낮은 온도에서 색이 나타난다 거나 습기를 감지한다거나."

"종류는 여러 가지죠. 온도를 꼼꼼하게 관리해야 하는 화학공장 파이프에는 기능성 도료를 자주 사용합니다. 맨눈으로도 온도 관리를 할 수 있게 되니까요. 항공기의 기체에는 화살꼴뚜기의 간에서 채취한 색소를 칠합니다. 입자가 매우 섬세하고 빛을 잘 흡수하기 때문에 찌그러진 부분이나 금속 피로를 바로 알 수 있지요."

이와 씨는 더 이상 묻지 않았다. 혹시 이건 교주의 가르침일까……?

그 주의 후반은 아르바이트를 하는 두 사람에게 가게를 맡기고 이와 씨는 사람들을 만나러 다녔다. 매일 비가 내렸기 때문에 우산이 마를 날이 없었다.

먼저 만나러 갔던 사람은 모토하시였다. 그의 직장인 호텔 안에서 만나니 은근히 무례해 보이는 느낌을 주는 이 남자는, 설명을 듣더니 반신반의하면서도 마리코가 나눠 주었다는 문제의 낙서가 되어 있는 책을 가져와 이와 씨와 함께 교주의 책을 버리러 왔던 사내가 일하는 회사로 갔다.

그 사내는 현장 주임으로, 나름대로 회사 안에서는 말발이 서는 모양이었다. 연구소 쪽에 미리 이야기를 해 두었기 때문에 바로 점검을 받을 수가 있었다.

결과는 예측대로였다.

다음에는 가바노 도시아키를 만나러 갔다. 이 젊은 형사를 만나기 위해서는 포충망이라도 들고 나설 각오를 해야만 한다. 결코 쉽게 만날 수가 없는 사람이다.

결국 그날은 허탕. 이튿날인 목요일에는 내내 기다리다가 겨우 만날 수 있었다.

"뭐라고요?"

설명을 들은 도시아키가 제일 먼저 지른 소리였다. 하지만 이와 씨가 아무 말 없이 심각한 표정인 걸 보고 포기한 듯이 말했다. "뭐, 좋아요. 속는 셈치고 한번 찾아보겠습니다."

이튿날은 서점에서 도시아키의 보고를 기다리고 있는데 사사키 부부가 찾아왔다. 스즈키를 고발하기 위한 서류가 준비되어 드디어 경찰에 가져갈 거라고 한다.

"전 그 사람에게 마지막 기회를 주고 싶어요."

"기회?"

이와 씨의 물음에 마리코는 진지한 눈빛으로 고개를 끄덕였다. "예, 자수해 주면 좋겠다는 생각입니다. 그러면 처벌이 가벼워지겠죠?"

사사키 부부가 돌아간 뒤에 도시아키로부터 연락이 왔다. 이와 씨는 쌓여 있는 책을 쓰러뜨릴 정도로 서둘러 전화를 받았다.

"있었습니다." 도시아키가 말했다. "니가타 현 남쪽 산 속입니다. 삼월 하순에 봄장마 때문에 소규모 산사태가 있었는데, 그때 발견되었습니다."

"전부는 아니겠지? 어느 부분이 발견되었나?"

"처음엔 왼손, 그다음이 머리입니다." 도시아키의 목소리가 일그러졌다. 아마 얼굴을 찡그리고 있으리라. "시체의 이가 엉망으로 부서져 있었다고 합니다. 신원을 숨기려 했었는지."

"그런 방법이 효과가 있는 건가?"

"아뇨, 거의 소용이 없습니다. 아주 가까운 거리에서 권총으로 쏘거나 하지 않는 한은 실마리가 남게 되어 있죠. 법의학은 계속 발전하고 있으니까요."

이와 씨는 흐음, 하고 중얼거렸다.

"그래, 시체의 신원은?"

"아직 알아내지 못했습니다. 하지만 시간문제일 겁니다."

이와 씨도 그럴 거라고 생각했다.

토요일 오후가 되자 미노루가 왔다.

장마가 잠깐 갠 화창한 날씨라 오래간만에 해가 난 날인데도 이와 씨는 수면 부족 때문에 무뚝뚝한 표정으로 손자를 맞으며 걱정스러운 표정을 지었다.

"왜 그래, 할아버지?"

"인명 구조 때문에."

이 이해할 수 없는 대화를 나눈 뒤, 두 사람은 머리를 맞대고 소곤소곤 이야기했다. 그리고 그날 밤 늦은 시각, 더 이해할 수 없는 행동을 했다.

두 사람은 나란히 검은 양복을 걸친 채 플래시를 손에 들고 외출했던 것이다.

"정말 승산이 있는 거야, 할아버지?"

"내 말이 맞을 거다."

두 사람은 새벽이 되어 고개를 저으며 돌아왔다. 이튿날인 일요일에는 서점 문을 여는 게 한 시간 늦어졌다. 계산대에 앉아 있는 이와 씨나 책꽂이를 정리하는 미노루나 반쯤 죽은 사람처럼 생기 없는 얼굴을 하고 있었다.

그런 상태였지만 일요일의 깊은 밤에 다시 나갔다.

그날도 날씨가 좋아 밤하늘에 별이 반짝였다. 미노루는 막차 시간에 늦지 않게 돌아가야 하는데, 그렇게 하지 못하고 역시 새벽에 둘이 함께 어깨를 늘어뜨리고 귀가했다.

"이삼 일 학교 안 간다고 퇴학당하지는 않겠지." 미노루는 그렇게 말했지만, 이와 씨에게는 며느리와의 평화 조약이 있다. 오후에 요코스카 선에 미노루를 태워 집으로 돌려보냈다.

미노루가 돌아가자 하늘이 울기 시작했다. 그때까지 맑았던 날씨를 만회하려는 듯한 기세로 쏟아지기 시작해 줄기차게 퍼부었다. 마치 인간들에게 지금이 장마철이라는 사실을 일깨우려는 듯했다.

그날 다나베 서점을 찾은 손님 가운데 몇 명은 쏟아지는 빗발을 바라보며 이와 씨가 이렇게 중얼거리는 것을 들었다.

"그런가? 내가 바보였어. 분명히 오늘 밤이야. 틀림없어."

그날 밤, 이와 씨와 함께 회중전등을 들고 나간 것은 미노루를 대신할 수 있는 유일한 사람, 가바노 도시아키였다.

"정말입니까?"라고 묻는 것만은 미노루와 달랐지만.

정말이었다.

그날 밤, 만약 다나베 서점 앞에서 이와 씨와 도시아키가 돌아오기를 기다리는 사람이 있었다면 아침이 되도록 그들을 볼 수가 없었으리라. 그들은 결국 잭팟jackpot을 터뜨려 현장을 붙잡았던 것이다.

사사키 유스케, 마리코 부부가 스즈키 요지를 그가 사는 연립주택 근처에 있는 다리 위에서 밀어 떨어뜨리려는 현장을.

요지는 완전히 정신을 잃고, 흠뻑 내리는 비에 온몸이 젖어 있었다. 옆에는 그의 벗겨진 운동화 안에 '유서'가 꽂혀 있었고, 그것 또한 비에 젖어 글자가 번져 있었다.

다음 주말―.

"정말이지 사립탐정도 흉내 내지 못할 활약이었어, 할아버지."

반쯤 놀리는 소리로 미노루가 그렇게 말했다. 사건이 끝난 뒤, 경찰로부터 이런저런 질문을 받고, 눈치 빠른 신문기자에게 쫓기느라 장사도 제대로 못하는 일주일을 보내야만 했던 이와 씨는 손자의 머리를 쿡 쥐어박으며 흐흐, 하고 웃었다.

"늙은이가 주제넘은 짓을 한 거지. 이제 그런 일은 싫다."

기분이 나쁘지는 않았다. 기분이 나쁘지 않아 짐짓 별일 아니라는 표정을 짓고 있는 것이다.

"난 아직 제대로 이해가 되지 않아. 대체 어떻게 된 거야? 할아버진 어떻게 해서 모두 다 그 두 사람 짓이란 걸 알았어?"

"별거 아니야. 너도 가만히 생각해 보면 쉽게 알아냈을 거야."

그 교주의 자서전을 사러 왔던 사내에게 기능성 도료 이야기를 듣고 이상하다는 생각을 한 것이 시작이었다.

"그 답례품의 '이와 손톱'이라는 글씨, 그것도 기능성 도료를 이용해서 쓴 유령 문자가 아닐까 싶어 연구실로 찾아가 봐 달라고 했지. 그랬더니 딱 맞아 떨어졌어. 저온에서 색이 드러나 그대로 정착되는 종류의 기능성 도료로 쓰인 글자라는 걸 알아냈지."

"저온에서……?"

"이 경우에는 그게 중요해."

"잘 이해가 안 되네." 미노루가 싱글싱글 웃었다. "자꾸 감추지 말고 가르쳐 줘."

"호텔에 근무하는 모토하시 씨에게도 물어보고 확신이 들었지만, 답례품은 하나가 아니었어. 세 종류가 있었는데 그 가운데는—," 이와 씨는 웃음을 지으며 말을 이었다. "케이크가 있었지. 결혼 피로연 답례품에는 늘 있기 마련이지, 케이크는."

"그래, 하지만 그게 왜—." 말을 중간에 끊고 미노루가 앗, 하고 소리를 질렀다. "그런가, 드라이아이스 때문이구나?"

계절이 여름이라 생크림 케이크 상자 안에는 작은 드라이아이스가 담겨 있었다. 그 냉기 때문에 책 표지에 기능성 도료로 쓴 글자가 나타났던 것이다.

"그런 궁리까지 해서 장난을 칠 수 있는 사람은 답례품의 내용을 잘 알고 있는 인물뿐이지. 그러면 이건 누군지 확실해지는 거야. 마리코가 수상하다는 이야기지."

"하지만 그 여자가 왜 그런 짓을? 무슨 이득이 있다고."

"유령 문자 소동 결과 어떤 일이 일어났는지 생각해 보렴."

"스즈키 요지에게 미사코 씨 살해 혐의가 씌워졌지." 미노루는 천천히 또박또박 중얼거렸다. "아니, 마리코 씨가 그렇게 주장한 거지. 자기 언니는 스즈키 요지에게 살해당했다고. 그래서 우리도 말려들었던 거고."

"맞아." 이와 씨는 고개를 끄덕였다. "그게 그 여자가 노린 거였어. 스즈키 요지에게 누명을 씌우는 것."

"그럼, 정말로 미사코 씨를 죽인 건—"

"그래, 사사키 유스케와 마리코 두 사람이 아닐까 하는 의심이 들었어. 결국 그들이 최종적으로 스즈키 요지의 입을 막아 버리려 할 게 틀림없다고 생각했지. 그래서 그렇게 잠복하고 있었던 거야."

사사키 부부의 자백에 따르면 언니를 죽이고 재산을 가로채자는 이야기를 꺼낸 건 마리코지만 계획을 세운 것은 유스케라고 한다.

"처음에는 아주 간단한 일로 여겼던 모양이더구나. 미사코를 죽이고 시체를 숨겨 행방불명된 걸로 위장한 뒤에 모르는 체하기로. 수색 신청서를 냈다고 해도 남자와 도망친 전과가 있기 때문에 경찰이 제대로 찾아 나설 리가 없다고 예상했겠지. 나머지는 그냥 기다리기만 하면 되는 거야. 그것도 기한이 정해져 있어. 칠 년이야. 실종 선고가 나와서 미사코가 법률적으로 사망한 걸로 처리된 다음, 마리코가 유산을 상속하게 되는 날까지 말이야. 이렇게 안전한 살인은 아마 거의 없을지도 몰라."

미노루는 눈을 깜빡거렸다. "그야 그렇지만 상당한 장기 계획이네. 돈이 목적인 살인치고는 효율적이지 않잖아? 당장 손에 들어오는 게 아무것도 없는걸."

"그게 그렇지도 않아. 미사코 씨는 영리한 사람이라 그 아파트와 은행 예금 이외에도 다른 재산이 있었어. 그것도 현금으로 말이야. 거실 벽에 그림이 걸려 있었는데, 그 뒤에는 비밀 금고가 있었지. 그 안에 현금이 들어 있었단다. 마리코는 그 사실을 알고 있었고."

"얼마나 있었는데?"

"정확한 액수는 아직 모르지만 경찰이 조사했을 때는 사백만 엔 정도 남아 있었다더구나. 사사키 부부가 결혼식이니 신혼여행, 신혼살림 장만에 돈을 펑펑 썼는데도 아직 그 정도 남았다면 처음에는 천만 엔 정도 들어 있었을지도 모르지."

"대단한데." 미노루가 휘익 하고 휘파람을 불었다. "분명 그 정도 액수라면 이해가 되네. 당장 들어올 천만 엔, 칠 년 뒤에는 전 재산. 게다가 아무도 의심하지 않는다. 멋진 계획이잖아? 그런데 어째서 그렇게 어긋나게 됐지?"

"그게 어처구니없는 이야기야." 이와 씨는 쓴웃음을 지었다. "사사키 마리코는 언니가 비밀금고를 갖고 있다는 사실을 알고 있었지만, 여는 방법을 몰랐다고 하더구나. 그러니 미사코 씨를 죽이기 전에 여는 방법을 알아내지 않으면 곤란하지. 열쇠가 있는 장소라거나 금고의 다이얼 번호 같은 것 말이야."

살인을 저지른 것은 유스케였다. 그는 미사코를 몰아세웠지만 그리 쉽게 가르쳐 주지 않았다.

"미사코 씨도 필사적이었겠지."

초조해하는 유스케에게 미사코는 몇 번이나 열쇠는 이와 손톱 안에 있다고 했단다. 그게 무슨 뜻인지 캐물어도 계속 이와 손톱 안에 있다고만 반복할 뿐—.

"그렇게 해서 시간을 벌어 어떻게든 도망치려 했겠지. 하지만 유스케도 화가 치솟은 거지. 이제 와서 돌이킬 수도 없고. 결국 미사코 씨한테서 알아내지 못한 채로 죽여 버리고 말았다는 거야."

유스케는 서둘러 마리코의 직장으로 전화를 걸었다.

"그러니까 마리코가 이야기한, 언니가 실종되던 날 전화를 걸어 '이와 손톱을 조심하라'고 했다는 이야기는 전부 거짓말이야. 그 전화는 미사코 씨를 죽인 뒤에 유스케가 걸었던 거야. 아마 '마리코, 미사코는 열쇠가 이와 손톱 안에 있다고 했어. 너 무슨 뜻인지 알아?'라고 물었겠지."

그 말을 듣고 마리코도 당황해서 주변 사람들에게 '언니가 이상한 소리를 했어'라는 말을 퍼뜨려 '이와 손톱'이 무슨 뜻인지를 알아냈다.

"실제로 열쇠와 다이얼 번호 메모는 『이와 손톱』 안에 숨겨져 있었어."

『이와 손톱』이 일반 소설책들과 다른 것은 후반부가 봉인되어 있다는 점이다. 물론 미사코의 책꽂이에 있던 『이와 손톱』은 이미 봉인을 뜯은 책이었지만 봉인했던 종이는 남아 있었다. 열쇠와 번호 메모는 봉인했던 종이 안쪽에 붙여 두었던 것이다. 주부들의 비자금이 그 전형적인 예가 되겠지만, 중요한 것을 너무 꼭꼭 숨겼다가 본인도 어디다 두었는지 모르는 일이 생기는 법이다. 미사코는 그게 두려워 수많은 책 가운데 한 권을 골라 열쇠와 번호를 숨겼을 경우 제목을 까먹어도 어느 책인지 쉽게 찾을 수 있는 특징이 있는 책을 골랐으리라.

사사키 부부는 열쇠를 찾아냈고, 돈을 꺼내 신나게 써 댔다. 물론 미사코의 『이와 손톱』은 내다버렸다.

그런데 봄장마 때문에 산사태가 일어나 미사코의 시체 일부가 발견된 것이다.

두 사람은 당황했다. 시체가 발견되면 틀림없이 신원도 밝혀질 것이다. 만약을 위해 이를 망가뜨렸지만 안심할 수는 없었다. 그래서—.

"발견된 시체의 신원이 밝혀지기 전에 선수를 쳐서 범인을 꾸며내기로 궁리를 한 거지."

불쌍한 범인 역을 맡게 된 것은 마리코를 끈덕지게 따라다니던 스즈키 요지였다.

마리코는 일단 답례품 소동을 꾸미고, 그다음에는 우연히 스즈키를 본 적이 있는 이와 씨를 이용하기로 했다…….

"그날 미사코의 아파트에서는 여러 가지가 나왔는데, 그건 거의 대부분 사실이었어. 요지란 친구는 정말 한심한 녀석이라 마리코의 뒤를 밟거나 연립주택 주변을 어슬렁거리고 집 안으로 들어가려 하는 등 나쁜 짓을 했어. 게다가 성실하게 살지 않았기 때문에 알리바이 같은 것도 있을 리가 없고. 그래서 마음대로 조작해서 부풀려 버린 거지. 그런 의미에서는 그 친구에게도 이번 일이 좋은 약이 되었을 게다."

"살인 누명을 쓴데다가 살해당할 뻔하기까지 하다니." 미노루가 웃었다. "그 사람은 마리코가 불러서 그 여자 집에 간 적이 있다고 했는데, 그건 사실이었지?"

"그렇지. 그것도 그 친구에게 불리한 상황을 만들어 내려고 마리코가 꾸민 짓이야."

"불쌍한 남자네."

"그 친구가 『이와 손톱』을 읽은 것은 역시 마리코가 그 이야기를 다른 사람에게 한 뒤의 일이었을 게다. 마리코 입장에서는 미사코를 죽인 유스케한테서 전화가 왔을 때 당황한 나머지 다른 사람들에게 '이와 손톱이 뭐지?' 하고 물었으니까. 나중에 그걸 요지와 연결시키 느라 무척 애를 먹은 거지."

미사코의 책장에 새로 사다가 봉인을 뜯은 『이와 손톱』을 놓아두 었던 것도 앞뒤를 맞추기 위해서였다.

"그건 그렇다 치고, 할아버지." 미노루가 몸을 앞으로 당겼다. "사 사키 부부는 왜 요지를 바로 죽이지 않고 월요일까지 기다렸을까? 필요한 증언이 수집되어 고발하기 전에 자수를 권했는데 자살해 버 렸다는 형태를 취한다면 금요일 밤에 죽였어도 상관없지 않았겠어? 실제로 할아버지를 찾아와 서류가 다 준비되었다는 이야기까지 했 는데."

이와 씨는 코밑을 문질렀다.

"아무리 그렇다 해도 금요일 밤은 너무 일렀을 거야. 토요일로 예 정하고 있었을 거라는 생각이 드는구나."

"그런데 왜 늦어진 거야?"

"토요일과 일요일엔 비가 내리지 않았으니까."

요지를 자살로 꾸며 살해할 때, 그게 결백을 주장하는 게 아니라 죄를 인정해서 하는 자살로 꾸미기 위해서는 아무래도 유서가 필요 했다. 마리코는 요지로부터 받은 수많은 러브레터의 필적을 본떠서 위조를 했다.

"역시 불안했던 게지. 유서가 발견되었을 때 비에 젖어 번져 있지 않으면 필적 감정으로 위조라는 사실이 금방 들통날지도 모르니까. 다행히 요즘은 장마철이라 며칠만 기다리면 반드시 비가 내릴 거라고 예상한 거야."

미노루가 의자에서 몸을 뒤로 젖혀 유리창 너머로 밖을 바라보았다. "비는 계속 잘도 내리네."

"유월은 이름뿐인 달이라잖니." 이와 씨가 말했다.

"그게 무슨 말이야?"

"이런, 그것도 모르냐? 유월은 다른 말로 미나즈키水無月물이 없는 달라고 한단다."

잠깐 생각하고 나서 미노루가 말했다. "마리코 씨의 유월의 신부도 이름뿐이었네."

이와 씨가 아무 말이 없자 미노루가 말했다. "영어로 '이와 손톱'이란 말에는 이런 뜻도 있대."

"뭔데……?"

"우리말로 이야기하자면 '필사적으로'라는 정도의 의미지."

"그다지 좋지 않구나."

"맞아. 나도 그렇게 생각해." 미노루가 말했다. "필사적이 되어야한다는 게 그다지 좋은 일은 아니라는 기분도 들고."

"할아비도 그리 생각한단다."

"그런데," 미노루가 말을 이었다. "할아버지는 필사적으로 오래 살려고 하잖아."

미노루는 이와 씨에게 두들겨 맞기 전에 얼른 도망쳤다. 벌떡 일어난 이와 씨는 계산대 옆에 쌓아 두었던 잡지 과월호 더미를 무너뜨리고 말았다.

　뭐, 늘 이런 식이다.

말없이 죽다

1

나가야마 미치야가 아버지의 갑작스러운 사망 소식을 들은 것은 밤 아홉 시가 지나서였다. 퇴근해서 사원 기숙사에 있는 자기 방으로 돌아오니 부재중 전화 메시지가 남아 있었다.

처음에는 무슨 소리인지 제대로 알아들을 수가 없었다. 테이프를 되감아 두 번을 다시 듣고서야 겨우 메시지 내용을 알아들었을 정도다.

아버지가 돌아가셨다니.

소리 내어 중얼거리며 전화기를 내려놓고 세 평 남짓한 넓이의 방을 가로질러 화장실로 들어가 천천히 정성들여 손을 씻었다.

퇴근해 집에 돌아오면 바로 손을 씻는 버릇은 지금 담당하는 업무를 맡게 되면서 생긴 습관이다. 종일 목장갑을 끼고 일을 하기는 하지만 그래도 왠지 손이 끈적거리고 들쩍지근한 냄새가 밴 듯한 기분이 들기 때문이다.

비누도 두 종류를 쓴다. 처음에 사용하는 것은 살균 소독 성분이 있는 비누. 다음에 쓰는 것은 허브 엑기스가 들어 있어 피부를 보호하는 비누. 처음에는 살균 소독 비누만 썼는데, 손이 너무 건조해져 손거스러미가 생기고 손톱까지 갈라지기도 해 생각해 낸 방법이다. 미치야는 여자들이 샴푸를 고르듯 비누를 고른다. 여자들이 머리를 두 번 감듯이 미치야는 손을 두 번 씻는다.

너무도 갑작스러운 일이라 무얼 어찌해야 할지 몰랐다. 메시지에는 아버지가 사는 연립주택 집주인이라고 신분을 밝힌 남자가 '심장 발작인 모양입니다'라고 했는데, 아버지가 심장에 병이 있었던 걸까, 하는 생각이 들었다. 방에서 돌아가신 걸까 아니면 밖에서 쓰러지신 걸까.

삼 년 전, 어머니가 돌아가신 뒤로 아버지 다케오와는 따로 살았다. 말 그대로 '따로'다. 미치야는 이 사원 기숙사로 들어왔고 아버지는 서민들이 모여 사는 동네에 방이 두 칸뿐인 연립주택에서 홀로 생활하고 있었으니까.

말 많은 친척들은 미치야를 볼 때마다 어서 며느리를 얻어 아버지를 모시고 살라며 재촉했다.

"연금만 받아 살아가는 아버지를 저렇게 내버려두다니, 불효막심한 짓이다. 어서 장가를 들어 손자를 보여 드려야지."

그런 소리가 듣기 싫어 미치야는 요 몇 년간 가까운 친척들의 제사에도 얼굴을 내밀지 않았다.

아버지 장례식 때 또 꾸중을 듣게 생겼다. 네가 꾸물거리니 결국 아버지가 혼자 외롭게 돌아가시게 되었지 않느냐고.

'내가 상주인가······?'

결혼식보다 먼저 장례식에서 주역을 맡게 된 거다. 미치야는 이런 현실이 자신의 불운과 한심한 인생을 짓궂을 정도로 단적으로 상징하는 듯하다고 생각했다.

일단 아버지가 살던 집에 가 봐야 한다. 미치야는 천천히 일어섰다. 왜 나는 울음이 나오지 않는 걸까? 왜 허둥대지 않는 걸까? 미치야는 윗옷을 걸쳤다.

아버지의 부음을 들었을 때 너는 제일 먼저 무얼 했느냐? 누가 이런 질문을 한다면 좀 난처할 것이다.

손을 씻었습니다. 손을 깨끗하게 씻었습니다.

밖으로 나와 택시를 잡아타고 운전기사에게 행선지를 말했다. 시트에 기대어 스쳐 지나는 집들의 창문에 비치는 밝은 빛과 편의점 간판들을 바라보다 보니 조금씩 눈물이 나왔다.

'아버지, 마지막까지 좋은 추억을 남겨 주시지 않네요.'

이런 생각을 하며 잠깐 울었다.

아버지가 쓰러져 숨을 거둔 곳은 아파트 부근에 있는 공중목욕탕 탈의실이었다. 목욕을 마치고 타월 한 장을 허리에 두른 채로 선풍기를 쐬다가 갑자기 쓰러진 것이다.

"고통스러워하는 기색은 전혀 없으셨네. 다만 연세가 아직 이른데…… 예순다섯이시라면서. 안타깝지만 뭐 그래도 편안하게 돌아가신 편 아닌가?"

카운터에서 보고 있다가 얼른 이런저런 응급조치를 해 준 목욕탕 주인은 두서없이 말하며 미치야의 어깨를 두드렸다.

"이렇게 깔끔하게 돌아가셨으니 자식들에게 좋은 일 하신 거지."

틀림없이 그렇기는 하다. 오래 자리보전을 한 것도 아니고, 노망이 들어 애를 먹인 것도 아니다. 훌쩍 자취를 감추듯 세상을 떠난 것이다.

목욕탕 주인이 부른 구급차로 병원에 실려가 적절한 조치를 받기는 했지만 도착한 지 삼십 분 만에 세상을 떴다고 한다. 급한 연락을 받고 달려온 집주인이 임종을 지켰다. 미치야의 회사와 기숙사에도 여러 차례 전화를 했지만 연락이 닿지 않아 결국은 '돌아가셨다'는 소식을 남기게 되었다면서, 동정과 비난이 섞인 눈빛을 보였다.

미치야는 그 동정과 비난 어느 쪽에 대해서나 아무런 대답도 하지 않았다. 자기가 그때 어디 있었는지도 설명하지 않았다.

아버지는 연립주택의 다른 입주자들과도 얼굴을 마주치면 인사나 하는 정도의 교류밖에는 없었던 모양이다. 그래도 집주인과는 친했던 것 같다. 같은 연배여서일까? 세 달쯤 전부터 다케오가 가끔 몸이 좋지 않다고 한 일이 있다는 사실을 가르쳐 준 사람도 집주인이었다.

"가슴이 답답하다고 하기에 얼른 큰 병원에 가서서 진찰을 받아 보는 게 좋겠다고 권했는데……." 그러면서 집주인은 괴로운 표정을 지었다.

"아버지는 의사를 싫어하셔서요."

"그래. 밖에 나다니는 걸 좋아하시지 않은 모양이더군. 영화를 보러 가시는 것도 아니고, 산책을 나가시지도 않고. 그래도 근처 내과에는 다니셨네. 약도 지으셨을걸?"

사실이었다. 그 내과 개업의는 아버지에게 초기 협심증이 있다는 사실을 가르쳐 주고 담배나 술, 뜨거운 목욕, 심한 운동은 피하라고 권했다. 약도 처방해 주었다.

아무런 의문도 없다. 분명히 병으로 돌아가신 것이다. 아버지에게 어울리는 죽음이리라. 그래도 목욕탕 탈의실에서 쓰러지시다니, 정말 너무했다.

병원 영안실로 가서 아버지의 시신을 보았다. 하룻밤을 병원에서 보내고 이튿날 아버지의 관과 함께 집에 돌아와 보니 집 안은 문상객을 맞이할 준비로 분주했다.

그래서 상주라고는 하지만 사실 미치야가 할 일은 없었다. 작은아버지가 무슨 일에나 정리정돈을 좋아하는 성격이라 모든 걸 다 알아서 준비해 주었다.

문득 정신을 차리고 보니 화장터에 와 있다는 느낌이었다. 발인하기 전에 장례식에 와 준 문상객들에게 인사를 할 때마저도 작은아버지가 적어준 글을 그저 읽기만 했을 정도다.

돌아가신 어머니는 생전에 친척 장례식에 다녀오신 뒤, 왠지 묘하게 활기 넘치는 표정으로 이렇게 말씀하신 적이 있다.

"세상에 다툼이 없는 장례식 같은 건 절대 없을 거야. 늘 아웅다웅하지. 분향 순서를 가지고 따지고, 누가 유족 대표로 인사를 할 건지, 누구는 장례 승용차에 타고 누구는 소형버스에 타느냐. 그런 사소한 문제들로도 다퉈. 하지만 그런 정도의 다툼은 생각해 보면 죽은 이에게 하는 마지막 인사일지도 몰라."

어머니 장례식 때도 분명히 작은 다툼이 있었다. 어머니 친척 가운데 좀더 좋은 병원에 모시지 그랬느냐는 소리를 하는 사람이 있었다. 그러자 이제 와서 그런 소리 하지 말고 일찍 병문안이라도 오지 그랬느냐며 말다툼이 벌어졌다.

아버지는 아무 말 없이 그런 모습을 지켜보고 있었다. 한마디도 하지 않았다. 담배를 피우고 문상객들을 위해 준비한 만두를 먹던 모습이 떠오른다. 생전에 어머니가 '조금은 떠들썩한 것이 떠나는 사람을 위한 마지막 인사다'라고 했던 걸 알고 있었기 때문일까? 아니면 그저 귀찮아서 그냥 놔둔 걸까. 이제는 확인해 볼 길이 없다.

'어머니 때는 시끄러웠는데, 아버지 장례식은 별일 없나?'

발인하기 전에 문상객들이 마지막 인사를 하는 자리에서도 가끔 눈을 들어 아버지의 영정을 보며 그런 생각을 했다.

'아버지, 정말 평탄한 인생을 사셨어요.'

고요한 바다. 아무런 움직임도 없는 바다 같다. 대충 살다가 어처구니없이 떠나고 말았다. 그런 생각을 하자, 아버지의 옛 동료나 부하 직원들이 분향을 하며 심각한 표정을 짓고 있는 모습이 약간은 못마땅했다.

아버지는 그들에게 아무것도 해 준 게 없다. 착한 일도 하지 않았고 나쁜 짓도 하지 않았다. 저 사람들도 잘 알고 있겠지. 그런데 왜 저렇게 슬픈 표정을 짓는 걸까?

유골함을 안고 돌아온 것은 오후 다섯 시경이었다. 아버지 집은 너무 좁아서 장례식에 참석해 준 친척들이나 도와주러 나온 동네 주민 모임 사람들에게 음식을 대접하기 위한 장소로는 다른 곳을 물색해 두었다. 이 또한 작은아버지가 손을 써두었다.

유골함을 안치하고 방 안을 정리하면서 옮겨 두었던 가구들을 제자리로 돌려놓았다. 정돈을 마치고 한숨 돌리고 있는데 중심이 되어 뒤치다꺼리를 해 주던 장의사가 장례에 쓰인 천을 접으며 말을 걸어왔다.

"상주님, 이건 알고 계셨습니까?"

"뭔데요?"

그는 아버지가 생전에 침실로 쓰던 방 구석 쪽에 있는 가늘고 기다란 책장을 가리켰다. 장례를 치르는 동안 천으로 가려두었던 곳이다.

장의사의 얼굴에 얼핏 호기심이 스쳐 지나갔다. 미치야는 이상한 기분이 들었다.

"뭐죠?"

무릎걸음으로 책장으로 다가가 안을 들여다보았다. 어설프게 만든 조립식 책장이다.

미치야는 "아니" 하는 소리를 지르고 말았다.

"그렇죠? 이상하죠?" 장의사가 말했다. "고인께서 책을 쓰셨나요?"

"예?"

"그러니까, 이게 전부 아버님이 쓰신 책 아닌가요? 그래서 이렇게 보관해 두신 거 아닙니까?"

미치야는 멍하니 책장을 바라보았다.

이렇다 할 취미가 없던 아버지도 이따금 책을 읽는 일은 있었다. 대부분 싸구려 문고판이었는데 내용이고 뭐고 가리지 않고 그때그때 닥치는 대로 골라 읽었으리라. 그런데 공무원 생활을 그만두고, 게다가 어머니가 돌아가신 뒤로는 자주 책방을 드나들며 이런저런 책들을 사들고 오신 모양이다.

아버지 생전에 마지막으로 이 집을 찾아온 날은 어머니의 세 번째 기일이었다. 대략 한 해 전이다. 그때는 잡다한 문고판 책들과 잡지가 정리가 안 된 채로 어수선하게 책꽂이에 꽂혀 있었던 기억이 났다.

그게 깨끗하게 사라졌다. 대신 이게 있다.

책들이 키를 맞추어 빼곡하게 채워져 있었다. 쭉 훑어보고—세어 보니 삼백두 권이다. 그 많은 책들이 깔끔하게 정리되어 가지런히 꽂혀 있다.

당연하다. 책꽂이에 꽂혀 있는 책들은 모두 다 똑같은 책—딱 한 종류뿐이었으니까.

2

미치야가 다니는 회사는 사원의 부모가 사망했을 때 경조휴가로 나흘을 준다. 장례식에 이틀을 쓰고 아직 이틀이나 남았다.

남은 휴가를 뜻하지 않은 곳에 쓰게 되었다. 바쁜 친척들이 부랴 부랴 돌아간 뒤, 미치야는 아버지의 집에 홀로 남아 있었다.

도대체 이 책들은 뭐지? 왜 같은 책을 이렇게 많이 사들인 걸까?

사륙판이라고 하는 건가, 일반 단행본 크기지만 표지는 얇아서 쉽게 구부러진다. 책의 두께도 일 센티미터 정도밖에 되지 않는다. 125페이지. 그야말로 소책자다.

제목은 『깃발 흔드는 아저씨의 일기』. 지은이 이름은 나가라 요시부미. 표지 날개에 지은이의 얼굴 사진이 실려 있다. 아버지와 비슷한 연배—아니, 약간 아래일까—남자다. 삶은 감자처럼 생긴 얼굴이다. 머리는 완전히 벗겨져 인상이 더욱 강하다. 얼굴 사진은 잘 나온 것을 골랐을 테고, 실제로 인상 좋게 웃는 표정을 짓고 있지만 하관이 벌어진 걸로 보아 무척 고집스럽게 보이는 노인이었다.

장의사는 아버지가 책을 썼느냐고 물었지만 미치야에게는 상상도 할 수 없는 일이다. 쓸 만한 내용이 전혀 없으니까.

아버지 나가야마 다케오는 평생 공무원 생활 외길을 걸었다. 교통운수국 지국에 근무했다. 가끔 근무처가 바뀐 적은 있지만 사십이 년간 공무원으로만 살아왔다. 후반의 이십 년 동안은 검사등록 사무 업무만 맡았다. 찾아오는 민원인들을 맞이하는 흠집투성이의 카운터와 좁은 책상 사이를 오가는 일을 하며 월급을 받았다.

아버지는 그곳에서 시키는 일을 하고, 휴식시간에는 담배를 피우고, 여직원이 끓여 주는 차를 마시며 그 기간에 몇십 켤레, 아니 몇백 켤레의 건강 샌들을 갈아 치웠다. 샌들을 사는 가게도 사십 년 동안 한 번도 바꾼 적이 없다. 나중에는 책임 있는 높은 자리가 아니라 명색뿐인 '주임' 직함을 받기도 했지만 실질적으로는 말단 공무원인 채로 퇴직했다.

그런 아버지가 과연 뭔가를 쓸 일이 있었을까? 아버지는 마치 숨을 쉬듯 당연하게 사무실에 출퇴근했다. 아침에는 여덟 시 이십 분 버스를 타고, 퇴근 때는 정확하게 다섯 시 반 버스로 귀가했다. 퇴근이 늦는 일은 한 해에 두 번뿐. 사월 삼일의 신입직원 환영회와 십이월 일일 송년회뿐이었다. 그런 날도 열 시를 넘긴 적이 없었다.

그런 인생인데 무슨 쓸 이야기가 있겠는가.

서른에 맞선을 봐 결혼하고 2DK 관사에 살았다. 퇴직할 때까지 내내 그곳에서 살았기 때문에 자기 집을 지을 일도 없었다. 아니, 실제로는 어머니는 퇴직금과 저금을 합쳐 집을 지을 생각을 했지만, 아버지가 '이제 와서 번거롭다'며 마땅치 않게 여겨 머뭇거렸다. 그러다가 어머니가 병원에 입원했고 세상을 떠났기에 그 이야기는 없었던 일이 되고 말았다.

취미도 없었다. 휴일이면 멍하니 텔레비전만 보았다. 아버지와 함께 공놀이를 했던 기억조차 없다. 프로야구 야간경기를 데리고 간 적도 없고 엔니치緣日신불의 강림, 서원 등의 인연이 있는 날을 골라 제사나 공양을 올리는 날 밤에 노점을 구경하러 나간 적도 없다. 휴일이면 아버지는 늘 빈둥빈둥 누워 있었다. 직장은 교통운수국인데 자신은 운전면허도 없었다.

아버지는 무엇 하나 나서서 하려 들지 않고 살아 온 사람이었다. 태어났으니 할 수 없이 먹고살기 위해 일은 하지만 그 이상은 무얼 할 생각도 없는 사람 같았다.

그런 인생인데 무슨 글로 써서 남길 만한 이야기가 있겠는가. '누구나 일생에 한 편은 소설을 쓸 수 있다'는 이야기가 있다. 그게 진리라면 아버지는 태어난 순간에 그런 권리를 다른 사람에게 넘겨버리고, 대신에 교통운수국 등록 담당자로서 도장이나 찍는 단조로운 일상을 선택한 것이다. 미치야로서는 이렇게밖에 생각할 수가 없었다.

그렇다. 장의사의 판단이 맞다. 대개 책꽂이에 같은 책을 가득 꽂을 정도로 지니고 있다면 그것은 자기가 쓴 책이거나 혹은 가족이 쓴 책을 사 둔 거라고 여기는 게 당연하다. 하지만 아버지의 경우에는 적용될 수 없다. 아버지는 다른 사람이 쓴 책을 그게 마치 귀중한 컬렉션이라도 되는 듯이 가지런하게 책장에 정리해 두었다—.

이게 대체 어떻게 된 일일까.

아버지가 쓰던 여기저기 찌그러진 주전자에 물을 끓여 인스턴트 커피를 한 잔 마시고 나서 『깃발 흔드는 아저씨의 일기』를 읽기 시작했다. 먼저 판권을 확인하니 발행일은 올해 오월 일일로 되어 있었다. 아직 반년도 지나지 않았다. 모두 새 책이다.

제목은 약간 어울리지 않는다. 자기 생활을 일기 형식으로 쓴 내용이 아니었다. 중요한 것은 '깃발 흔드는 아저씨'라는 부분이다. 저자인 나가라 요시부미는 재작년 봄, 예순 살의 나이로 그때까지 근무하던 제본회사를 그만둔 뒤 매일 오후 세 시부터 네 시까지와 밤 여덟 시부터 열 시까지 자기 집이 있는 아라카와 변두리의 작은 동네 교차로에서 직접 만든 노란 깃발을 흔들며 어린이들이 오가는 길을 지켜 주었다는 인물이다.

말하자면 자원봉사 '녹색 아저씨'인 셈이다. 하지만 그가 깃발을 흔들던 교차로는 그 지역의 초등학교가 지정한 통학로는 아니었다. 만약 지정된 곳이라면 원래 녹색 어머니들이 서 있기 때문에 그가 나설 자리는 없다. 그 교차로는 일단 학교에서 돌아온 어린이들이 학원에 다니기 위해 건너다니는 길이었다. 그가 나가서 봉사하던 시간대가 밤늦은 시간인 것도 그 때문이다.

이 동네에는 큰 진학 학원이 둘, 주산 학원이 하나인데 모두 이 교차로를 건너야 하는 역 앞 번화가에 있다. 매일 수많은 아이들이 교차로를 오간다. 하지만 초등학교는 어린이 보호 구역 이외의 곳까지 사람을 보내 교통안전에 힘쓸 생각을 하지 않는다. 아이들이 다니는 학원 측에서도 오가는 것까지 책임을 지지는 않는다.

그렇지만 문제의 장소는 사람이 다치는 사고가 자주 일어나는 마의 사거리였다. 교차하는 두 도로는 모두 1차선으로 다른 길들과 달리 사람은 오른쪽, 차는 왼쪽으로 통행하는 방식이어서 확실한 보도가 있는 곳이 아니고 흰 페인트로 선을 그어 놓은 정도였다. 나가라 씨는 정년퇴직한 뒤 매일 한 시간씩 산책하는 일을 일과로 삼은 지 얼마 되지 않아 이 교차로의 위험성에 놀라 아이들의 안전을 걱정하기 시작했다고 한다.

그러던 중에 상황은 더욱 악화되었다. 어느 텔레비전 프로그램에서 이 교차로를 남북으로 지나는 길을 북쪽에 있는 간선도로로 가는 편리한 샛길이라고 소개하면서 교통량이 급격하게 증가하고 말았다.

그래서 나가라 씨는 결심했다. 깃발 흔드는 아저씨가 되기로.

'나는 무사히 회사도 정년퇴직했고 좁지만 내 집도 지었다. 얼마 되지 않는 액수지만 저축도 있고 아내나 나나 건강하다. 자식 둘은 어엿한 성인이 되어 각각 사회 일각에서 활약하고 있다. 나는 정말 행복하다. 그러니 이런 행운을 베풀어 준 사회에 조금이나마 은혜를 갚고 싶다는 생각을 했다.'

읽기에 따라 마치 자기 자랑을 하는 듯한 느낌을 받을 수도 있으리라. 내 집도 없고, 사회 일각에서 활약하고 있지도 못한 미치야는 그렇게 느꼈다. 그런데 왜 아버지는 이런 책을 잔뜩 사들인 걸까.

이런 머리말 같은 서장 뒤에 재작년 사월부터 올 이월까지 교차로에서 깃발 흔드는 아저씨가 보고 들은 아이들과의 접촉, 난폭 운전자에게 품었던 분노, 오가는 차량과 거기 타고 있는 사람들을 관찰하며 느낀 점들을 이렇다 할 줄거리 없이 내키는 대로 장황하게 써 내려간 본문이 이어졌다. 날짜가 정확한 것이 있는가 하면 계절조차 제대로 밝히지 않은 경우도 있다. 솔직히 미치야가 읽기에는 따분했다. 아버지가 왜 이런 책에 집착했을까 하는 수수께끼만 없었다면 중간에 내던져 버렸으리라.

책을 다 읽고 아버지 집에 있는 유일한 시계—문자판에 가게 추첨 경품이란 내용이 또렷하게 적힌 작은 자명종 시계를 보니 벌써 점심때였다. 갑자기 배가 고파져 식사를 하려고 밖으로 나왔다.

아파트 주변에는 이렇다 할 음식점이 한 군데뿐이었다. 젖빛 유리를 끼운 고풍스러운 미닫이문에 '다카라 식당'이라고 해서 寶書로 적혀 있는 정식집이었다. 문을 열자 택시운전사, 인근 공장의 공원들로 보이는 손님으로 만원이라 십오 분쯤 기다려야 했다.

정식을 시켜 먹었는데 의외로 음식 맛이 좋고 양도 푸짐했다. 문득 생각이 나서 냉수 한 잔을 더 달라고 부탁해, 물을 가져온 중년 여종업원에게 아버지에 관해 물어보았다. 종업원은 아버지를 바로 떠올리지 못했다. 조금 있다가 겨우 말했다.

"아아, 어제 그 연립주택에 초상을 치른 집이 있었죠? 그분인가?"

"예, 그렇습니다. 여기 오신 적이 없나요?"

"없어요. 저는 손님들 얼굴을 대부분 기억하는데 본 적이 없네요."

식당 입구 쪽에는 차례를 기다리는 손님이 아직 많았다. 기다려 식사를 할 만큼 맛있는 곳이었지만 아버지는 이렇게 붐비고 시끌시끌한 식당은 싫어했을지도 모른다. 원래 혼자 있기를 좋아하는 양반이었다. 식당에서 합석하는 게 성가셔서 싫어했을지도 모른다. 미치야는 서둘러 자리에서 일어났다.

방에 돌아오니 같은 책으로만 가득 채워진 책장이 어쩔 수 없이 눈에 들어왔다. 하지만 어떻게 해야 좋을지 알 수가 없었다.

막연하기는 하지만 책을 읽어 보면 아버지가 이 책을 사들인 까닭을 알 수 있을지도 모른다는 생각을 했다. 예를 들면 책에 실린 글 안에 조역으로 등장한다거나.

하지만 충분히 꼼꼼하게 읽은 셈인데 그런 내용은 나오지 않았다. 인쇄소나 제본소 이름, 표지 장정을 해 준 화가 이름까지 살펴보았는데도 짚이는 부분이 없었다. 아는 사람이나 친척이 쓴 책도 아니다.

부엌을 서성거리면서 찻물에 절어 완전히 갈색이 된 다관과 뚜껑이 헐거워진 차 통을 발견하고 찬장에서 손님용 둥근 찻잔을 하나 꺼냈다. 그 순간 이상한 점을 발견하였다.

다섯 개짜리 세트 가운데 네 개는 신품에 가까울 정도로 새하얀데 하나만 약간 찻물이 들어 있었다.

누군가 정기적으로 찾아오는 손님이 있었던 걸까? 왠지 수상쩍게 여겨지기 시작했다.

따뜻한 엽차를 마시면서 다시 『깃발 흔드는 아저씨의 일기』를 손에 들고 뒤적뒤적 책장을 넘겼다. 마지막 페이지에 지은이의 약력이 적혀 있었다. 별 생각 없이 약력을 바라보다가 제일 간단한 방법을 시도해 보기로 마음을 먹었다.

저자인 나가라 씨에게 아버지와 아는 사이였는지 아닌지 직접 물어보는 것이다.

약력 끝에 주소가 실려 있어 전화번호를 찾기는 쉬웠다. 이것저것 생각하다 보면 더 머뭇거리게 될 것 같아 상대방이 전화를 받으면 상황에 따라 대응하기로 하고 전화를 걸어 보았다.

놀랍게도 신호가 한 번밖에 가지 않았는데 전화를 받았다. 여자 목소리였다. 그리 젊은 사람은 아니다. 이름을 대는 말투로 미루어 주부인 듯했다.

"여보세요, 나가라입니다."

미치야는 자기 이름을 밝히고 『깃발 흔드는 아저씨의 일기』를 쓴 나가라 요시부미 씨가 계시느냐고 물었다. 그러자 상대방은 갑자기 침묵했다.

"여보세요."

미치야가 말하자 그제야 조심스러운 목소리가 들려왔다.

"저어, 무슨 일이시죠?"

"계시지 않습니까?"

"그런데, 무슨 용건으로?"

미치야는 머리를 굴렸다. 느닷없이 복잡한 이야기를 할 수는 없다. 그래서 이렇게 말했다.

"저어, 저는 나가라 선생님의 『깃발 흔드는 아저씨의 일기』를 읽고 무척 감동했습니다. 그래서 뻔뻔스러운 부탁이겠지만 잠깐 말씀을 나눌 수 있을까 생각했습니다."

상대방은 잠깐 한숨 쉬는 듯한 소리를 냈다. 그리고 한층 부드러운 목소리로 말했다. "그러셨군요. 그 책을 읽어 주셨다니, 감사합니다. 책을 어디서 구하셨죠?"

"책방에서……."

"어머, 어디 있는 책방인데요?"

미치야는 대답이 궁해졌다. "어디였더라……. 지나가다 불쑥 들어간 곳이라서."

"이케부쿠로인가요?"

"예? 아…… 예. 그렇습니다."

"그럼 임림당林林堂이로군요. 할아버지께서 가게를 지키고 계셨죠?"

맞장구를 쳤다. "아, 예. 맞아요."

"그 서점에서 책을 오십 권 정도 받아 주셨을 겁니다. 그 할아버지가 경영하는 서점인데 저희 아버님 동창생이시죠."

"아아, 그러면 지금 전화 받으시는 분은 나가라 선생님 따님이신가요?"

상대방이 웃었다. "저는 며느리입니다."

그런가? 나가라 씨에게는 아들이 둘 있다고 했다. 어엿한 성인으로 사회의 일각에서 활약중인 아들이.

"저어, 그런데 나가라 선생님은—?"

조심스럽게 꺼낸 미치야의 말을 가로막으며 상대방이 거꾸로 질문을 했다.

"아니, 모르셨나요? 신문에도 나왔는데."

"책 말입니까?"

"아뇨." 상대방의 목소리가 가라앉았다.

"아버님은 돌아가셨어요. 올 팔월 말에. 책을 낸 지 삼 개월 뒤의 일이었죠."

미치야는 순간 할 말을 잃어, 애도한다는 말조차 머릿속에 떠오르지 않았다.

간신히 입을 열어 물었다.

"병환으로 돌아가셨나요?"

"정말 전혀 모르시나보군요."

모르다니—어떻게 된 걸까?

"아버님은 살해당하셨어요. 얻어맞아 돌아가셨죠. 게다가 범인은 아직 잡히지 않고 있습니다."

3

나가라 요시부미는 살해당했다. 올 팔월 말, 밤 열 시경. 늘 그랬듯이 교차로에서 노란 깃발을 들고 서 있었는데 거기서 누군가의 습격을 받았다고 한다.

며느리라는 여자는 이 이야기를 하는 데 익숙해진 모양이다. 술술 이야기해 주었다.

"경찰은 범행 시각으로 미루어 계획적인 살인은 아니라고 하더군요."

밤 열 시는 역 앞에 있는 번화가의 세 학원에서 늦게 수업이 끝난 학생들이 집에 가기 위해 문제의 교차로를 지나는 때라서, 나가라 씨는 항상 끝까지 애들을 지켜보고 난 뒤에야 집으로 돌아왔다고 한다.

그러므로 누가 만약 나가라 씨에게 살의를 품고 미리 계획을 세웠다면 그런 시간대를 노릴 리가 없을 것이다. 언제 아이들이 올지 모르기 때문이다. 실제로 뒤통수에서 피를 흘리며 길가에 쓰러져 있는 '깃발 흔드는 아저씨'의 시체를 발견한 것은 아이들이었다고 한다. 끔찍한 이야기다.

그건 이해가 갔다. 아마도 사건은 돌발적인 사고였으리라. 난폭 운전자를 꾸짖다가 맞은 것인지도 모른다. 경찰이 여태 범인을 잡지 못하고 있는 것도 우발적인 범행이기 때문이 아닐까?

아버지는 나가라 씨와 무슨 관계가 있는 걸까?

며느리에게 물어보니 『깃발 흔드는 아저씨의 일기』는 자비 출판한 책으로 모두 오백 부를 찍었다고 한다. 제본은 나가라 씨가 근무했던 회사에서 했다. 그리고 아는 이들이나 친척에게 준 것, 임림당에서 가지고 간 것, 그리고 나가라 씨 자신이 교차로에서 선전 활동하여 판 것 등을 합쳐 백오십 부에서 이백 부가량이 팔렸다는 이야기다. 그렇게 따지면 나머지 『깃발 흔드는 아저씨의 일기』는 대부분 아버지에게 있다는 계산이 나온다.

이건 놀라운 일이었다. 급히 물었다.

"그럼 나머지 삼백 부는 어떻게 되었습니까?"

그러자 며느리가 대답했다.

"한꺼번에 구입해 주신 분이 계십니다. 일부러 우리 집을 찾아오셨어요. 큰 운송회사를 경영하는 사장님이신데 운전기사 안전 교육을 위해 사용하고 싶다고 하시며 전부 사 가셨죠."

침을 꿀꺽 삼켰다. "그 사장님 성함은?"

"글쎄요……. 나가이 아니면 나가야마 아니었나? 저는 직접 말씀을 듣지 못했습니다. 만나 뵌 건 아버님과 제 바깥양반뿐이라."

"바깥양반이시라면, 나가라 선생님의—."

"장남입니다. 부동산회사에 근무합니다."

꼬치꼬치 캐물으니 당연히 의심스러웠으리라.

"저어, 전화하신 분 성함을 다시 한 번—."

미치야는 얼른 전화를 끊었다.

오후 내내 아버지의 집 안을 구석구석 샅샅이 뒤져보았다.

어차피 여기 있는 물건들은 정리해서 처분할 것은 처분하고 버릴 것은 버려야 한다. 혼자 그런 일들을 처리하면 또 친척 가운데 누군가로부터 잔소리를 듣게 될지도 모르지만 미치야는 지금 그런 것에 신경 써서는 안 된다고 생각했다.

아버지, 대체 무슨 짓을 저지른 거야?

그게 이해가 되지 않았다. 뭔지는 몰라도 묘하게 불길한 예감이 들었다. 방 안을 뒤엎어서라도 찾아내고 싶었다. 무엇인가를.

벽장 안에 아무렇게나 쌓아 둔 빈 구두상자 안에서 낱장으로 아무렇게나 처박혀 있는 십여 장의 만 엔짜리 지폐를 발견한 것은 집 안을 뒤지기 시작한 지 한 시간쯤 지났을 때였다.

어이가 없어 잠시 멍했다. 아버지가 언제부터 이런 식으로 현금을 모은 걸까?

세어 보니 십이만 엔이었다. 얼핏 보았을 때 예상했던 것보다는 훨씬 적은 액수다.

생각을 바꾸어 아버지의 저금통장을 찾기로 했다. 상속 수속 절차의 문제가 있으니 얼른 정리해 목록을 만들어 두라고 작은아버지가 얘기해 주기도 했다.

사용중인 통장이 두 개 있었다. 식기를 넣어두는 장의 제일 아래 서랍에 들어 있었다. 하나는 은행 통장이고 다른 하나는 우체국 것이다. 연금이 들어오는 것은 은행 쪽으로 해 두었고, 우체국 계좌는 공과금이 빠져나가게 하기 위해 만든 모양이다.

돈의 출납에 눈에 띄게 의심스러운 점은 없었다. 들어오는 돈은 연금뿐이고, 노인 혼자라면 이 액수일 거라고 여겨질 정도의 지출밖에 없었다. 정기 예금은 액수가 컸다. 그러면 안 되지만 미치야는 가슴이 두근거렸다. 퇴직금도 그대로 있었다. 꽤 될 거라고 생각하기는 했지만 이 정도일 줄은 몰랐다. 이천만 엔 가까이 되었다.

하지만, 그래서 빈 구두상자 안의 십이만 엔은 더욱 납득이 가지 않았다. 설마 그런 식으로 저금을 하고 있었을 리는 없다.

혼자 사는 처지니 갑자기 병이나 현금이 필요해질 때를 위해 얼마간 집 안에 보관해 두는 것은 이해할 수 있다. 미치야 스스로도 그렇게 하고 있으니. 베갯잇이나 매트리스 아래에 항상 오만 엔을 넣어두고 지낸다. 하지만 십이만 엔은 그런 용도로 놔둔 돈이 아닐 것 같은 예감이 들었다.

일단 돈을 옆으로 밀어두고 아버지가 가계부 같은 걸 쓰지 않았는지 찾아보기로 했다. 어머니의 세 번째 기일에 아버지가 작은 장부에 돈의 출납을 자세하게 기입해 나중에 수입과 지출의 결산을 했던 기억이 난다. 그런 점에서는 꼼꼼한 양반이었다. 생활비도 기록을 남겼을지 모른다.

예상은 맞았다. 가계부만큼 잘 정리되어 있는 것은 아니었지만 대학 노트에 월별 수입과 지출을 적어 두었다. 수입은 빨간 볼펜으로, 지출은 검은 볼펜으로. 각각의 숫자에는 '보험료', '방세' 등 대략적인 명목도 적혀 있다.

기록은 어머니가 돌아가시고 완전히 혼자 생활하기 시작한 삼 년 전 봄부터 당연히 지난달까지 되어 있었다.

노트를 뒤지다가 미치야는 깜짝 놀라 가슴이 덜컥 내려앉았다.

수입을 기록하는 난이었다. 퇴직한 뒤로는 연금 이외에 들어올 돈이 없을 텐데 올 유월부터 지난 달, 즉 구월까지 매달 삼만 엔씩이 파란 볼펜으로 적혀 있다.

그 삼만 엔에는 명목이 적혀 있지 않았다. 미치야는 손가락을 꼽으며 세어 보았다. 육, 칠, 팔, 구월. 사 개월이다.

합계 십이만 엔. 구두상자 안에 있던 돈과 정확하게 일치한다.

이건 대체 어디서 들어온 돈일까?

기록을 거슬러 올라가 보니 노트 안에서 얇은 전표 한 장이 떨어졌다. 발행처 이름이 적힌 먹지 복사식 전표였다.

'고서 전문점 다나베 서점'

소재지는 다나베초 2초메 5번지 7호. 그 아래 전화번호도 적혀 있었다.

전표에는 책 제목이 적혀 있었다. 일람표로 만들어 각 책의 가격을 적어 놓았다. 제일 아래 합계액 삼천사백 엔이라는 액수와 지불이 끝났다는 표시로 도장이 찍혀 있었다. 날짜는 올 오월 십오일이다.

노트를 집어 들어 오월 부분을 펼쳤다. 딱 삼천사백 엔. 수입칸에 빨간 볼펜으로 적혀 있고, 그 아래는 '다나베 서점에 책 판 돈'이라고 적혀 있다. 미치야는 아버지의 책꽂이를 쳐다보았다.

다나베 서점은 번지수만 보고도 쉽게 찾을 수 있었다. 아버지가 사는 연립주택에서 십오 분 정도 걸리는 곳이었다.

버스가 오가는 큰길에서 한 블록 뒤로 들어간 조용한 거리였다. 차 두 대는 너끈히 빠져나갈 수 있을 정도 넓이의 도로 쪽으로 난 작은 임대 빌딩 일층이다. 위에 있는 층은 비어 있는지 건물 폭 가득 세입자 모집 현수막이 걸려 있었다. 그와는 대조적으로 일층에 있는 헌책방은 꽉 찬 느낌이 들었다. 출입구 바로 양 옆까지 높은 서가가 빼곡하게 놓여 있었다.

입구 바로 옆에서 고등학생으로 보이는 사내아이가 산더미처럼 쌓여 있는 잡지를 익숙한 손놀림으로 정리하고 있었다. 야구모자를 챙이 뒤로 가도록 쓰고, 청바지 뒷주머니에 타월을 찔러 넣었다. 두 손에 낀 목장갑은 잉크가 묻어 새카맣다.

가게 앞에는 다른 사람의 모습이 보이지 않았다. 미치야가 다가가자 그림자가 드리워서 그런지 말도 걸지 않았는데 사내아이가 고개를 들었다.

"어서 오십시오." 밝은 말투로 말하고 바로 다시 작업으로 돌아간다. 미치야는 잠시 머뭇거리다가 입을 열었다.

"여기 사장님과 이야기하고 싶은데."

사내아이는 다시 고개를 들더니 거꾸로 쓴 모자의 챙을 쓱 잡아당겼다. 그 몸짓이 무척 개구쟁이 같아 보였다.

"책 파시게요?"

"아니, 그건 아니고. 전에 이 서점이 매입한 책 때문에……."

"아, 그러시구나. 잠깐 기다려 주세요."

사내아이는 훌쩍 일어나 잔뜩 쌓인 잡지를 허물어뜨리지 않으려 가랑이를 벌리고 넘더니 가게 안쪽의 맨 첫 번째 서가 근처까지 가서 큰 소리로 외쳤다.

"할아버지, 손님!"

그러자 안쪽 문이 열렸다. 사무실이나 창고처럼 쓰는 방인 모양이다. 허름한 작업복을 위아래에 걸치고, 역시 면장갑을 낀 예순이나 예순다섯 정도 되어 보이는 노인이 거기서 나왔다. 단단해 보이는 어깨를 으쓱 치켜세우더니 잰걸음으로 다가온다.

"이 손님이야." 사내아이가 미치야를 가리켰다. 그러자 노인이 사내아이의 머리를 쿡 쥐어박았다.

"아야!"

"이 고얀 녀석. 몇 번이나 말해야 알아듣겠니. 손님에게 손가락질을 하는 놈이 어디 있어."

노인은 듣기 좋은 저음으로 그렇게 말하고 미치야에게 머리를 숙였다.

"죄송합니다. 무슨 일로?"

멍해졌다고나 할까, 갑자기 정신이 퍼뜩 들었다고나 할까. 미치야는 기가 죽었다.

이 정정한 노인이 다나베 서점 주인이다. 이름은 이와나가 고키치. 방금 머리를 쥐어 박힌 소년은 '단 하나뿐인 불효막심한 손자 놈'으로 이름은 미노루. 고등학교 일학년이라고 한다.

미치야는 간단하게 자기소개를 하고, 갑작스럽게 돌아가신 아버지의 방을 정리하다 이곳 전표를 발견했다는 이야기까지 설명했다.

가게 안쪽에 있는 좁은 응접실에서 미치야는 주인과 마주앉았다. 여기도 책이 잔뜩 쌓여 있고 복잡하긴 했지만 청소는 잘되어 있었다.

"두 분이서 이 가게를?"

그렇게 묻자 이와나가라는 서점 주인은 큼직한 손을 내밀고 좌우로 저으며 부정했다.

"아뇨, 아닙니다. 미노루는 그저 거드는 정도죠. 점원이 두 명 있습니다만 요즘 오락가락하는 날씨 때문에 둘 다 감기에 걸려서 할 수 없이 저 녀석을 불러냈습니다."

그때 미노루가 둥근 쟁반에 찻잔 두 개를 들고 얼굴을 내밀었다.

"내가 없으면 장사 못 한다더니."

드십시오, 하며 탁자에 찻잔을 내려놓았다. 목장갑을 벗는 미노루의 손을 힐끔 보니 오른손이 거칠어져 거스러미가 일어나 있다. 미치야는 저도 모르게 말했다.

"손이 건조하군. 물이 닿으면 아프지?"

미노루는 살짝 눈을 크게 뜨고 자기 손을 살펴보더니 웃으며 고개를 끄덕였다.

"그렇죠. 아무리 조심해도 종이가 수분을 빼앗아가니까요."

"글쎄. 종이 탓만은 아닐 거야. 일할 때는 계속 목장갑을 끼고 있는 것 같은데 장갑이 부드럽지 않아서 의외로 손을 거칠게 만들지."

미노루는 '엥?' 하고 놀라는 표정으로 노인의 얼굴을 바라보았다.

서점 주인도 흥미가 끌린 듯한 표정을 지었다.

"죄송합니다. 쓸데없는 소리를 해서." 미치야는 당황했다. 하지만 갑자기 화제를 바꾸기도 난처해 가게 주인에게 물었다. "사장님도 손이 거친가요?"

이와나가가 "거칠죠"라고 대답하며 건강해 보이는 이를 살짝 드러내고 웃었다. "괜찮다면 이와 씨라고 부르세요. 손님들은 다들 그렇게 불러 주시니까."

"사실은 '완고하다' 할 때의 '완 씨'라고 불렀는데 너무 노골적이라 슬쩍 바꿔 부르는 거예요." 소년이 토를 달았다. 미치야는 또 머리를 쥐어 박히는 게 아닐까 생각했지만 이번에는 얻어맞기 전에 다행히 도망쳤다.

"입만 살아 있는 녀석이라 골치입니다. 그런데 목장갑에 대해 잘 아시나요?"

미치야는 웃고 말았다. "그건 아닙니다. 그냥 저도 일하는 내내 목장갑을 끼기 때문에."

"호오, 실례지만 무슨 일을 하시는지."

미치야는 잠시 머뭇거렸지만 결국 대답했다. "자동판매기에 넣는 음료를 도매하는 청량음료 판매 회사에 근무하고 있습니다."

"그럼 힘을 많이 쓰는 일이겠군요."

"예……. 그뿐이면 괜찮겠는데 요즘에는 환경 문제 때문에 음료 도매 이외에도 자판기에서 나온 빈 깡통 회수 업무까지 합니다. 청량음료 빈 깡통은 끈적끈적하고 지저분하죠. 자칫하면 손을 베니 목장갑이 필수품이죠."

단숨에 말해 버리고 나니 은근히 부끄러웠다.

사내가 평생 할 만한 직업은 아니다. 일을 하면서도 늘 그런 생각을 했다. 아르바이트하는 학생이라도 단 하루면 배울 수 있을 정도로 단순한 업무다. 그냥 주문받은 물건을 배달하고 마는 게 아니라 약간 영업 감각이 있어 고객을 설득해 상품을 교체하게 만들거나 새로운 디스플레이를 궁리해 낼 수 있다면 이야기가 좀 달라지겠지만.

아버지가 갑작스레 돌아가셨을 때 미치야가 기숙사에 없었던 것도 사실은 그런 문제와 관련이 있었다. 사교 능력을 기를 수 있지 않을까 싶어 몰래 '대화술 교실'에 다니고 있었기 때문이다.

물론 창피해서 누구에게도 알리지 않았다. 친척이나 동료들이 알게 된다면 좋은 놀림거리가 될 테니까.

"이런, 제가 쓸데없는 이야기를 했군요." 미치야는 얼른 화제를 바꾸었다. 아버지 방에서 발견한 복사식 전표 사본을 꺼내 탁자 위에 펼쳐 놓았다.

"이건 아버지가 여기 책을 팔러 오셨을 때 받으신 겁니까?"

이와 씨는 전표를 보더니 바로 고개를 끄덕였다. "예. 그렇죠. 하지만 아버님께서 오신 게 아니라 우리 쪽에서 책을 가지러 갔습니다. 책꽂이에 있는 책을 전부 팔고 싶다고 하셔서."

"전부요?" 미치야는 눈이 휘둥그레졌다. "그럼 책장을 완전히 비웠습니까?"

"예, 그랬습니다. 깨끗하게 비워 달라고 하셨죠."

"왜 그러는지 아버지가 이유를 말씀 드렸나요?"

이와 씨는 기억을 더듬듯 미간에 주름을 지었다. "글쎄요. 별다른 말씀은 없었던 것 같은데요."

오월이라면 『깃발 흔드는 아저씨의 일기』가 출간된 달이다. 미치야는 탁자 아래로 자기 무릎을 꽉 움켜쥐었다.

아버지는 그때 그 책을 이미 다 사들일 작정이었다. 그래서 그걸 깔끔하게 보관할 공간 확보를 위해 책들을 처분해 책꽂이를 싹 비웠다—.

"그게 무슨?"

이와 씨의 질문을 받고 나서야 정신이 퍼뜩 들었다. 이와 씨는 탄탄해 보이는 목을 살짝 기울이며 미치야를 바라보고 있었다.

"아뇨…… 아, 아무것도 아닙니다." 더듬더듬 그렇게 말하고 일어섰다. 의자가 덜컹거리는 소리를 냈다.

4

아버지는 왜 『깃발 흔드는 아저씨의 일기』를 사들인 걸까? 그것도 운송회사 사장이라는 거짓말까지 해 가면서.

그날 밤, 미치야는 아버지의 유골함이 있는 방에서 납작해진 이불을 깔고 드러누워 생각에 잠겼다.

무슨 일이죠? 아아, 아버지. 어떻게 된 거죠? 게다가 그 십이만 엔은 무슨 돈이죠?

매달 삼만 엔씩, 유월부터. 즉 『깃발 흔드는 아저씨의 일기』가 출판된 다음 달부터 매달 들어온 삼만 엔—.

별안간 어처구니없는 생각이 머리를 스쳐 이부자리에서 일어나

앉았다.

『깃발 흔드는 아저씨의 일기』에는 그 교차로를 오가는 수많은 사람들, 수많은 차들에 대한 묘사가 되어 있다. 멋대로 남의 사진을 찍어 미리 양해도 구하지 않고 발표했다면 심각한 프라이버시 침해가 되지만, 활자로 공개하면 아무에게도 잔소리를 듣지 않고 넘어갈 수 있다. 실명을 그대로 밝히거나 차번호를 적어놓지 않는 한은 괜찮다.

하지만—.

『깃발 흔드는 아저씨의 일기』는 자비 출판한 책이다. 그것도 지은이인 나가라 요시부미가 오래 근무한 제본소에서 마무리한 출판물이다. 인쇄소도 아는 사람이 있는 곳을 골랐을 게 아닌가.

결국 그 책은 전적으로 개인 출판물이라고 보아야 한다. 출판사를 통하지도 않았다. 그렇다면 서적 출판에 늘 있기 마련인 일반적인 점검을 받지 않았을 가능성이 크다고 봐야 하지 않을까.

게다가 그렇게 엉성한 문장, 조심성 없는 묘사들 가운데 어떤 이에게는 매우 곤란한, 글로 드러나서는 안 될 난처한 사정이 담겨 있다면 어떻게 될까?

아버지가 그걸 발견한 게 아닐까?

미치야는 자비 출판한 책이 얼마나 유통되는지 모른다. 하지만 『깃발 흔드는 아저씨』의 경우에는 실제로 이케부쿠로에 있는 임림당 같은 서점에서 오십 권이나 받아갔다. 우연히 아버지가 그 책에 눈길이 머물러 사서 읽었을 가능성이 없지 않다.

그 책에 담긴 묘사는 차에 대해서는 문외한일 지은이 나가라 씨에겐 아무 의미가 없는 것이다. 별 생각 없이 쓰고 잊어 아무 의미도 없는 것이리라.

하지만 아버지는 다르다. 나가야마 다케오란 사람은 오랫동안 교통운수국에 근무했다. 검사 등록 업무에는 베테랑이었다. 그런 아버지라면 나가라 씨가 그냥 넘어간 것도 바로 알아차렸을지 모른다.

그게 무엇이었을까? 차량 번호판 위조 같은 걸까? 아니면 도난차를 개조해 팔아먹는 조직적인 자동차 절도단에 관계된 내용이라도 있는 걸까?

어쨌든 아버지는 알아차렸다. 그게 무슨 의미인지 알 수 있었다. 그리고—.

그 '위험한 묘사'에 나오는 인물 혹은 단체의 우두머리를 찾아내 협박한 게 아닐까?

그래서 바로 그 매달 삼만 엔의 입금이?

미치야는 머리로 피가 솟구치는 것을 느꼈다. 겁이 나서가 아니다. 공포 때문도 아니다.

흥분했다.

아버지는 돈을 원한 게 아니다. 절대 아니다. 돈이라면 있었다. 혼자 사는 노인에게는 충분할 정도로.

아버지가 원했던 것은 스릴, 그리고 어느 누구보다 우위에 설 수 있다는 일종의 만족감이었던 게 아닐까? 삼만 엔은 그 상징인 것이다. 그래서 그렇게 아무렇게나 처박아 놓았다.

그런 생각이 들자 몸이 떨렸다. 미치야는 눈물을 글썽거렸다.

아버지에게도, 그렇게 따분한 인생을 보낸 사람에게도 그런 패기가 있었다―.

미치야는 무엇 하나 배울 것 없는, 재미없는 인생을 살아온 아버지를 쭉 지켜봐 왔다. 그리고 자신은 결코 그렇게 살게 되지 않기를 염원해 왔다.

하지만 실제로는 어떤가. 자기 또한 대학을 나와서 이렇다 할 능력도 특기도 없이 누구나 할 수 있을 만한 직업을 가지고 지극히 평범한 삶을 살아가고 있다. 여자에게 데이트 신청을 받은 적도 없다. 아무리 맞선을 보아 한 결혼이라고는 해도 아버지는 가정을 꾸리는 데 성공했지만 미치야는 그것마저도 할 수 없을지 모른다.

그래서 어떻게든 벗어나고 싶다고 간절하게 생각해 왔다.

취미를 가지려 노력해 본 적도 있다. 하지만 아직까지도 열중할 수 있는 것을 찾지 못한 상태다. 손재주가 없어 꼼꼼한 일들은 맞지 않는다. 스포츠도 못한다. 여행도 즐겁다고 느낀 적이 없다.

결국은 그토록 싫어하던 아버지의 삶을 그대로 베끼고 있다. 자기 마음을 솔직하게 들여다보면 미치야 역시 먹고살기 위해 마지못해 일을 하지만 그 이상의 다른 일은 귀찮게 여기고 있다. 적어도 그런 무기력한 부분을 안고 살아가고 있다.

하지만 아버지에게는 그렇지 않은 부분이 있었다면? 먹고 자는 일뿐만이 아니라 살아 있는 인간에 대한 생생한 관심이 또렷하게 숨을 쉬고 있었다면?

미치야 또한 희망을 가질 수 있다. 태어나면서부터 패배자로, 언제나 관중석에서 구경이나 할 인간은 아니라고 스스로를 믿을 수 있다. 그런 믿음이 생기면 나도 달릴 수 있다―.

그런 생각을 하다 보니 저도 모르게 웃음이 나왔다. 눈물을 흘리며 웃고 있는 것이다. 사진 안에서조차 따분한 표정을 짓고 있는 아버지의 영정을 향해, 또렷하게 소리를 내어 말했다.

"아버지, 아버지는 정말 엉뚱했어."

아버지는 아마 한 달에 한 번꼴로 상대와 접촉하고 있었으리라. 그리고 입을 닫는 조건으로 삼만 엔을 받으면 그 대가로 마치 영수증을 끊듯이 상대방에게 『깃발 흔드는 아저씨의 일기』를 넘겨주었으리라.

물론 상대방과 접촉할 때는 충분히 조심해, 어디 사는지 알아채지 못하도록 했으리라. 사는 곳이 알려지면 입장이 뒤집힌다. 마음 놓고 잠도 잘 수 없다.

하지만 딱 한 가지 계산을 잘못했다.

아버지는 틀림없이 지은이인 나가라 씨는 이 협박과 전혀 상관이 없다는 것, 자신이 쓴 책의 내용에 어떤 의미가 있는지도 알지 못한다는 사실을 설명했을 것이다. 그런데 상대방이 그 말을 곧이곧대로 받아들이지 않았다.

나가라 씨는 쉽게 잡을 수 있다. 매일 밤 혼자 교차로에 서 있다는 사실은 책에 분명하게 적혀 있다.

협박을 당한 상대방은 나가라 씨를 만나러 갔다. 어쩌면 그를 위협해 아버지가 사는 곳을 알아내려 했을지도 모른다. 혹은 문제의 씨앗을 뿌린 나가라 씨에게 그냥 복수를 해 버렸는지도 모른다.

그래서 나가라 씨는 살해당했다. 그 시간대를 선택한 것은 아마도 우발적인 범행으로 꾸밀 수 있었기 때문이리라. 게다가 매스컴이 크게 보도한다. 아버지에게도 그야말로 효과적인 위협이 된다.

아버지, 너무했어—. 미치야는 영정에 대고 소리쳤다. 대체 무슨 짓을 한 거야.

내일 아침에 일어나면 경찰서로 가자. 모든 것을 밝히고 『깃발 흔드는 아저씨』의 내용을 상세하게 검토해 본다면 아버지가 무엇을 눈치 챘는지 알아낼 수 있으리라. 그러면 나가라 씨를 죽인 범인도 잡을 수 있을 것이다.

아버지가 남을 위협해 돈을 뜯어내는 비겁한 범죄를 저질렀다. 그게 사실이라면 마음이 어수선해 잠이 올 리가 없다.

하지만 미치야는 잠을 잤다. 기분 좋게 자고 이튿날은 다시 태어난 기분으로 상쾌하게 눈을 떴다.

5

"우연이란 무서운 것이죠."

다나베 서점 응접실에서 감자를 떠올리게 만드는 울퉁불퉁한 윤곽의 얼굴을 한 사람이 신문을 접으며 이와 씨에게 그렇게 말했다.

"그래서 세상이 재미있는 거죠."

이와 씨는 대답하며 그 손님에게 커피를 권했다. 대개는 손님이 와도 엽차만 대접한다. 하지만 이 손님과는 이미 낯익은 사이인데다 커피를 매우 좋아한다는 사실을 알고 있기에 신경을 좀 썼다.

나가라 요시히코는 기뻐하는 표정으로 커피 잔을 집어 들었다. 앞으로 십 년 정도 세월이 흘러 머리가 벗겨진다면 세상을 떠난 자기 아버지를 빼다 박을 것 같다.

"나가야마 미치야 씨는 아마 깜짝 놀랐을 겁니다." 나가라 요시히코가 말했다. "그 사람이 생각해 낸 스토리는 거의 망상에 가까웠어요. 그래도—."

"결과적으로 그 사람이 경찰에 달려간 덕택에 손님의 아버님 살해범을 체포할 수 있었으니까요." 이와 씨가 그의 뒷말을 대신했다.

나가야마 미치야가 자기 아버지의 영정을 바라보며 생각해 낸 스토리는 부분적으로 사건의 진상에 약간 접근했다.

나가라 요시부미는 분명히 자기도 모르는 사이에 위험한 일을 했다. 그가 『깃발 흔드는 아저씨의 일기』 안에 차의 색상과 모델을 묘사하고, 게다가 친절하게도 차 넘버까지 기록한 부분 가운데 그 시점에 그곳에 있었다는 사실이 알려져서는 매우 곤란할 차가 딱 한 대 포함되어 있었던 것이다.

다만 그 차가 위조 번호판이거나 도난 차량과 관계가 있다는 이야기는 아니다. 좀더 단순하고 성적인 문제였다.

그 차는 한 남자의 차였다. 그는 부자 아내를 두고 몰래 바람을 피우고 있었다. 어느 운수 나쁜 날 밤 깃발 흔드는 아저씨인 나가라 씨가 있는 교차로에 정차했을 때 그는 불륜 상대와 함께 차 안에 있었다.

그때만 해도 아무 생각이 없었다. 그렇다. 그 후, 오월 들어 다시 그 사거리를 지나다가 『깃발 흔드는 아저씨의 일기』란 책을 선전하며 노란 깃발을 흔들고 있는 나가라 씨를 보기 전까지는.

불안감을 느낀 바람둥이는 『깃발 흔드는 아저씨의 일기』를 한 권

샀다. 아니나 다를까, 불안하게 여겼던 대로 책에는 자기 차와 불륜 상대에 관한 얘기가 자세하게 묘사되어 있었다.

자비 출판한 책이기에 그리 널리 퍼질 일은 없겠지만, 그래도 역시 안심할 수는 없었다. 궁리 끝에 그 남자는 팔월 어느 날 밤 몰래 나가라 씨를 만나러 가서 제작한 책을 모두 사게 해 달라고 부탁했다. 냉정한 나가라 씨는 자기 책을 몽땅 사고 싶어 하는 사람을 곧이곧대로 신뢰하지는 않았다. 이유를 캐물었다. 그리고—.

"나가라 씨 입장에서는 자기 책을 없애 버리려는 상대방에게는 단한 권도 팔 수가 없었겠죠." 이와 씨가 말했다. 상대방도 물러날 수는 없었다. "그래서 위협할 목적으로 가지고 간 스패너를 엉겁결에 휘두르고 말았다—이렇게 된 거죠."

"그것 참, 정말." 나가라 요시히코는 커피를 다 마시고 향을 음미하듯 숨을 내쉬었다.

"그 책 안에 적힌 차번호를 모두 체크하다니 경찰도 애를 많이 썼네요."

"그게 다 나가야마 미치야 씨의 망상 덕분이죠." 이와 씨는 미치야가 찾아왔을 때의 진지한 눈빛을 떠올렸다.

"그 사람이 자기 아버지를, 더 나아가 자기 자신을 다시 평가할 수 있는 기회를 얻게 되어 정말 다행입니다. 그 사람은 나름대로 능력도 있고 매력도 있는 사람이니까요."

실제로 전에 미치야가 충고해 준 대로 조금 주의를 기울였더니 미노루의 손거스러미는 깔끔하게 나왔다.

"이번 일에는 저도 한몫 거든 셈이죠?"

조심스럽게 묻는 나가라 요시히코에게 이와 씨는 웃음을 지어 보였다.

"그럼요. 댁이 이 빌딩 관리 책임자가 아니었다면 여기 들르지도 않았을 테고, 나가야마 다케오 씨에 관한 소문에 귀를 기울이지 않았다면 아무것도 시작되지 않았을 테니까요."

오월 말경이었다. 위층에 세를 들 것 같은 손님을 안내하러 온 나가라 요시히코는 내친 김에 다나베 서점에 들렀다. 그렇게 헌책을 사 가는 일이 전부터 이따금 있었다.

그런데 그때 이와 씨와 아르바이트 점원은 마침 책장을 비우려고 집에 있는 책을 몽땅 팔러 온 나가야마 다케오라는 손님에 관한 이야기를 하는 중이었다.

"노인성 백내장이라 시력이 떨어져 일상생활에는 지장이 없지만 아무래도 책을 읽을 수는 없어서―그래서 책장을 비우겠다는 거였죠……."

그때 나가라 요시히코는 아버지의 자비 출판으로 생긴 책들을 보관할 장소가 모자라 고민하던 중이었다.

"집 안에다 그냥 쌓아놓기에는 왠지 아버지가 측은해서요. 식구들 앞에서 체면도 있어 창피하지 않을까 생각한 거죠. 한두 권이 아니라 삼백 권이나 되는 책이니 공간을 많이 차지하니까요."

그때 이와 씨가 한 가지 제안을 한 것이다. 적당한 창고료와 보관료를 지불하고 나가야마 다케오 씨의 책꽂이에 삼백 권의 『깃발 흔드는 아저씨의 일기』를 보관하는 게 어떻겠느냐고.

나가야마 다케오 씨는 승낙했다. 그는 돈은 내지 않아도 된다고 했지만 요시히코 씨는 비밀을 지켜달라는 조건을 포함해 금액을 제시했다.

이렇게 해서 유월부터 매달 삼만 엔씩이 지불되었던 것이다. 나가라 요시히코는 매달 다나베 서점의 임대료 문제로 서점에 들를 때마다 나가야마 다케오를 방문해 계속 보관료를 지불해 왔다. 삼백 권의 『깃발 흔드는 아저씨의 일기』를 집에서 가지고 나갈 때 '큰 운송 회사 사장님'이라고 한 것은 아버지를 기쁘게 해 드리기 위해 요시히코 씨가 아이디어를 낸 거짓말이었다.

"그나저나 아버님 일은 마음 아픕니다."

이와 씨의 위로에 나가라 요시히코는 살짝 고개를 끄덕였다.

"제가 한 번쯤 다른 사람들에게 폐가 될 만한 부분은 없는지 훑어보고 나서 책을 내시게 했어야 하는 건데. 아버지는 당신의 책을 만드는 일에만 정신이 팔려 그런 문제까지는 신경을 쓰지 못하셨을 테니까요."

요시히코가 돌아간 뒤 마치 교대하듯 '출근'한 미노루가 이와 씨와 한바탕 사건에 대해 이야기를 하고 난 뒤 이렇게 말했다.

"저어, 할아버지. 할아버지는 왜 처음에 미치야 씨가 여기를 찾아왔을 때 그 사람 아버지가 노인성 백내장 때문에 시력이 떨어져 책을 처분한 거라는 이야기를 해 주지 않은 거야?"

이와 씨는 둥그스름한 머리를 긁었다. "비밀로 해 달라고 했어."

"아니……, 나가야마 다케오 씨가?"

"그래. 그 양반 입장에서는 자기를 별로 존경하지 않는 것 같은 아들에게 더 이상 약점을 보이고 싶지 않았을 거야."

게다가 나가야마 다케오는 나가라 요시히코의 부탁을 받아들여 『깃발 흔드는 아저씨의 일기』 삼백 권을 맡았을 때 슬쩍 웃으며 이런 소리도 했다.

 "이런 상태에서 내가 갑자기 세상을 뜨게 되면 내 아들 녀석이 분명히 이상하게 여겨 고개를 갸웃거리겠죠. 만약 그런 일이 생긴다면 재미있겠군요. 사정 설명을 해 주지 말고 내버려두십시오."

 이제와 돌이켜 보면 그 말은 심장이 좋지 않아 죽을 날이 그리 멀지 않았다는 사실을 잘 알고 있었기에 했던 소리인지도 모른다.

 "청년은 큰 뜻을 품는다. 하지만―." 미노루가 그렇게 말하며 장난꾸러기 같은 눈짓으로 이와 씨를 쳐다보았다.

 "그래서, 무슨 소릴 하려는 거냐?"

 "노인은 비밀을 안고 죽어간다. ―으악! 때리지 마!"

 이와 씨는 도망치는 미노루의 엉덩이를 총채로 찰싹 때렸다.

무정한 세월

1

가정용품 잡화점 가키자키 씨네 집에서는 유령이 나온다.

작년 여름부터 이런 소문이 동네에 나돌고 있었다. 그래서 일부 사람들 사이에서는 모르는 이가 없을 정도가 되었다. 올해 초, 슈퍼마켓 '후지야' 삼층에 있는 임대 홀을 몽땅 빌려 마을 부녀회가 신년회를 했을 때도 이 이야기가 나왔다고 한다. 잡화점이라고는 하지만 명색뿐이고 가키자키 씨네 집은 여러 해 전에 장사를 그만두고 가게 문을 닫았다. 제2차 세계대전 직후에 지은 이래 고치지도 않았고, 이렇다 할 손질도 하지 않은 채로 살아 온 이층짜리 목조 건물은 얼핏 봐도 알 수 있을 만큼 오른쪽으로 기울어져 있는데, 그 정면 미닫이문에는 자물쇠가 채워져 있다. '가키자키야'라고 히라가나로 큼직하게 적혀 있던 간판은 몇 해 전까지 '가 자 야'라는 글자만 남은 채 처마 위에 걸려 있었지만 이제는 그마저도 떼어 냈다.

거기에는 이런 일화가 있다. 다른 동네에 사는 부동산중개소 사장이 구의회 의원에 입후보했는데, 자기 이름을 외치며 선거 운동용 차량을 타고 '가키자키야' 앞에 이르렀을 때 마침 거센 바람이 불어와 '가 자 야'라고 적힌 간판이 덜컹거렸다. 그 앞이 학생들의 등굣길이라는 사실을 떠올린 그는 재빨리 머리를 굴려 유세차에서 내린 뒤, '만에 하나 등하교하는 학생들 머리 위로 저 간판이 떨어지면 곤란하니 제가 떼어 내 드리고 싶다'며 가키자키 할머니에게 졸랐다. 허락이 떨어지자마자 자신이 직접 사다리를 타고 올라가 두 손이 새

빨갛게 녹투성이가 되면서 떼어 냈다고 한다.

그 구의회 의원 후보는 낙선했다. '가 자 야'의 위험한 간판을 떼어 낸 행위는 훌륭했지만 선거법 위반이 심했던 모양이고, 본업인 부동산 쪽에서 사람들 눈에 눈물이 나게 만드는 일을 꽤 해 왔던 것이 원인이 되었다고 하니, 이 세상은 이래저래 공평한 건지도 모르겠다. 그 간판을 떼어 내는 퍼포먼스는 지옥의 염라대왕이 '피의 연못으로 가거라!'하며 손가락으로 가리키는데 '잠깐 실례하겠습니다'라고 양해를 구한 뒤에 염라대왕님의 손끝에 생긴 거스러미를 떼어 준 정도의 공덕밖에 안 되었던 걸까?

여하튼.

가키자키 집안과 마찬가지로 다나베초에 있는 헌책방 다나베 서점의 경영자이자, 이 동네에서는 보기 드문 독거노인 이와 씨, 즉 이와나가 고키치는 독거노인을 전문적으로 돌보고 다니는 헬퍼로부터 그 유령 이야기를 들었다. 그 헬퍼는 쉰다섯 살로, 원래는 조산원에서 일했다고 한다. 수많은 아기들을 받아내고, 임신부를 도와주고, 많은 세탁물을 취급한 지 수십 년. 튼튼한 두 팔과 거칠어질 대로 거칠어진 발뒤꿈치를 지닌 부인이다. 이름은 미요시 도시에라고 한다.

도시에 씨가 처음 이와 씨의 연립주택을 찾아온 것은 올 초인 일월 십팔일 토요일 오후였다. 도시에 씨가 현관에서 '독거노인 이와나가 고키치'가 어떻게 사는지 알아보러 나온 공무원 헬퍼라는 사실을 밝혔을 때 이와 씨는 상당히 쇼크를 받았다.

"난 별로 나이가 많지도 않습니다만."

"그러신 것 같군요."

도시에 씨는 방 안을 둘러보며 대답했다. 이와 씨는 깔끔한 것을 좋아해 방 안은 늘 깨끗하게 정돈되어 있다. 식사도 부지런히 해 먹기 때문에 요리 솜씨도 약간은 자랑할 수 있을 정도다. 그때도 걸어서 오 분 정도 걸리는 가게에서 점심식사를 하기 위해 집에 돌아와 있던 중이었다.

"다만," 도시에 씨는 연한 핑크빛 안경테를 살짝 만지며 말했다. "저희 방문자 명부는 주민등록대장을 기준으로 만든 것이라, 여기 적힌 내용에 따르면 이와 씨는 올 일월 십삼일자로 만 65세가 되셨고, 이 주소에 혼자 주민등록이 되어 있어 자동적으로 헬퍼의 방문을 받아야 하는 독거노인 리스트에 올라 있습니다."

이와 씨는 깜짝 놀랐다. "예순다섯 살밖에 안 되었는데?"

"연금 수급 대상자이시잖아요?" 도시에 씨가 바로 대꾸했다.

"분명히 나는 혼자 살고 있습니다. 하지만 그건 장사 때문에 그렇지, 아들도 있고 며느리도 있습니다. 그 애들은 내가 잘못 생각하는 게 아니라면 아마 내가 병이 나도 잘 돌봐줄 겁니다. 그러니 도움을 받아야 할 독거노인은 아니라고 생각합니다만."

이와 씨의 아들과 며느리는 바쁜 맞벌이 부부다. 그렇게 열심히 일해서 십 년 전에 요코하마 시내에 자기 집을 지었다. 이와 씨도 작년에 먼저 세상을 떠난 오랜 친구의 부탁으로 그가 운영하던 다나베 서점을 물려받기 위해 도쿄의 서민 동네인 아라카와 둑 아래 있는 다나베초의 연립주택으로 혼자 이사를 오기 전까지는 아들 집에서 함께 살았다.

세상 사람들은 이상하게 여길지 모르지만, 이와 씨가 혼자 살기로 결정했을 때 가장 심하게 반대한 사람은 며느리였다.

"아버님처럼 맛있는 연어 차즈케를 만들 수 있는 사람은 아무도 없으니까"라는 것이 그 이유였다. 사무실을 내고 일하는 인테리어 디자이너인 며느리는 늦게 귀가하는 일이 자주 있는데, 신경을 쓰면서 거래처 사람과 술을 마시고 들어왔을 때 이와 씨가 만들어 주는 연어 차즈케를 먹는 것이 이 세상을 살아가는 기쁨 가운데 하나라고 한다.

"여보, 우리도 집을 팔고 다 함께 다나베초로 이사해. 그러면 아버님이 혼자 생활하시지 않아도 되잖아."

며느리의 남편인 이와 씨의 아들 또한 거래처와의 술자리가 잦다. 큰 기계 제조 회사의 판매부장이란 요직에 있지만 그렇다고 해서 아직 십오 년이나 갚아야 할 융자금이 남아 있는 집과 아버지가 만들어 주는 한 그릇의 연어 차즈케를 저울에 달 만큼 난폭한 짓은 하지 않았다.

"여보, 아버지도 헌책방을 하나 맡아서 경영하시게 되면 바빠서 피곤하실 거야. 지금처럼 집안일을 많이 하실 수는 없어."

아들이 며느리에게 말했다.

"그럼 우리가 퇴근할 때까지 깨어 계시기 힘들까?"

"당연하지 않겠어?"

"어머, 그럼 혼자 가셔도 괜찮아요. 반대하지 않겠어요."

이렇게 해서 혼자 이 동네로 오게 되었다는 이야기를 도시에 씨에게 설명하면서도 이와 씨는 안절부절못했다. 곧 미노루가 올 시간이었기 때문이다.

이와나가 미노루는 고등학교 일학년 학생. 이와 씨의 손자다. 부모와 함께 요코하마에 살지만 매주 주말에는 다나베 서점 일을 거들러 왔다가 이와 씨 집에서 하룻밤 자고 간다.

지금 미노루가 들이닥쳐 이와 씨에게 독거노인을 돌보는 헬퍼가 찾아왔다는 사실을 알게 되면 큰일이다.

"에헤, 할아버진 내가 생각한 거보다 훨씬 더 할아버지네."

아마 앞으로 반년 동안은 이런 식으로 놀려 댈 것이다.

"그리고 내겐 착한 손자가 있어요." 이와 씨가 말했다. "매주 놀러 옵니다. 떨어져 생활하고는 있어도 가족과 자주 연락이 되고 있으니 정부에 신세질 일은 없습니다. 정말로 도움을 필요로 하는 분을 도와드리세요."

"어머, 그러세요?" 도시에 씨는 상냥하게 고개를 끄덕였다. 하지만 돌아갈 기미는 전혀 보이지 않았다. 되레 신발을 벗고 올라올 기세다.

"손자 분은 몇 살입니까?"

"열여섯이요." 도시에 씨의 등 뒤에서 대답하는 소리가 났다. 이와 씨는 눈을 감았다.

도시에 씨는 뒤돌아보다가 자기보다 삼십 센티미터쯤 더 높은 곳에 있는 미노루의 얼굴을 발견했다.

"어머나."

"안녕하세요?" 미노루가 인사를 했다. 낡은 청바지에 뭔지 모를 요란한 휘장을 붙인 재킷을 걸치고 야구모자를 챙이 뒤로 가게 썼다. 얼핏 보기에도 영리해 보이는 소년인데, 학교 연극부의 여자 부장에게 찍혀서 끈질기게 가입 권유를 받을 정도로 귀여운 얼굴이다. 실제로 이와 씨는 손자가 여장을 해도 잘 어울릴 거라는 생각을 한 적도 있다.

"우리 할아버지가 뭘 잘못했나요?"

재미없는 질문이다. 하지만 미노루가 아직도 이와 씨를 현역에서 뛰는 사람으로 인식하고 있다는 증거였다. 만약 이와 씨를 '힘없는 할아버지'라고 생각한다면 '할아버지가 뭘 잘못했나요'가 아니라 '할아버지에게 무슨 일이에요'라고 물었을 테니까.

"난 헬퍼예요." 도시에 씨가 자기소개를 했다. 이야기를 듣는 미노루의 얼굴에 점점 미소가 번져간다. 수업중에 교과서 뒤에 재미있는 만화를 감추고 읽을 때도 아마 저런 표정을 지으리라. 한쪽 눈으로 이와 씨의 얼굴을 살피면서 다른 눈으로는 도시에 씨를 본다. 떠오르는 폭소를 참느라 입가에 경련이 일었다.

도시에 씨가 말을 마치자마자 미노루가 입을 열 틈도 주지 않고 이와 씨가 먼저 말했다.

"너 뭘 안고 있는 거냐?"

조금 전부터 좋은 냄새가 났다. 달큼한 냄새다. 아마도 미노루가 가슴에 안고 있는 신문지 꾸러미에서 나는 듯했다.

"아, 이거?" 미노루가 꾸러미를 풀었다.

"하마초 붕어빵 사 왔어. 할아버지, 좀 늦었지만 생신 축하드려요."

붕어빵으로 해피 버스데이라니 너무 싸게 넘어가려 한다. 하지만 하마초는 역 근처에 있는 가게로 이와 씨가 단골로 드나드는 곳이다. 미노루가 제법 신경을 쓴 셈이다.

"어머, 맛있겠네."

신문지 꾸러미 안을 들여다보며 그렇게 말한 도시에 씨는 살짝 얼굴을 붉혔다. 순진한 사람이다.

"많이 사 왔는데 함께 드실래요? 우리 할아버지는 혈당치가 높아서 사실 이런 거 드시면 안 되거든요."

미노루가 권하자 도시에 씨는 처음엔 사양하더니 결국은 "그러면 실례" 하며 구두를 벗었다. 그리고 셋이서 붕어빵에 엽차를 마시면서 이런저런 세상 돌아가는 이야기를 하다가 도시에 씨가 하는 일에 대해 설명하던 중에 "그런데 제가 전에 방문한—" 하는 식으로 가키자키 씨네 집 유령 이야기가 나왔다.

"가키자키 씨네 집은 가족이 모두 함께 살거든요. 원래는 제가 방문할 필요는 없는데 그 댁 할머니가 약간 가벼운 치매가 시작되신 듯해서요. 몸도 좀 불편해지고. 그래서 보건소 쪽에서 개호介護 상담을 해 보라고 해서 찾아뵀죠. 그때는……."

여든이 된 할머니가 매일 밤 얼굴도 모르는 어머니와 자식 두 명의 유령이 꿈에 나타나 불면증에 걸렸다는 이야기다.

"당사자는 정말 마음의 병이 되고 말았죠. 식사도 제대로 못하시고."

미노루는 붕어빵에 거의 정신이 팔려 있었고, 이와 씨는 휴식을 마치고 가게로 돌아갈 시간에 신경을 쓰고 있었기 때문에 도시에 씨의 이야기를 그다지 신경 써서 듣지는 않았다. 게다가 이 세상에 유령 이야기는 무수히 많다. 미노루 말에 따르면 '화장실 수만큼 있다'. 여자 중학생이라면 몰라도, 눈을 반짝이며 귀 기울일 만한 일이 아니라고 대수롭지 않게 여겼다.

"하기야 가키자키 씨네 집은 지은 지 무척 오래되었잖아요? 그래서 외풍이 들어오거나 기둥이 삐걱거려서 노인 양반이 기분 나쁜 꿈을 꾸신 게 아닐까요? 하지만 개축할 모양이니 할머니도 좀더 참고 견디셔야겠죠."

그렇죠. 이와 씨나 미노루도 동의했다. 그리고 도시에 씨가 돌아가자 그 이야기는 곧 까먹었다. 기억조차 나지 않았다. 이 주일 뒤의 일요일, 가키자키 씨네 집을 개축하기 위해 땅을 파내려 가던 인부가 그곳에서 오래된 방공호 흔적을 발견했다는 이야기를 듣기 전까지는.

방공호 안에서 어린애와 어른 여자라고 바로 알아볼 수 있는 두 구의 백골이 나왔다.

유골은 모두 센 불에 탄 듯 검게 그을어 있었다.

2

가키자키 씨네 집 지하에서 유골이 나왔다는 이야기는 꼬마아이가 세발자전거를 달리듯이 빠른 속도로 동네에 퍼져 나갔다. 이와 씨나 미노루나 유골이 발견된 지 삼십 분도 채 안 되어 그 소식을 들었다.

"방공호라고……?"

서가를 정리하던 손길을 멈추고 이와 씨가 무심코 중얼거렸다.

"전쟁 때 판 건가?" 미노루가 우물우물 중얼거렸다.

"그렇겠지. 너 방공호를 한자로 쓸 수 있니?"

미노루는 잠시 눈을 들어 허공을 올려다보며 구구단을 외우는 듯한 표정을 짓다가 이윽고 말했다.

"못 써."

지금은 요코하마에 집이 있고 홀로 이곳에 나와 지내고 있지만 원래 이와 씨가 태어난 곳은 다나베초 같은 도쿄의 서민 주거지역이었다. 내내 그곳에서 자랐고, 거기서 가정을 꾸렸으며, 그곳에서 회사를 다녔다.

이와 씨가 태어난 동네는 여기보다 더 바다 쪽에 가까웠다. 자전거가 금방 녹이 슬 정도였기 때문에 어린 시절 미노루의 아버지는 자주 투덜거렸다.

그 동네 또한 이 다나베초처럼 제2차 세계대전 때 공습이 심했던 지역이다.

"그런가? 넌 방공호를 모르니?" 이와 씨는 목장갑을 낀 손을 탁탁 털면서 허리를 폈다.

"어떠냐, 잠깐 가키자키 씨네 집에 가 볼까? 무슨 이야기를 들을 수 있을지도 모르니. 너도 함께 가자꾸나."

미노루의 눈이 휘둥그레졌다. "신기하네. 할아버지가 그런 구경 꾼 기질을 발휘하다니."

"구경이 아니지." 이와 씨가 말했다. "네가 보고 들어 두는 게 좋을 것 같아서 그러는 거야."

주말이면 손님이 많아 아르바이트생도 바쁜 모양이다. 계산대 앞에 있는 그들에게 "삼십 분 정도 나갔다 올게"라고 이야기했다. 이와 씨는 목장갑을 벗고 손을 깨끗하게 씻은 다음 옷차림을 단정하게 했다. 미노루에게도 똑같이 시키고 가게를 나섰다.

놀랍게도 현장에는 순찰차가 와 있었다. 순찰하는 걸 가끔 본 적이 있는 키 큰 젊은 순경이 왠지 상기된 표정으로 모여드는 동네 사람들과 지나다니는 차들을 상대로 교통정리를 하고 있었다.

방공호 자리에서 사람 유골이 나왔다는 이야기를 들으면 제2차 세계대전 때의 공습 피해자를 떠올리는 게 이 동네 사람들의 기본적인 반응이다. 그것은 전쟁을 알고 있는 연배의 사람들에게만 한정된 것이 아니었다. 그 까닭은 거듭되는 공습으로 수많은 희생자가 나온, 도쿄의 서민들이 사는 이 지역의 학교에서 전쟁이 끝난 뒤에도 일정기간 꽤 진지하게 일련의 참사에 관해 수업시간에 가르쳐 왔기 때문이다. 그 참상을 기록한 책이나 영화도 읽거나 보라고 적극적으로 권장해 왔다.

정부는 백 년을 기다려 봐야 무엇 하나 의욕이 없으니 우리들이 어떻게든 가르쳐야 하는 게 아닌가 하는 기개를 이와 씨는 늘 흐뭇하게 여기고 있었다.

하지만 그런 교육도 요즘 십대들에게는 미치지 않는 모양이다. 서민적인 동네의 여러 학교들도 패전으로부터 삼십 년이나 지나자 전쟁에 따른 재앙의 기억을 학교를 통해 전하는 일에 지쳐 버렸는지 모른다. 혹은 그런 것보다 연립방정식 푸는 방법을 가르치는 게 더 낫다는 압력에 무릎을 꿇어 버린 건지도 모른다.

따라서 가키자키 씨네 집을 깨끗하게 허물어 고스란히 드러난 땅을 멀찍이 둘러싸고 있는 사람들의 얼굴에는 연령이나 세대, 입장에 따라 상당히 다른 빛깔의 표정이 떠올랐다.

엄숙하다고 해도 좋을 표정을 짓고 있는 사람들은 사십대 정도까지였다. 그 아래가 되면 깜짝 놀라 호기심을 느끼는 표정. 더 아래로 내려가면—구체적으로는 자전거를 타고 지나가다가 순찰차를 발견하고서 페달을 멈춘 듯한 한 떼의 남자 중학생들이지만—그저 단순히 '시체가 나왔다!'는 사실에 흥분하고 있을 뿐이다.

"여잔가? 죽여서 묻은 놈이 있겠네. 알몸인가?"

뚱뚱한 중학생이 포르노라도 보는 듯한 조심성 없는 말투로 소리치고 있다. 게다가 그 입에서 침이 튀어 이와 씨는 자전거째로 차서 쓰러뜨리려 발을 들어 올리려 했다.

"할아버지……."

미노루가 슬쩍 주의를 주는 바람에 간신히 참았을 정도다.

헬멧을 쓴 작업자들과 나이 든 순경이 땅바닥에 난 사방 팔십 센티미터 정도의 컴컴한 구멍을 들여다보고 있다. 순경은 손에 큼직한 손전등을 들고 있는데, 멀리서 보아서는 무얼 비추고 있는지 전혀 알 수가 없었다.

계속 지켜보고 있자니, 순경들이 뭔가 의논한 뒤에 잠깐 서로 고개를 끄덕이고는 구멍 둘레에서 일어나 이쪽으로 왔다. 나이 든 순경과 작업자 가운데 팔뚝에 완장을 찬 책임자로 보이는 사람이 그곳을 떠날 때 각각 모자와 헬멧을 벗고 어두운 구멍 쪽으로 깊숙이, 그리고 오랫동안 고개를 숙였다. 그 모습을 보던 이와 씨는 마음이 아팠다.

"역시 삼월 십일 희생자로군요."

이와 씨 바로 옆에 있던 비슷한 또래의 남자가 슬며시 말을 걸어왔다.

이와 씨는 상대방을 흘깃 올려다보았다. 상대방도 힐끔 내려다보았다. 이와 씨보다 키가 훨씬 컸기 때문이다.

"그렇겠죠."

"그때가 제일 심했으니까요."

"팔만 명이었죠? 타 죽은 사람이."

"그렇죠."

천구백사십오년 삼월 십일의 대공습은 불과 두 시간가량 사이에 스미다가와, 아라카와, 에도가와에 둘러싸인 도쿄의 저지대 지역을 불바다로 만들었고 팔만 명이 넘는 희생자를 냈다고 기록되어 있다. 당연히 희생자는 모두 일반 서민들이었고 전쟁과는 상관없는 사람들이었다.

전쟁을 끝내기 위해 일본인들의 전투 의욕을 없애고 사기를 떨어뜨리려는 목적이 있었다 하더라도, 만약 이 공습 없이 전쟁이 더 복잡하게 얽혀 본토 결전에 들어갔다면 훨씬 더 비참해졌을 거라는 역사적인 판단을 감안하더라도, 역시 맨 먼저 이 지역을 둘러싼 '불의 고리'를 만들고 퇴로가 막힌 사람들이 피할 곳도 찾지 못해 허둥대고 있는 곳에 일 제곱미터에 세 개 이상의 폭탄을 투하한 엄청난 공습은 '잔혹하다'는 비난을 받아도 별 도리가 없지 않을까 하는 생각이 든다.

역사를 냉정하게 되돌아보고 분석하는 일은 중요하다. 그렇게 해야만 같은 비극이 되풀이되는 것을 막을 수 있다. 하지만 이렇게 변두리의 작은 길모퉁이에서 시간에 묻혀 있던 유골이 발굴되면 역시 '잔인하다'는 생각이 들기 마련이다.

"선생은 공습을 당한 경험이?" 이와 씨는 옆 노인에게 물었다.

"예, 있죠."

"이 근처에 계셨었나요?"

"그때는 히가시스나도쿄 고토구 스나마치에 있는 한 지역에 있었죠. 그래서 가사이 다리까지 피했고요. 운 좋게, 정말로 운 좋게 우리 식구들은 그날 밤 한 명도 변을 당하지 않고 살아남을 수 있었습니다."

작업하는 사람들은 구멍 주위에 로프를 치고 주위를 밟아 무너지는 것을 막기 위해 합판을 대고 있었다. 그런 모습을 지켜보며 옆에 선 노인은 더듬더듬 중얼거리듯 대답했다.

"정말 운이 좋으셨군요."

"선생은 어땠습니까?"

"우리 식구들은 모두 지방으로 피난을 갔습니다. 지바의 도가네 쪽에 어머니 친척이 계셔서요. 저는 군대에 징집된 상태였습니다만." 이와 씨가 대답했다.

조용히 듣고 있던 미노루가 깜짝 놀랐다는 듯이 소리를 질렀다. "아니, 할아버지. 전쟁에 나갔어?"

"가지 않았다." 이와 씨는 슬쩍 웃었다. "징집은 당했지만 군대에는 이미 모집한 병사들을 태울 비행기도, 나눠 줄 총도 없었단다. 그래서 할아버지는 구주쿠리지바 현 산부근에 있는 지역의 백사장에서 매일 땅만 파고 있었지."

"손자입니까?"

옆에 있는 노인이 미노루를 보고 살짝 웃으며 물었다. 미노루는 약간 고개를 숙였다.

"그렇습니다. 불효막심한 손자입니다만, 이런 건 봐 두는 게 좋을 것 같아서요."

"그렇죠. 예, 그래요."

노인이 천천히 고개를 끄덕였다.

바로 그때 작업하던 사람들 쪽으로 체격이 좋은 양복 차림의 남자 한 명이 빠른 걸음으로 다가가는 모습이 보였다. 이와 씨의 어렴풋한 기억이 틀리지 않는다면 저 사람은 가키자키 씨네 큰아들인 가키자키 후미오가 분명했다.

헬퍼인 도시에 씨의 말에 따르면 현재 가키자키 씨네는 큰 부자여서 굳이 이 낡은 집에 살 필요가 없다. 가키자키 후미오 씨는 중고차 판매 회사와 보험 대리점을 하며 상당한 재산을 모았다고 한다.

"하지만 할머니께서 그 집을 떠나려 하시지 않는대요. 가키자키 씨의 아이들, 그러니까 할머니 입장에서 보면 손자들인데, 그 사람들은 아무래도 젊다 보니 요즘 유행하는 멋진 집에서 살고 싶지 그런 쓰러져 가는 집은 보기 흉해서 싫다며 근처에 따로 아파트를 사서 살고 있어요. 그러니 할머니와 그 집에서 함께 사는 사람은 가키자키 후미오 씨와 그 부인뿐이죠."

도시에 씨는 진짜 정보통이었다.

"이번에 집을 허물게 된 것도 할머니가 겨우 허락을 내렸기 때문이라고 합니다."

"그렇게 고집이 센 노인이셨나요? 몸은 약하신 것 같던데."

"정신은 말짱하셨어요. 노망이 들기 시작했다고는 해도 늘 그런 건 아니고 가끔 멍하실 뿐이죠. 대개는 정신이 또렷하셨어요. 그런데 작년 봄이 시작될 무렵에 폐렴에 걸리셨죠. 그래서 그만 마음이 약해지신 게 아닐까요? 몸도 전보다 훨씬 더 약해지셨으니까요."

도시에 씨가 한 이야기를 떠올리며 이와 씨는 순경과 열심히 이야기를 나누고 있는 가키자키 후미오 씨를 바라보았다. 가키자키 씨는 여름철도 아닌데 이상하게 땀을 많이 흘려 계속해서 손수건으로 이마를 닦으며 순경의 이야기에 맞장구를 치고 있었다.

"저어, 할아버지." 미노루가 작은 목소리로 불렀다. "이 집에서 유령이 나온다는 소문, 기억해?"

이와 씨는 고개를 끄덕였다. "기억하지."

"저어, 그 유령 말이야. 여기 유골이 묻혀 있었기 때문에 나타났던 게 아닐까?"

이와 씨는 눈을 깜빡거리며 아직도 땀을 닦고 있는 가키자키 씨의 옆얼굴을 바라보았다.

"유령이 나온다는 건……. 아아, 그 소문이라면 그러고 보니 나도 들은 적이 있군."

옆에 서 있던 노인이 주위에 들리지 않게 하려고 목소리를 낮춰 작게 말했다.

이와 씨는 생각에 잠겼다.

가키자키 할머니가 폐렴에 걸리고 살짝 치매가 왔다는 것이 작년 초봄이었다. 그 뒤로 이 집에 유령이 나타난다는 소문이 돌기 시작했다…….

그 생각을 보충하려는 듯 노인이 말했다.

"저는 한때 가키자키 할머니와 같은 정형외과 의사 선생님의 진찰을 받았죠. 그 병원 대기실에서 그 소문을 들었습니다."

서민들이 사는 동네에서는 그런 일이 흔하다.

"아하, 그랬군요."

"소문에 따르면 유령이 나온다고 소동을 일으킨 사람이 바로 그할머니라더군요. 다른 식구들은 이렇다 할 이상한 것은 보거나 듣지 못했답니다."

"그렇습니까? 아, 내가 들은 이야기도 어머니와 자식 두 사람의 유령이나 환상 같은 게 할머니 꿈에 나타난다는 이야기였죠."

가키자키 후미오 씨는 겨우 땀 닦는 동작을 멈췄다. 한숨을 길게 내쉬며 뭔가 난처한 듯한 표정을 짓고 있다. 아마도 자기 집터에서 신원을 알 수 없는 유골이 나왔으니 곤혹스러울 수밖에 없으리라. 하지만 이와 씨가 보기에 가키자키 씨의 표정에는 당연한 곤혹스러움 이상의, 남에게는 설명하기 어려운 고뇌 같은 것이 보이는 듯했다.

얼마 있다가 또 한 대의 경찰차가 왔다. 이렇게 웅성거리는 현장에서는 얻을 정보는 거의 없는데 일이 커진 것은 일단 틀림없는 모양이다.

"공습 희생자의 유령이 전쟁을 체험한 할머니 꿈속에만 모습을 드러냈다는 이야기인가?" 이와 씨가 말했다. "다른 사람이라면 바로 알아차리지 못할 거라 생각했던가."

"아아, 그럴지도 모르겠군요." 옆에서 낯선 노인이 말했다. 왠지 눈이 부시다는 듯 눈을 가늘게 뜨고 있었다.

이와 씨와 미노루는 삼십 분쯤 현장에 있다가 가게로 돌아왔다. 아무튼 '과학수사연구소'란 곳에서 요원들이 나와 유골을 수습해 검사를 할 것이다.

현장은 한동안 그대로 보존해 둘 모양이다. 아이들이 들어가지 못하도록 주위에는 울타리를 세워두었다.

가게로 돌아오는 중에 이와 씨는 자꾸 고개를 갸웃거렸다. 그 모습을 보고 미노루가 캐물었다.

"왜 그래, 할아버지?"

"음."

"뭐 의심이 가는 점이라도 있어?"

"너 추리소설에 나오는 형사 같은 소리를 하는구나."

"그런가?"

다나베 서점은 출입구까지 손님으로 가득했다. 손님들이 많아 다행이로구나, 하고 등을 쭉 펴며 이와 씨는 말했다.

"내가 공연한 신경을 쓰는 걸까? 하지만."

"뭔가 마음에 걸리는 모양이네, 할아버지."

"글쎄다. 아까 그 남자가 왠지."

"말을 걸어 온 할아버지?"

"그래. 어디서 본 적이 있는 듯해. 그런데 아무리 해도 기억이 안 나."

"별 수 없잖아. 뇌의 변환 속도가 떨어진 거야. 연세가 드셔서 그렇지 뭐…….."

이와 씨가 발로 걷어차기 전에 미노루는 얼른 도망쳤다. 하지만 손님을 피하려다가 그만 정리되지 않은 채 잔뜩 쌓여 있던 헌 잡지 더미에 부딪혀 위에서 쏟아진 만화책들에 파묻히고 말았다.

이와 씨는 웃지 않았다. 미노루에게 똑바로 정리하라고 시키고 모른 척했다. 거들어 주지도 않았다. 전혀.

손자보다는 할아버지가 더 높은 법이다.

3

헬퍼인 도시에 씨가 이와 씨를 다시 찾은 것은 유골이 발견된 다음 주 일요일이었다.

도시에 씨는 이번엔 일부러 이와 씨의 점심 휴식시간을 노리고 온 모양이다. 손수 만든 초밥을 찬합에 가득 채워 들고 왔다.

이와 씨는 몸 둘 바를 몰랐다.

"지난 번 붕어빵을 대접해 주신 데 대한 보답입니다. 입맛에 맞으시면 좋겠습니다만."

지난번처럼 또 미노루가 중간에 합류했다. 하지만 이번에는 오히려 미노루가 안절부절못하는 기색이었다. 식사를 마치고 이와 씨가 차를 끓이려 자리에서 일어났을 때, 미노루가 슬며시 뒤따라와 부엌 한쪽 구석에서 이와 씨에게 귓속말을 했다.

"저어, 할아버지. 내가 방해한 거야?"

"그건 또 무슨 소리냐?"

"저 헬퍼 아주머니, 할아버지한테 마음이 있는 거 아닌가?"

이와 씨는 미노루가 겁을 먹고 시선을 피할 때까지 손자를 가만히 노려보았다.

"아냐, 아무것도 아니야." 미노루가 웅얼거렸다.

식사 뒤에 차를 마시는 동안에는 자연히 가키자키 씨네 집에서 발견된 방공호 흔적과 거기 있던 두 구의 유골에 관한 이야기가 나왔다. 아니, 실제로는 미노루가 힐끔힐끔 이와 씨의 기색을 살피면서 도시에 씨가 어떻게 사는지, 가족은 어떻게 되는지 사적인 내용으로 화제를 유도해 가려고 했지만 이와 씨는 그걸 완전히 무시하고 애써 대화를 주도하고 있었다.

"할머니는 그 뒤로 어떠십니까?"

이와 씨가 묻자 도시에 씨는 우아하게 차를 마시면서 잠깐 생각했다.

"별로 좋은 상태는 아니세요."

대답을 하면서도 표현을 신중하게 고르는 듯했다.

"지금은 어디서 지내시나요? 그 집은 허물었는데."

"가키자키 씨의 아파트에 계시죠. 목조 주택, 그것도 오랫동안 사람 냄새가 밴 낡은 집에서 콘크리트 울타리 안으로 옮기신 거 아니겠어요? 바로 감기에 걸리셔서, 하루 종일 자리에 누워 자다깨다 하는 생활을 하시는 듯합니다."

"그러면, 유령은요?" 미노루가 끼어들었다. "유골이 발견된 뒤로는 더 이상 유령이 나오지 않겠죠?"

도시에 씨는 또 잠시 생각에 잠겼다. 길이 아주 복잡한 동네에 있는 어떤 곳을 찾아가는 방법을 물었을 때, 어떻게 하면 가장 찾아가기 쉽게 가르쳐 줄 수 있을까 궁리하는 듯한 얼굴이었다.

이와 씨는 도시에 씨가 '이런 이야기를 이 어린애에게 해도 좋은가'를 고민하는 중일 거라고 짐작했다. 그래서 말했다. "미노루는 신경 쓰지 마세요. 어지간한 이야기는 제대로 알아들을 수 있을 테니까요."

도시에 씨는 약간 놀란 모양이다. 이와 씨와 미노루의 얼굴을 번갈아 바라보았다.

"그런가요……?"

"가키자키 씨네 집안 이야기라서 말을 꺼내기 어려운 점이 있다면 말씀하지 않아도 괜찮습니다. 이웃에 대한 소문 이야기 같은 건 사실 하지 않는 게 나을 테니까요."

도시에 씨는 방긋 웃었다. 손을 움직이지 않으면 마음이 가라앉지 않는지, 문득 생각났다는 듯이 찬합 뚜껑을 덮으면서 천천히 이야기를 꺼냈다.

"할머니에 대해서는 저희도 지금까지 이런저런 소문을 들었습니다. 그 유령 이야기 말고도 좀더 현실적이고 무서운 이야기를요."

"현실적이고 무서운?"

도시에 씨는 미노루의 얼굴을 바라보면서 고개를 끄덕였다. "그래. 좋지 않은 이야기라서 너처럼 자라나는 아이들에게는 별로 들려주고 싶지 않지만."

"괜찮습니다. 들어 두는 게 나아요." 이와 씨가 말했다. "몸이 좀 불편하지만 고집 센 시어머니를 며느리가 시중들고 있으니 집안에는 당연히 이런저런 다툼이 있었겠죠. 이러는 저도 어쩌면 며느리나 아들, 손자에게 신세를 져야 할지 모릅니다. 남의 일이 아니죠."

"이상한 이야기하지 마, 할아버지."

미노루는 얼굴을 찌푸렸지만 이와 씨는 고집스럽게 말을 이었다.

"진짜 인생이란 네가 좋아하는 인기 드라마들처럼 다 해피엔딩은 아니야. 도시에 씨 같은 일을 하는 분들 이야기를 잘 들어 둬."

"난 인기 드라마 같은 건 보지 않아." 미노루가 입을 비죽 내밀며 대꾸했다.

"텔레비전 드라마는 내가 정말 좋아하지. 주인공 커플이 잘 맺어지는 해피엔딩이 좋아요. 젊은 시절을 떠올리게 해 주니까요."

도시에 씨는 잠시 창 너머로 백 미터쯤 떨어진 곳을 바라보는 듯한 눈을 하다가 원래 화제로 돌아왔다. 목소리가 약간 작아졌다.

"전에도 말씀을 드렸지만 지난해 초봄에 가키자키 씨 댁의 어르신이 폐렴을 앓으셨다고 했죠? 그 전에 며느리와 꽤 심각하게 옥신각신 다툰 일이 있어요."

할머니는 약의 양을 운운하며 며느리가 자기를 죽이려 한다고 하소연했다고 한다.

"그 하소연을 직접 들은 사람은 제 헬퍼 동료인데, 그 사람은 베테랑이라서 당황하지는 않았죠. 바로 며느리에게 사정 이야기를 들어 보니—."

할머니는 역시 나이 탓인지 자주 다른 약을 먹은 듯하다. 그래서 약의 관리, 의사로부터 처방전을 받는 일 같은 것은 실제적으로 모두 며느리가 하고 있었다.

"그게 할머니 눈에는 마땅치 않게 비쳤겠죠."

가키자키의 며느리는 억울한 누명을 씌운 하소연에 깊은 마음의 상처를 입었다. 하지만 헬퍼나 할머니 주치의의 중재가 있었고 또 며느리도 인품이 제법 좋은 사람이었기 때문에 감정이 폭발하거나 하는 일은 없었다.

"원래 할머니의 병은 노쇠해서 생기는 것들뿐이라 약을 먹는다 해서 나아질 병이 아니죠. 증상에 따라 그때그때 대처하는 요법들뿐이에요. 그 무렵이나 지금이나 의사 선생님 쪽에서 내 주는 약은 아주 약한 것들뿐이었습니다. 할머니께서 '밤에 잠을 이룰 수가 없다'고 하기에 수면제도 주었는데 그래봤자 열흘치를 한꺼번에 먹는다 해도 죽거나 하지 않을 정도로 가벼운 약이었죠."

그때 며느리와 의사들은 의논을 해 약 관리를 할머니가 맡도록 했다고 한다.

"그래서 약간 원만하게 수습이 되어 갈 무렵에 폐렴에 걸리신 거죠. 열심히 간병을 해서 겨우 나았다 싶었더니—."

할머니가 며느리에게 이렇게 말했다고 한다.

"이제야 간신히 시어미가 죽어 수발드는 일에서 해방될 수 있다고 좋아했을 텐데 이렇게 다시 살아나서 미안하구나."

도시에 씨는 슬픈 표정을 지으며 고개를 저었다.

"며느리가 안됐어요. 며느리라고는 하지만 이제 쉰일곱이니 체력적으로도 무리하면 안 될 나이고 슬슬 손자도 볼 처지인데. 정말 지긋지긋하다는 불평이 나올 수밖에 없죠."

얌전히 듣고 있던 미노루가 이와 씨의 옆얼굴을 슬쩍 훔쳐보았다. 이와 씨는 그걸 눈치 챘지만 굳이 뭐라 하지는 않았다.

"그러고 나서 얼마 지나지 않았을 때 할머니께서 그 유령이 꿈속에 나타난다고 하기 시작한 거죠. 할머니가 여기저기 이야기를 하는 바람에 완전히 소문이 나 버렸어요. 더구나 무서워서 잠을 잘 수가 없으니 수면제를 더 달라고 떼를 써서 정말 곤욕을 치렀답니다."

할머니는 무섭다는 듯이 어깨를 움츠리고 유령 이야기를 한 뒤, 마무리는 꼭 이렇게 했다고 한다.

"역시 이 세상에는 유령이란 게 있는 거야. 그러니 나도 며느리한테 매정하게 들볶여 죽게 된다면 분명히 귀신이 되어 나타나겠다, 이런 식으로 말씀하셨다더군요."

도시에 씨는 떨떠름한 표정을 짓고 있는 이와 씨를 보며 웃음을 지었다.

"나이가 든다는 건 슬픈 일이에요. 가족들에게 그런 심술궂은 소리로밖에 응석을 부릴 수가 없죠."

할머니는 그런 소리를 늘어놓은 뒤, '유령이 매일 밤 나와 기분 나빠 견딜 수가 없다. 이제 이런 집에 살고 싶지 않다'고 했다. 그때까지는 아무리 설득해도 허락하지 않던 개축을 불쑥 허락한 것이다.

"지신地神에게 제사를 잘 지내고 빌어 달라는 말씀을 하셨대요."

아이고 잘되었다 싶어 가키자키 씨네 식구들은 개축할 계획을 짰다. 그런데 막상 집을 허물어 보니 유골이 나왔다고 한다.

"가키자키 씨네 식구들도 다들 깜짝 놀란 모양이더라구요. 유령 같은 건 할머니가 심술을 부리느라 꾸며낸 이야기로 여겼는데 진짜로 유골이 나왔으니까요."

이와 씨는 '그래서 그때 가키자키 후미오 씨가 그렇게 식은땀을 흘린 걸까' 하고 문득 생각했다.

"지금 사는 아파트에는 유령이 따라가지 않았겠죠?"

미노루가 묻자 도시에 씨는 방글방글 웃으며 고개를 끄덕였다. "그래, 괜찮은 모양이더구나."

이와 씨가 물었다. "그 유골은 역시 공습 때 희생된 분들인가요?"

"예, 거의 틀림없대요. 조사 결과 오십 년 전쯤에 죽은 사람인데 열 살 정도 된 사내아이와 삼십대에서 사십대 중반 정도 되는 여자의 뼈로 밝혀졌다더군요."

"삼월 십일 공습 때 죽었을까요?"

"예, 틀림없을 거예요." 도시에 씨는 눈을 내리깔았다. "완전히 타서 신원을 알 수 있을 만한 게 아무것도 남아 있지 않지만, 이 동네에서는 옛날부터 여기 살던 사람들이 많이 죽었잖아요? 그런 사람들을 찾아다니며 물어보면 신원을 밝혀낼 수 있을지도 모르죠. 그래서 친척을 찾아내 유골을 돌려주겠다고 향토사를 연구하는 분들이나 '도쿄대공습을 이야기하여 물려주는 모임' 멤버들이 나서서 알아보기로 했대요."

"경찰에서는 못한답니까?"

"살인사건의 시효가 십오 년이라죠? 그게 지나면 아무래도."

"아, 그런가……?" 미노루가 입을 꾹 다물었다.

"그 방공호 자리를 메워 건물을 다시 짓는 일을 계속 진행할 수 있는 걸까요?"

"글쎄요. 일단은 잠시 그대로 두고 사진을 찍거나 이런저런 조사를 할 모양이던데. 이제는 방공호 자취 같은 게 보기 드문 유적이 되어서. 방금 이야기한 모임 멤버들이 중심이 되어 그런 쪽으로도 움직이고 있는 모양이에요."

"그래요? 하기야 가키자키 씨네도 힘들기는 하겠지만 그런 기록은 확실하게 남겨 전해야 할 테니까요." 이와 씨가 말했다. "그런데, 할머니는 어떠세요? 유골이 나왔다고 놀라지는 않으셨나요?"

도시에 씨가 고개를 갸웃거렸다. "그게 그렇지도 않아요. 할머니는 갑자기 말씀이 없어지셨어요. 며느리도 놀랐다더군요. 역시 충격이 크셨나?"

"심술궂게 유령 이야기를 꾸며냈는데 정말로 유골이 나왔으니 놀라셨겠죠, 틀림없이."

이와 씨는 다시 가키자키 후미오 씨의 이마에 맺힌 땀이 머릿속에 떠올랐다.

이와 씨에게는 또 한 가지, 마치 잘못 먹은 알약처럼 마음에 걸리는 의문이 있었다. 가키자키 씨네 공사 현장에서 우연히 만났던 같은 또래 남자.

낯이 익다, 분명히. 그런데 어디서 본 얼굴인지 도무지 기억이 나지 않는다.

손님이라면 기억이 나지 않을 리가 없다. 기억하지는 못하더라도 '아아, 틀림없이 손님이었어. 그래서 낯이 익은 거야'라고 바로 느낌이 올 것이다.

그런데 그렇지가 않았다. 그래서 납득이 가지 않는다. 그 얼굴, 그 나이 든 남자 손님을 다나베 서점에서 본 적은 없다. 단언할 수 있다.

"그럼, 다른 곳에서 보았다면 어딜까? 할아버지는 거의 이 가게에서만 지내잖아."

상점가 야채가게 앞에서 보았나? 슈퍼마켓? 아니면 세탁소?

하지만 뒤집어 생각하면 그런 곳—다나베 서점과 상관이 없는 곳에서 본 사람이라면 이렇게 확신이 들 정도로 '어디선가 본 사람이다'라고 기억할 리가 없다. 이와 씨는 장사 이외의 일에는 기억력이 무척 나쁘기 때문이다.

"할아버지의 내장 메모리는 장사만으로도 가득 차니까." 미노루가 말했다. '내장 메모리'가 무슨 뜻인지 바로 알아차리지 못했기 때문에 이와 씨도 이번에는 화를 내지 않았다.

화가 난 것은 이 사건으로부터 한 달쯤 뒤에 아키하바라 전자상가로 토스터를 사러 갔다가 마침 워드프로세서를 세일하는 상점 옆에서 손님을 불러 모으던 점원으로부터 '내장 메모리'가 뭔지에 대해 들었을 때였다. 당장 요코하마에 있는 집으로 전화를 걸어 미노루에게 호통을 쳤지만, 미노루는 이미 자기가 한 말을 까먹었기 때문에 완전히 엉뚱한 소리를 한 꼴이 되고 말았다. 물론 이건 이 이야기와는 전혀 상관없는 일이다.

도시에 씨를 만나고 나서 풀리지 않는 의문이 다시 고개를 들어, 이와 씨는 열심히 기억을 떠올려 보았지만 결국 그날도 그 노인을 어디서 봤었는지 기억하지 못했다. 저녁때부터는 이와 씨가 계산대에 앉아 있기 때문에, 웅얼웅얼 중얼거리고 고개를 갸우뚱거리는 가게 주인이 겁이 나, 계산대로 다가오는 손님들은 별로 없었다. 말하자면 가게 안에 서서 읽기만 한 것이다. 계산대 주변만 제외하면 마치 러시아워 때의 전차 안처럼 서서 책을 읽는 사람들이 가득했다.

다나베 서점은 원래 이와 씨가 그런 이상한 모습을 하고 있지 않을 때에도 계산대 주변에는 손님들이 잘 오지 않는다. 손님들은 휙 와서 돈을 내고 얼른 가 버린다. 계산대 주위에도 책이 많이 진열되어 있고 모두 파는 물건이지만, 점원에게 부탁하지 않으면 꺼낼 수 없도록 전시되어 있기 때문이다.

이것을 이와 씨는 도서관 용어를 빌어 '폐가閉架'라고 부른다. 그렇다고 그 서가에 있는 책들이 귀중하거나 비싼 책들이라는 건 아니다. 여기 있는 책들은 이와 씨가 손님의 연령, 외모를 관찰한 다음에나 팔게 되어 있는 책들이다.

약품 관련 책이 압도적으로 많다. 독극물에 관한 내용이 망라되어 있는 사전 같은 것도 여기 있다. 칼 종류의 카탈로그도 있고 총기 관련 전문서적도 있다.

"이건 좀 지나친 거 아닌가?" 미노루가 이렇게 이야기한 적도 있지만, 호신술 책도 있다. 시각을 달리하면 사람을 습격하는 기술을 가르치는 책이기도 하기 때문이다.

『살인의 기술』이란 책은 계산대에 있는 이와 씨 자리에서 제일 잘 보이는 곳에 두었다.

자유롭게 의사 결정을 할 수 있는 사람들에게 이러이러한 책을 읽어라, 이러이러한 책은 읽으면 안 된다고 강요하는 것은 잘못된 일이다. 이와 씨도 전적으로 같은 생각이다. 하지만 이토록 쏟아져 나오는 책들 가운데는 어린이들이 읽어서는 안 될 책이나 뭔가 심각하게 외곬으로 생각하며 핏발 선 눈으로 손가락을 떠는 청년에게는 팔고 싶지 않은 책들도 분명히 있다.

이 세상에는 수없이 많은 서점들이 있다. 이와 씨 혼자 다나베 서점 안에서 신경을 쓰고 있어 봤자 대세에 영향을 미치지는 않는다. 작은 위안, 자기만족에 지나지 않으리라. 하지만 그러지 않는 것보다 나으리라는 게 이와 씨의 생각이다.

그리고 이렇게 해 두면 손님과 얼굴을 마주하고 대화할 기회도 늘어난다.

반년쯤 전의 일인데, 이 '폐가'에 넣어두었던 『법률의 허점 사전』을 달라며 한 젊은 여성이 말을 걸어 온 적이 있다. 청바지와 운동복, 화장을 하지 않은 얼굴에 머리카락이 부스스했다.

가령 법대에 다니는 학생이라 해도 불쑥 『법률의 허점 사전』에 손을 내미는 것은 좀 이상하다고 생각했다.

가만히 상대를 관찰하고 있자, 자신을 수상하게 여기고 있다는 낌새를 챘는지 오히려 그쪽에서 말을 걸어왔다. 주위를 살피며 아주 작은 목소리로.

"사실 전 추리소설을 쓰고 있는 신출내기 작가입니다."

잡지사의 원고 의뢰가 들어와 너무 기뻐서 열심히 쓰려는데 아이디어가 전혀 떠오르지 않았다고 한다. 그래서 뭔가 자료가 될 만한 책을 구할 수 있을까 싶어 서점에 온 것이라고 설명했다.

이와 씨는 웃으며 그 사전을 팔았다. 보름쯤 지나, 덕분에 마감 시간에 늦지 않도록 단편소설을 쓸 수 있었다고 알리러 온 그 작가에게 이와 씨는 한 권의 책을 보여 주었다. 그 작가의 데뷔작이었다.

"시장에 있어서 사 온 거야."

출판계에는 헌책방에 나돌게 되면 그 작가의 책이 움직이는 것이라고 판단하는 기준이 있다. 그 작가도 그런 사실을 알고 있었기에 무척 기뻐했다.

하지만 그 책은 좀체 팔리지 않았다. 두 달가량 서점 앞쪽에 진열했다가 나중에는 작가의 사인을 받아 집에 가져다 두었다.

"제가 더 인기가 있어지면 많이 사들여 주세요." 그러던 여성 작가는 최근에 옆 동네로 이사했지만 이럭저럭 열심히 노력하고 있는 모양이다.

이처럼 '폐가'로 해 두면 재미있는 일도 생긴다.

하지만 이날은 전혀 재미있지 않았다. 이와 씨는 내내 생각에 잠겨 있었다. 미노루는 계속 일을 했고, 중간에 손님들 틈에 서서 십 분쯤 만화를 읽었다.

자정이 되어 문을 닫을 즈음이 되자 이와 씨는 지쳐 버렸다. 미노루는 배가 고프다고 아우성치며 앞으로 벌어질 야식 잔치에 부침개를 하려는 꿍꿍이인 모양이었다.

다나베 서점에서 이와 씨의 집까지 가는 길에는 작은 어린이공원과 그 앞으로 의용 소방단 건물이 있다. 다나베초로 이사온 뒤로 이와 씨는 매일 그 앞을 지나다녔지만 이 소방단의 집회 겸 비품 창고의 문이 열려 있는 것을 본 적이 없었다.

그런데 오늘 밤에는 문이 열려 있었다. 양쪽으로 여닫게 되어 있는 문이 활짝 열려 있고 그 앞에서 너댓 명의 남자들이 머리를 맞대고 모여 있었다.

그 가운데 가키자키 후미오 씨의 모습도 보였다.

"무슨 일이오?"

말을 걸자 남자들이 일제히 돌아보았다. 다들 소방단원이거나 주민회에서 열심히 활동하는 사람들이었다.

입을 연 사람은 가키자키 후미오 씨였다. 오늘 밤도 이마와 관자놀이에 땀을 흘리고 있지만 그걸 닦아 낼 여유도 없는 듯했다.

"제 어머니가 없어졌습니다. 찾을 수가 없군요. 갑자기 어디론가 나가 버리셨어요."

4

상황은 금방 파악되었다.

가키자키 할머니는 밤 아홉 시쯤 며느리에게 침상으로 더운물을 가져오라 해서 늘 복용하던 약을 먹었다. 그 뒤로는 주무시고 있을 거라 생각했다. 자정이 다 되어 며느리는 잠자리에 들기 전에 매일 그렇듯 할머니가 잘 주무시는지 보러 갔다. 그런데 침상에는 아무도 없었다. 체온도 남아 있지 않았다.

방 안이며 집안, 물건을 넣어두는 방까지 찾아보았지만 할머니는 보이지 않았다.

몸이 불편한 노인이다. 멀리 갔을 리가 없다. 가키자키 후미오 씨는 친하게 지내는 이웃사람들에게 도움을 청했다. 바로 소방단 멤버가 모여 수색에 나설 방법을 의논했다. 바로 그때 이와 씨와 미노루가 나타났던 것이다.

이와 씨와 미노루는 바로 수색대에 참여하기로 했다. 인원은 점점 늘어나는 중이었다. 경찰에도 신고를 하여, 순찰차가 밤늦은 시간에 죄송하다면서 확성기로 할머니를 부르고 다니기 시작했다.

하지만 한 시가 지나고 두 시가 지나도 좀처럼 할머니를 찾을 수가 없었다.

이와 씨와 미노루는 하천 둑을 따라 밤길을 수색하는 그룹에 속하게 되었다. 추워서 곱은 손을 비비며 둑 아래를 두 번 왕복했고 둑 위로 올라가서 두 번 왕복했다. 할머니를 큰 소리로 부르며.

"가키자키 할머니!"

"가키자키 할머니!"

처음에는 둑에서 아래쪽 도로를 비추던 손전등을 강 쪽으로 비추게 되었다. 이와 씨는 곁에 붙어 따라오는 미노루가 이를 덜덜 떠는 소리를 들었다.

"춥냐?"

"아니, 무서워서."

미노루는 숯처럼 새카만 강 수면을 바라보았다.

"저런 곳에 빠졌다면 할머니는 살아 계실 수 없을 거야."

"미리 그런 생각은 하지 말거라. 알겠니?"

운하 위에는 낚싯배를 빌려 주는 가게에서 준비한 여러 척의 배가 떠 있었다. 그 선체가 살짝 흔들리고 있다. 강물이 흐르기 때문이다.

두꺼운 재킷을 껴입은 남자들이 몸을 웅크린 채, 그래도 날렵하고 능숙하게 배에서 배로 건너뛰면서 어두운 수면을 비추고 있다. 낚싯배를 빌려 주는 가게 처마에는 조명이 켜져 있었다.

"순찰선을 띄워 달라고 하는 게 낫지 않을까?" 누군가 그렇게 말하는 것이 이와 씨의 귀에 들렸다.

"이쪽을 특히 신경 써서 찾는 것은 무슨 까닭이 있는 겁니까?" 이와 씨가 물었다.

수로나 운하가 많은 동네에서는 어린애가 없어지면 제일 먼저 물에 빠지지 않았나 하며 찾기 시작한다. 놀다가 실수로 빠질 가능성이 많기 때문이다. 그건 이와 씨도 잘 알고 있다.

하지만 가키자키 할머니의 경우는 다르지 않은가. 할머니가 한밤중에 굳이 이 둑 쪽으로 올 까닭이 있을까?

질문을 받은, 코밑수염을 살짝 기른 인상 좋은 중년 남자는 고개를 저으며 작은 목소리로 대답했다.

"가키자키 씨의 말에 따르면 할머니는 전부터 며느리와 다툴 때마다 '내가 강물에 빠져 죽어 버렸으면 좋겠다고 생각하겠지? 그렇게 해 주마'라고 했다더군요."

어지러이 흔들리는 손전등 불빛을 보며, 이와 씨는 암담함을 느꼈다. 무거운 밤의 무게가 어깨를 짓누르는 듯한 기분이었다.

미노루가 또 이를 덜덜 떨었다. 배 위에 올라 탄 남자들은 기다란 장대로 캄캄한 수면을 철퍽철퍽 두드리기 시작했다.

"가키자키 씨도 참 딱하게 되었군." 코밑수염을 기른 사내가 중얼거렸다. 그가 '가키자키 씨'라고 부르는 사람은 물론 가키자키 후미오 씨다.

"저는 그 양반과 '도쿄대공습을 이야기하여 물려주는 모임'에서도 함께 활동하고 있죠. 다른 곳도 아니고 자기 집 지하에 방공호가 있었기에 그 양반은 더 책임감에 불타올랐습니다. 유골이 발견된 이후 거의 집에 들어가지도 않고 유골의 신원을 밝히기 위해 바쁘게 돌아다녔는데, 그런 와중에 자기 어머니에게 이런 일이 일어나다니……. 착한 사람인데."

이와 씨는 약간 놀랐다. "가키자키 씨가 그 모임의 회원이었나요?"

"예. 중심 멤버 가운데 한 사람입니다." 콧수염이 대답했다. "벌써 십 년이 넘었나? 가메이도 쪽에서 옛날 방공호가 발견된 적이 있습니다. 그게 그 양반 회사 바로 옆이었죠. 그래서 그 뒤로 이 운동에 참여하게 된 겁니다. 이번에도 자기 집을 개축하는 공사를 미뤄가며 방공호 흔적을 시간을 두고 조사하여 자료로 남겨둘 수 있도록 조치를 취해 주었죠."

그때 다른 쪽을 뒤지고 있던 그룹이 "어이, 찾았나?" 하며 다가왔다. 콧수염은 두 손으로 X자를 그리며 "아니"라고 대답하고 나서 그쪽으로 걸어갔다.

둑 아래 남겨진 이와 씨의 머릿속에서 '내장 메모리'가 아닌 내장된 지식이 움직이기 시작했다.

이것저것을 연결시키고 관련지어 생각했다.

이윽고 떨면서 강을 바라보던 미노루의 어깨에 손을 얹으며 이와 씨가 작은 목소리로 말했다.

"미노루, 좀 도와주지 않겠니?"

"그러세요. 무슨 일인데?"

"가키자키 씨 집에 가 보는 거야. 방공호 흔적을 살펴보는 거지. 그쪽은 아직 발견되었을 때의 상태 그대로 구멍이 뚫려 있어."

그리고 십오 분 뒤에는 가키자키 씨 집터의 그 방공호 옆에 급히 달려온 구급차가 멈춰 있었다.

할머니는 방공호 안에 있었다. 몸을 잔뜩 웅크리고 잠이 든 채였다. 심장이 약한 노인이라 한 시간만 늦게 발견되었더라도 목숨을 건질 수 없었을 것이다.

할머니는 수면제를 먹은 상태였다. 며느리와 주치의 몰래 모아 두었던 수면제를 전부.

5

그 주 중반쯤에 사건의 전모가 밝혀졌다.

"가키자키 할머니는 자살하고 싶었던 거네?"

미노루가 넘겨짚었다. 전화라 표정은 보이지 않았지만, 별로 기운이 없는 목소리다. 이와 씨도 마찬가지 기분이었다.

"그냥 깨끗이 죽고 싶었던 모양이야. 그래서 밉살맞은 소리를 해 식구들에게 미움을 사고, 약을 더 달라고 해서 수면제를 모으고―."

"맞아. 그럴 거야."

"그런데 왜 방공호에 들어갔지?"

"거기면 아침까지 찾지 못할 거라고 생각했겠지. 집에서는 수면제를 먹으면 금방 이상하다는 걸 눈치 챌 테니까."

"그런가⋯⋯?"

미노루는 잠시 침묵했다.

"그런데, 할아버지. 그 할머니는 자기 집 지하에 방공호 흔적이 있다는 사실을 알고, 그걸 이용하기 위해 개축을 허락해 땅을 파게 한 걸까? 아니면 방공호가 발견된 것은 단순한 우연이고, 나중에 그 걸 이용하기로 마음먹은 걸까?"

이와 씨는 한동안 대답하지 않았다. 전화선을 통해 침묵이 흘렀 다. 치밀한 NTT일본 전신전화 주식회사의 컴퓨터가 요금 계산을 하는 소리마 저 들릴 듯했다.

"할아버지?"

이와 씨는 천천히 숨을 내쉬고 대답했다. "아니. 난 그건 우연이 아니라고 생각해. 할머니는 알고 계셨겠지. 그래서 그 방공호에서 죽고 싶었을 거야."

이와 씨가 그날 밤 방공호를 머릿속에 떠올린 것은 둑 아래서 콧 수염으로부터 가키자키 후미오 씨도 그 모임의 중심 멤버라는 사실 을 알게 되었을 때였다.

"가키자키 씨가 그런 사람이라면 자기 집터에서 방공호 흔적이 발 견되었을 때 바로 메워 버리거나 훼손시키지 않고 조사와 기록을 위 해 한동안 그대로 보존할 게 틀림없다고 할머니는 생각했던 거지."

그래서 그런 것이다.

"그럼 할머니는 거기 방공호가 있다는 사실도, 그곳에 유골이 있 다는 것도 모두 알고 계셨던 건가?"

"그렇지."

"왜 그랬을까? 왜 그걸 이야기하지 않은 거지? 어째서 지금까지 아무 말도 하지 않았을까?"

이와 씨가 말했다. "얘야, 생각해 보려무나."

가키자키 씨네는 제2차 세계대전 때부터 이 동네에 살고 있었다. 그 집이 있던 곳에서 살아 왔다.

천구백사십오년 그때, 가키자키 할머니—그때는 삼십대 주부였다—와 이웃사람들 사이에 무슨 일이 있었는지는 이제 상상에 의존할 수밖에 없다.

전쟁중이었다. 그것도 전황은 절대적으로 불리해 일본의 패전은 시간문제였다. 물자는 부족하고, 계속되는 공습에 누구나 지칠 대로 지쳐 있었다.

먹을 것 때문이었을까? 아무래도 음식 때문일 가능성이 제일 클 것 같았다.

더구나 남자들은 전쟁터에 끌려 나가, 여자들이 많았던 곳이었다. 불안이나 외로움, 질투와 시기. 전쟁중이라도 인간의 감정은 변함이 없다. 어쩌면 더 심한 갈등이 있었을지도 모른다.

아직 신원이 밝혀지지 않은 그 모자와 가키자키 할머니 사이에, 그 운명의 삼월 십일 밤에, 대체 무슨 일이 있었던 걸까?

이제는 아무도 알 수 없는 일이다. 그리고 누구에게도 책임을 물을 수 없게 되었다.

"그 할머니는—." 표현을 가리며 목소리를 힘을 주고 미노루에게 말했다. "그 유골의 신원을 알고 있었을지도 몰라. 이웃사람이었을 가능성이 있으니까. 그리고 할머니는 그 모자가 거기서 죽은 일에 책임을 느껴야만 할 일을 했는지도 모르지."

그래서 그 위에 집을 짓고, 입을 다물고 살아왔다. 하지만 죽기로 결심했을 때, 그것을 파헤쳐 그 어두운 방공호 속에서 죽기로 마음먹었는지도 모른다.

"무슨 일이 있었는지는 아무도 모르지."

가키자키 할머니는 목숨은 건졌지만 의식불명 상태가 이어지고 있다고 한다. 이대로 잠자듯 세상을 떠날 가능성이 높다는 소문을 들었다.

비밀도, 죄도, 책임도, 그 모든 것이 사십육 년 전의 불길과 재와 먼지 속에 파묻혀 버렸다.

다만 이와 씨는 어쩌면 가키자키 후미오 씨만은 할머니로부터 거기 무엇이 묻혀 있는지 들었을지도 모른다는 생각을 했다.

아주 최근에 알게 되었으리라. 그리고 그는 자기 어머니의 이야기를 별로 심각하게 받아들이지 않았을지도 모른다.

그래서 막상 유골이 출토되었을 때 그렇게 식은 땀을 뻘뻘 흘렸으리라—.

하지만 그런 이야기를 그에게 물어보는 것은 너무 잔인한 짓이라는 생각이 들었다.

그로부터 며칠 뒤, 이와 씨의 답답함을 풀어 줄 사건이 일어났다.

방공호 발견 현장에서 우연히 만나 이야기를 나누었던 그 노인이 다나베 서점을 찾아온 것이다. 똑바로 계산대로 다가와 이와 씨와 마주섰다.

"그날은 정말 고마웠습니다." 공손하게 머리를 숙였다.

"오늘은 책을 가지고 왔습니다."

정말로 한손에는 무거워 보이는 종이봉투가 들려 있었다.

"사지 않아도 괜찮습니다. 여기 두고 팔아 주십시오. 다만 사람을 가려 팔아 주시면 좋겠습니다."

종이봉투 안에는 『일상생활 속의 독극물』이라거나 『안락사의 방법』 등 분명히 이와 씨가 '폐가'에 보내야 할 책이 여러 권 있었다.

설명을 구하려 바라보는 이와 씨에게 그 노인은 미소를 지었다. 살짝 옆을 손가락으로 가리키며 말했다.

"이건 제 손자가 사 온 책들입니다."

노인과 무척 닮은 외모를 지닌 호리호리하고 키가 큰 젊은이가 가게 입구에 서 있었다. 스무 살쯤 되었을까. 고개를 숙이고 있었는데 이와 씨가 쳐다보자 무엇엔가 찔리기라도 한 듯이 깜짝 놀라더니 꾸벅 인사를 했다.

"이 녀석이 한때 이런 책들을 사러 찾아다녔습니다." 노인이 말을 이었다. "여기서도 『살인의 기술』인가 하는 책을 사려다 주인장이 꼬치꼬치 캐물을까 봐 포기했다더군요."

이와 씨는 이마를 탁 쳤다.

그런가? 이 노인이 아니라 그를 빼닮은 손자를 여기서 본 적이 있었던 거다!

"손자 분께서는—."

이와 씨는 목소리를 죽였다. 바로 옆에 방금 들어와 아직 정리를 하지 못한 문고본 묶음을 바라보고 있는 중학생이 있었다.

"어째서 이런 책을?"

"저 녀석은……."

노인은 무거운 짐을 다시 들어 올려 내밀듯이, 잠시 망설인 뒤에 입을 열었다.

"누구라고는 말할 수 없습니다만, 무척 미워하는 사람이 있다고 합니다. 호되게 당한 모양이더군요. 저야 손자 녀석이 하는 이야기 밖에 듣지 못했지만, 분명히 그놈은 나쁜 녀석입니다."

이와 씨는 흉흉한 책의 제목을 들여다보았다.

"그래서요……?"

"그놈을 죽이려고 마음먹었답니다. 그러기 위해서 이런 책들을 모았던 거죠. 죽이는 요령을 배우기 위해서."

이와 씨는 두 손을 둥근 이마에 댔다. 노인이 말을 이었다.

"저는 손자들과 함께 살기 때문에 이 녀석이 뭔가 이상하다는 사실은 벌써 눈치 채고 있었습니다. 그게 왜인지, 녀석이 무슨 짓을 하려는지 알아내는 데는 좀 시간이 걸렸습니다만."

자, 어떻게 말리면 좋을까—.

"고민했습니다. 사람의 생명이 얼마나 소중한지 생각해 보라는 말을 해 봤자 그런 식의 추상적인 이야기는 소용없을 테고. 그런데 바로 그때 가키자키 할머니 사건이 일어난 거죠."

이와 씨는 낮게 신음했다.

"사십칠 년 전 삼월 십일 밤에 거기서 무슨 일이 있었던 걸까요." 노인이 말했다.

가키자키 할머니는 도움을 청하는 모자를 죽게 내버려두었는지도 모른다. 어쩌면 그 방공호가 위험하다는 사실을 알면서도 일부러 모른 척했을지도 모른다.

"무슨 일이 있었건, 가키자키 할머니에게는 방공호에서 있었던 일이, 그 모자의 죽음이 평생 따라다녔을 겁니다. 저는 그리 생각합니다. 그래서 그 할머니가 유령을 보았다고 한 것도 거짓말은 아니라고 생각합니다. 유령은 그 할머니 마음속에 있었던 거죠. 전쟁이 끝난 뒤 사십칠 년 동안 내내."

입구 쪽에 서 있는 젊은이는 이쪽을 바라보지 않았다. 이와 씨와 자기 할아버지, 두 노인이 주고받는 대화를 듣지 않는 척하고 있었다.

"저는 저 녀석에게 이야기했죠." 노인은 말을 이었다. "사람에게 손을 댄다─다른 사람의 죽음에 관계한다는 것은 그런 것이라고요."

노인은 '죽인다'는 표현을 쓰지 않았다. 그것은 손자 때문이 아니라 가키자키 할머니 때문이리라.

이와 씨는 의자에서 일어서서 카운터에 쌓여 있는 책을 한 권씩 '폐가'에 꽂았다. 노인도 거들었다.

폐가는 가득 찼다. 노인과 손자는 조용히 돌아갔다.

이와 씨는 카운터에 턱을 괴고 앉아 생각했다. 여기서 이러고 있는 게 조금은 좋을 일을 하는 건지도 모르겠다고.

이와 씨는 그런 생각에 잠겨 있다가, 밝은 목소리가 들려와 정신을 차렸다.

"이와 씨, 안녕하세요?"

고개를 드니 생글생글 웃는 얼굴의 도시에 씨가 서 있었다. 케이크 상자를 눈높이까지 들어올렸다.

"새참 함께 드시지 않겠어요?"

아이고, 미노루가 없기에 망정이지. 속으로 슬며시 중얼거리는 예순다섯, 독거노인 이와 씨였다.

거짓말쟁이 나팔

1

「장서 5만 권」.

붓으로 쓴 당당한 글씨가 사월의 햇살을 받아 빛난다. 액자 유리에 햇빛이 반사하고 있기 때문이다.

가게 입구에 건 이 액자에 이렇게 밝은 햇살이 비치는 모습을 보면서 이와 씨는 늘 '아아, 봄이 왔구나' 하는 걸 절실하게 느낀다. 액자 안에 있는 글씨의 빛은 매화나 벚꽃이 싣고 오는 봄의 향기보다도 더 강하게 한 해가 또 흘러 새로운 페이지가 시작되었음을 느끼게 한다.

여느 때 같으면 그랬으리라.

하지만 오늘 이와 씨는 따스한 햇살 아래서 다른 감상에 젖어 액자를 올려다보고 있다. 그다지 유쾌한 일은 아니다. 평소 맛있는 음식을 먹고 난 뒤의 만족스러운 트림처럼 자연스럽게 솟아오르는 느낌은 아니다. 따라서 이와 씨의 벗겨진 이마에는 깊은 주름까지 새겨졌다.

조금 전 신서판 미스터리 대여섯 권을 한꺼번에 사 간 단골손님은 걱정스럽다는 표정으로 이렇게 물었다.

"아저씨, 오늘은 몸이 좋지 않으신가 봐요?"

"아뇨, 아니에요. 그런 게 아닙니다." 이와 씨가 웃자 손님도 웃는 표정을 지었다.

"봄에 상념에 잠기는 건 멋진 일이죠"라며 재미있다는 듯이 손님은 대꾸했다.

"손님은 상념에 잠기는 일이 없습니까?"

"왜 없겠어요. 자주 있죠."

이름도 모르는 이 단골손님은 아직 서른이 될까 말까 한 나이라 이와 씨 입장에서 보면 '젊은이'다. 어느 건설회사 기술자인데 업무 상 출장이 무척 많아 그때마다 미스터리 소설 읽는 걸 취미로 삼고 있다고 한다.

"그거 힘들겠군. 직장 일 때문입니까?"

"반은 그렇죠."

"호오, 나머지 반은?"

"얼마 전 약혼을 해서……."

어허, 그거 축하합니다. 좋을 때로군요. 이와 씨가 놀리자 손님은 꼭 그렇지만도 않다는 듯한 표정을 지으며 머리를 긁적였다.

"매번 우리 서점을 이용해 주셔서 감사합니다."

잔돈을 받아드는 손놀림도 경쾌하고 돌아서는 뒷모습마저도 밝아 보였다.

'봄이로군…….'

이와 씨는 새삼 그런 생각을 하며 계산대에 팔꿈치를 짚고 「장서 5만 권」을 올려다보았다.

액자에 담긴 '간판'이랄까 '선전'이랄까, 어쨌든 이 서점에 장서가 많다는 걸 자랑하는 글씨는 이와 씨가 늘 이야기하는 '단 하나뿐인 불효막심한 손자'인 이와나가 미노루의 작품이다.

그것은 미노루가 고등학교 입시를 준비하던 작년 정월에 담임선생님이 내 준 숙제인 신년휘호 가운데 한 장으로, 번듯하게 써서 제출한 것이었다.

"입시 공부 때문에 새해라는 기분이 나지 않을 거라는 심정은 이해합니다."

그때 담임선생님은 학생들에게 이렇게 이야기했다고 한다.

"하지만 바로 그렇기 때문에 굳이 새해 연휴 가운데 하루 정도는 마음을 가라앉히고 먹을 갈아 신년휘호를 써 보라는 겁니다."

하지만 이 숙제를 두고 학부모들 사이에서 비난이 들끓었다. 중학교 삼학년인 아이들에게 이 중요한 시기에 입시와는 일 밀리미터도 관계없는 붓글씨를 쓰라니 무슨 소리인가, 하는 비난이었다. 선생님이 말씀하신 '굳이'라는 표현의 의미를 아무도 진지하게 생각해 보지 않았다는 소리다. 실제로 반 이상의 학생들이 숙제를 제출하지 않았다고 한다.

하지만 이 담임선생님이 앳된 여교사가 아니라 내신 성적을 내세워 학생들에게 압력을 가할 수 있는 입장에 있는—또 그런 노하우를 지닌 교사였다면 학생들은 모두 군말 없이 붓을 들었으리라. 말하자면 역학관계인 것이다. 그래서 그런 이야기를 들었을 때, 이와 씨는 새해 벽두부터 기분이 떨떠름했던 것이다.

"그래, 넌 어떻게 했어? 신년휘호를 썼느냐?"

이와 씨가 손자에게 묻자 미노루는 태연하게 대답했다.

"응, 썼어."

"그래? 뭐라고 썼지?"

"할아버지에게 선물할 거야."

그게 「장서 5만 권」이다.

이와 씨는 껄껄 웃었다.

"이건 과장광고로구나."

"하지만 시장이나 고물상 같은 데서 헌책이 잔뜩 들어올 때는 순간적으로 오만 권이 될 수도 있잖아? 할아버지, 장사를 하다 보면 과대광고는 당연한 거야."

이렇게 해서 미노루의 역작을 선물 받은 이와 씨는 벽에 그냥 붙여 놓으면 금방 너덜너덜해질 것 같아 굳이 액자에 넣어 걸어두기로 한 것이다.

"그런데, 너 선생님에게 야단맞지 않았느냐?"

걱정이 되어 물었다.

"아니, 좋아하셨는걸. 다음에 한번 보러 오신대."

그 말대로 미노루가 지원한 고등학교에 붙고, 졸업식이 가까워졌을 때 담임선생님이 몸소 이와 씨가 운영하는 다나베 서점까지 걸음을 해 주었다. 무척 기쁜 듯이 액자를 바라보며 두 시간가량 가게 안을 구경하다 갔다.

"한 장 더 쓸걸 그랬네." 미노루가 말했다.

"뭐라고?"

"예를 들면 '고가매입' 같은 건 어때?"

미노루는 타고나기를 자신감이 넘치는 부모 밑에서 자란 덕분에 학교에서 일어나는 이런 작은 문제에 부딪혀도 별로 흔들리지 않고 성장해 왔다. 이 신년휘호 사건만 해도 부모 모두가 "설날 기분도

나고 좋겠다. 써 보지 그러니"라고 했다고 한다. 더군다나 미노루의 어머니, 즉 이와 씨의 며느리는 이렇게 주문했다고 한다.

"실용적인 걸로 써 봐."

"어떤 거?"

"예를 들면 '금연'이라거나."

"그럼 '금주'는?"

"그건 안 돼. 엄마도 마시는걸."

"그럼 '술집 출입 금지'는?"

"그보다는 '술집 아가씨 택시로 태워다 주기 금지'라고 써 봐."

"그건 길어서 안 돼."

미노루는 웃음을 터뜨렸다고 한다.

"엄마, 개인 감정이 들어가 있어."

"당연하지. 엄만 화났는걸."

참고로 아버지에게 뭐라고 쓸까 물어보니 '무사정신'이라고 써 보라고 했단다.

이와 씨는 부모가 그런 타입이기에 미노루는 행복하다고 생각한다. 자식의 인생을 초 단위, 분 단위가 아니라 더 길게 보려 하는 것이다. 그러면 여유가 생긴다. 그래서 신년휘호 정도로 시끄럽게 구는 일은 없는 것이다.

"뭐 좋잖아? 써 보지 그러니?" 이런 식이리라.

다만 자식이 성장하다 보면 그것만으로는 충분치 않을 경우도 역시 생기는 법이다. 실은 이와 씨도 그런 문제로 고민하고 있는 것이다.

얼마 전, 며느리로부터 전화가 왔다. 미노루가 밤에 나가 돌아다니는 버릇이 생긴 모양이라고 보고를 하기 위해서였다. 며느리는 화를 내지는 않았다. 다만 걱정은 하고 있었다. 이와 씨는 며느리에게 물었다.

"밤에 나가 논다니, 어느 정도냐?"

"밤에, 프로 야구 중계가 끝날 시간쯤에 밖에 나가는 거예요."

"현관으로 나가니?"

"예."

"그 녀석 오토바이 같은 걸 타는 거냐……?"

"그런 건 없고, 자전거로요."

"그럼 폭주족과 어울리는 건 아닌 모양인데."

"무얼 하는 걸까요?"

"여자라도 생긴 걸까?"

"어머, 아버님. 여자가 생기다니." 며느리가 웃음을 터뜨렸다. "그냥 여자친구라고 해 주세요."

"생긴 거냐?"

"있는 것 같아요. 하지만 밤에 나가 노는 것하고는 관계가 없는 것 같기도 한데."

며느리는 어젯밤 미노루가 밖에 나가는 소리를 듣고는 잠을 자지 않고 아들이 돌아오기를 기다렸다고 한다.

"정장을 하고요."

신경 써야 할 모임에 갈 때 입고 나가는, 소중하게 여기는 정장에 화장도 한 다음 거실 불을 환하게 켜두고 기다렸다고 한다.

"그런데 미노루는 휘파람을 불며 들어오더군요."

"그래서?"

"제 얼굴을 보더니 뭐라고 했는지 아세요?"

─엄마, 밤중에 왜 옷은 갈아입고 그래? 라고 했다고 한다.

"제가 심각한 표정만 짓고 말을 하지 않았더니……."

"그랬더니?"

"이번에는 진지한 표정으로 '할아버지에게 무슨 일이라도 일어난 거야?'라고 묻더군요. 죄송해요, 아버님."

며느리의 그 정장은 온통 검정색이라─뭐랄까, 그─상복처럼 보일 수밖에 없었다고 한다.

"그 멍텅구리가." 이와 씨가 말했다.

"맞아요." 며느리도 맞장구를 쳤지만 그때만은 목소리에 웃음이 묻어 있었다.

미노루가 밤에 나가는 일은 그 뒤로도 계속된 모양이다. 다만 자정 무렵에 나가 한 시쯤에는 돌아온다고 하며, 다른 사람들에게 폐를 끼치는 눈치는…… 어디까지나 짐작이지만…… 보이지 않고, 미노루의 생활 태도가 크게 흐트러진 것 같지도 않기 때문에 한동안 지켜보기로 했다고 며느리는 보고했다.

그 뒤, 여느 때처럼 미노루가 주말에 자러 올 겸 일을 거들러 왔을 때였다. 서점 문을 열기 전 시간을 틈타 이와 씨는 물어보았다. 밤에 나가 노는 게 재미있느냐고.

잔뜩 쌓인 만화책을 꼭대기부터 순서대로 책꽂이에 정리하는 작업을 계속하면서 미노루는 잠시 대답이 없었다. 그리고 이렇게 말했다.

"할아버지 진짜 천리안이네."

"네 어머니에게 들었다."

"아, 엄마가 수다를 떨었구나."

그 말투의 밑바닥에 뭔가 살짝 깔린 게 있는 듯해 이와 씨가 덧붙였다.

"네 어머니가 걱정하고 있어. 하지만 네가 다른 사람들에게 폐를 끼치는 것 같지는 않아서 당분간 지켜보겠다고 하더구나."

미노루는 접이식 사다리 중간에 발을 걸치고 면장갑을 낀 두 손에 만화책을 소중하게 든 채로 고개를 숙이고 말했다.

"그런 것 같아. 야단치지 않는걸."

"어머니가 야단치지 않는 건 참고 있기 때문이야."

"……응."

"저어, 애야. 잠깐 나 좀 보거라."

미노루가 천천히 고개를 들 때까지 이와 씨는 손자를 바라보며 기다리고 있었다.

"왜?"

"네가 무슨 생각을 하는지, 무얼 하는지 이 할아비는 몰라. 모르기 때문에 무턱대고 말릴 생각은 없다. 그렇다고 해서 사내 녀석이 약간 놀 줄도 알아야 나중에 큰 인물이 된다는 식의 무책임한 소리도 할 수가 없고. 우리 자식만은 괜찮을 거라고 간단하게 넘어갈 수도 없어."

미노루는 눈을 깜빡거렸다. "할아버지나 엄마나 날 별로 믿지 않는 거네."

"널 믿는다." 이와 씨는 참을성 있게 대꾸했다. "하지만 말이다, 할아비나 네 부모나 뭔가 좋지 않은 일이 일어날 때는 우리가 네게 보내는 신뢰와는 상관없이 순식간에 일어난다는 걸 알고 있어. 그렇게 순간적으로 일어나는 일 앞에서 가족의 신뢰라는 건 별로 힘이 없지. 그만큼 이 세상이란 무슨 일이 일어날지 모르는 곳이야."

미노루는 다시 만화를 책꽂이에 꽂기 시작했다. 짐짓 그렇게 해서라도 이와 씨의 시선을 외면하려는 모양이다.

"그래서, 그걸 아는 이상 우리 애만은 괜찮을 거라고 할 수가 없는 거야. 그 대신 이런 이야기를 하마. 뭔가 어려운 문제가 있다면 더 늦기 전에 의논을 하거라. 그리고 무얼 하건 넌 혼자가 아니라는 걸 잊지 말아야 해. 할아비는 너보다 먼저 죽을 테니 상관없지만 어머니, 아버지가 있으니까."

미노루는 손을 들어 정수리를 긁적였다.

"괜히 부풀려 생각하네. 밤에 좀 나가는 걸 가지고."

"원래 늙은이는 부풀려 이야기하는 법이지."

그날 대화는 그걸로 그만이었다. 그 주말은 무난하게 넘겼다. 서점 매출도 여느 때와 변함없이 괜찮았다. 미노루는 일요일 밤에 요코하마에 있는 집으로 돌아갔다.

하지만 그 뒤로 이와 씨는 기분이 찜찜했다. 자기도 분명히 아들을 하나 키워 보았고, 사내 녀석들의 성장과정에는 이런저런 일이 있기 마련이라는 것도 뻔히 알고 있지만,

'아무래도 그 시절과는 세상이 달라졌으니까…….'

「장서 5만 권」이란 액자가 괜스레 흐릿하게 보였다. 미노루도 어른이 되어 가는 것이다—라고 하는 이와 씨의 감상이 천진난만한 글씨에 그림자를 드리우기 때문인지도 모른다.

'그러고 보니 그 녀석 데리고 마지막으로 동물원에 간 게 언제였더라……?'

개인적인, 너무나도 개인적인 상념에 잠겨 있는 바로 그때 이와 씨의 귀에 날카로운 경고의 목소리가 들려왔다. 얼른 정신을 차린 이와 씨는 의자를 박차듯 일어섰다.

"아저씨! 아저씨!"

이름도 모르는 단골손님 가운데 한 명인 여성이 가게 제일 안쪽 서가 앞에서 초등학교 이삼학년쯤 되어 보이는 자그마한 사내아이의 두 팔을 잡고 빠져나가려 몸부림치는 아이에게 휘둘리며 소리를 지르고 있었다.

"얼른 오세요! 이 애가 책을 훔쳤어요!"

2

이와 씨가 붙들자 그 애는 몸부림을 그쳤다. 맥이 빠질 정도로 바로 저항을 그만두었다. 아이의 창백한 얼굴이 일그러졌다.

여자 손님에게 고맙다는 인사를 하고 아이를 넘겨받은 뒤, 이와 씨는 아이를 다른 손님들에게 보이지 않는 서가 뒤로 데리고 갔다. 그 애는 말도 하지 않고, 울지도 않았다. 이름을 물어도 대답하지 않았다. 어느 학교에 다니는지조차 말하지 않았다.

봄에 어울리는 산뜻한 연두색 스웨터에 청바지 천으로 만든 반바지, 흰 양말에 흰 운동화 차림이었지만 가슴에는 명찰이 없었다. 이와 씨는 포기했다.

'어쩔 수 없겠군.'

아르바이트 학생 가운데 한 명에게 계산대를 맡기고 가게 안쪽에 있는 작은 사무실 겸 응접실로 아이를 데리고 갔다.

"편하게 하거라."

이와 씨가 말했지만 아이는 팔걸이가 있는 낡은 나무 의자 옆에 선 채로 도무지 움직이려 하지 않았다. 두 어깨를 살짝 웅크리고 시선은 자기 발 이십 센티미터 전방쯤을 보며 꼼짝도 하지 않았다.

이와 씨 역시 선 채로 잠시 생각했다. '편하게 하거라'라는 말을 요즘 아이들은 잘 모를지도 모른다. 그래서 고쳐 말했다.

"그 의자에 앉아도 돼. 편하게 하라는 건 그런 뜻이야."

아이는 여전히 움직이지 않았다. 하지만 그때, 나중에 이와 씨가 다행이었다고 생각하게 될 일이 일어났다.

꼬르륵…… 하는 소리가 들려왔던 것이다.

이와 씨는 어디서 나는 소리인지 바로 눈치 챘다. 순간 웃음이 치밀어올랐다.

"어라, 배가 고프냐?"

아이의 배에서 난 소리였다.

이와 씨는 무릎을 굽혀 쭈그리고 앉아 눈높이를 낮추고 아이의 눈을 들여다보았다.

"배가 고픈 거로구나. 그렇지? 아니면, 배가 아픈 거니? 어느 쪽이지?"

갑자기 설사가 난 경우에도 뱃속에서 꼬르륵 하는 소리가 날 때가 있다. 이런 경우에는 어느 쪽인지 확실히 해 두는 게 중요하다. 어린애가 호기심으로 책을 슬쩍 하다가 점원이나 경비원에게 들킨 순간 쇼크 때문에 심한 신경성 두통이나 복통이 오기도 하고, 그 자리에서 토하기도 한다는 사실을 잘 알고 있었다. 결코 꾀병이 아닌 것이다.

이와 씨는 돌처럼 잔뜩 굳은 이 아이에게 쓸데없는 고통을 주고 싶지 않았다. 직감이기는 했지만 이 아이의 태도가 불손하다거나 삐뚤어졌다거나 하는 그런 고집스러운 감정에서 나오는 것이 아니라는 사실을 느꼈기 때문이다.

지금 이 아이의 모습을 보며 이와 씨는 예전에 요코하마에 있는 집 근처에서 기르던 불쌍한 개를 떠올렸다. 변덕스러운 주인은 강아지였을 때는 귀여워했지만 개가 크자 완전히 애정을 잃고 사나흘씩 먹이나 물을 주지 않고 내버려두었다. 한여름의 찌는 듯한 더위에 개를 사슬에 묶어 둔 채로 일주일씩 여행을 다녀오기까지 했다. 보다 못한 이웃 사람들이 먹이를 주자 처음에는 배가 고파 얼른 먹었다. 하지만 주인의 그런 학대가 계속되다 보니 개는 체력도 정신력도 다 떨어졌는지 가만히 웅크리고 눈만 치뜨며 사람을 바라볼 뿐 꼼짝도 하지 않게 되었다. 대소변도 앉은 자리에서 보더니 결국에는 비쩍 말라 개집 안에서 죽고 말았다.

아이는 그 개와 닮은 눈빛을 하고 있었다.

"곧 세 시로구나."

두 시 사십오 분을 가리키는 시계를 올려다보며 이와 씨는 밝은 목소리로 그렇게 말했다.

"할아버지는 늘 이 시간에 가볍게 새참을 먹지. 너도 먹을래? 무얼 먹고 싶니?"

아이는 말이 없었다. 이와 씨는 미노루가 이 아이 나이였을 때를 떠올리며 어떤 음식을 좋아했는지 열심히 기억해 내려 했다.

"빵은 싫어? 햄버거냐? 주먹밥도 괜찮지. 아니면 라면이냐?"

고개를 숙인 채 아이는 살짝 눈꺼풀을 움직였다. '라면'이라는 말을 들었을 때였다.

"그래? 라면이 좋아?"

이와 씨는 그렇게 말하고 일단 사무실에서 나왔다. 계산대로 가서 근처에 있는, 이따금 배달을 시키는 중국식 국수집에 라면을 주문하라고 아르바이트 학생에게 말했다.

가게 안은 손님들이 비교적 줄어든 상태였다. 아르바이트를 하는 두 학생들에게도 교대로 새참을 먹으라고 했다. 운동부에 있어 늘 공룡처럼 배가 고픈 두 학생은 좋아라 했다.

"그런데 어떻게 된 겁니까?" 두 명 가운데 한 학생이 물었다. 껑다리에 안경을 쓰고 있다.

"그 애가 배가 고픈 모양이라서."

"책 훔치려던 꼬마요? 어휴, 사장님도 사람이 너무 좋아서 탈이에요."

미노루 이외의 점원들은 모두 이와 씨를 '사장님'이라고 부른다.

"하지만 그냥 내버려둘 수도 없잖아. 한마디도 하지 않으니."

"음식을 먹고 마음을 좀 풀어 주면 좋겠네요."

한 명이 중국식 국수집에 전화를 걸고 있는 사이에 이와 씨는 안경을 쓴 아르바이트 학생에게 슬쩍 물었다.

"아까 저 애가 슬쩍하려던 책이 뭐였지?"

"이거예요."

애를 붙잡았을 때 물론 책도 회수해 두었다. 자세한 사정 이야기를 듣지 못했기 때문에 바로 서가에 다시 꽂지 않고 그대로 계산대에 놔두었는데 아르바이트 학생이 그걸 내밀었다.

『거짓말쟁이 나팔』이란 동화책이었다. 판권이 인쇄된 부분을 보니 천구백오십오년에 나온 책으로 표지도 너덜너덜하고 본문 여기저기에 벌레 먹은 구멍이 나 있었다.

"요즘 애들이 탐낼 만한 책은 아니군요."

안경을 쓴 아르바이트 학생도 이상해했다. 이와 씨는 옅은 파란색 표지 위에 색이 바랜 금빛 나팔이 그려져 있는 그 책을 손에 들고 잠시 생각에 잠겼다. 금빛 나팔은 아득한 옛날, 아직 두부집이 자전거에 나무 상자를 싣고 팔러 다니던 시절에 허리에 매달고 다니던 것 같은 모양새였다.

"이건 내가 사들여 온 책이지?"

아르바이트 학생이 고개를 끄덕였다.

"그랬죠. 육 개월 정도 전이었던가? 아카바네 쪽이었죠. 오래된 연립주택이 철거된다던가 해서—."

전화를 받고 이와 씨는 경트럭을 몰고 나갔었다. 전화를 한 연립주택 주인은 처음 보는 손님이었고, 남아 있던 책들 대부분은 크게 이익이 날 물건은 아니었지만 어린이용 책이 많이 섞여 있다는 데에 끌려 몽땅 떠맡아 온 것이다.

일반적으로 아동서, 동화책 종류는 헌책방 시장에서 유통되지 않는다. 대부분의 경우 주인인 아이들이 자라나면서 책은 여기저기 망가지고 지저분해지는 경우가 많기 때문이다. 이와 씨처럼 운영하는 헌책방들은 이따금 폐지 교환 업자가 모이는 곳에 나가 쓸 만한 것을 사오는 일도 있지만 그런 루트에서는 비교적 깨끗한 책을 구하기는 역시 쉽지 않다. 그러다 보니 자연히 아동서는 적어지는 것이다.

남들 이야기를 들어 보면 요즘 폐지 회수 사업은 전혀 수지가 맞지 않기 때문에 애당초 휴지와 교환하지 않고 그 지역의 지역별로 타는 쓰레기를 회수하는 날을 체크해 두었다가 그날 아침 일찍 트럭을 몰고 한 바퀴 돌며 쓰레기로 내놓은 신문이나 잡지, 책 종류를 슬쩍 모아오는 방식을 취하는 곳도 많다고 한다.

"지금까지 해 온 대로 확성기에 테이프를 틀고 돌아다니며 폐지 교환을 해도 우리가 주는 화장지는 뻣뻣해서 쓰기 불편하다며 필요 없다는 손님들이 많지."

그렇게 해서 아무렇게나 쓰레기로 버려지는 책 가운데 요즘은 아동서가 섞여 있는 경우가 자주 있다고 한다. 좋은 물건을 사들이기는 점점 힘들어진 것이다.

그래서 아동용 도서를 만나면 이와 씨는 몽땅 사들이고 있다. 이 『거짓말쟁이 나팔』도 그렇게 해서 입수해 온 책 가운데 한 권이었다.

다나베 서점은 원칙적으로 한 권만 맞아떨어지면 큰돈을 벌 수 있을 만한 희귀한 고서를 찾아다니는 투기꾼 같은 북 헌터, 학술 연구에 필요한 귀중한 문헌을 찾는 연구자들을 상대로 영업을 하는 서점은 아니다. 헌책이지만 깨끗하고, 신간 가격보다 싼 오락용 책을 찾는, 지극히 평범한 사람들을 대상으로 한 헌책방이다. 따라서 평소 같으면 너덜너덜한, 한눈에 보기에도 누구나 '헌책이다'라고 알 수 있을 만한 책은 판매하지 않는다.

다만 그 책이 상당히 매력적이거나 약간 시대가 흘렀어도 재미있다면 예외적으로 가게에 놓아두는 일이 있다. 그런 책들을 위해 전용 책꽂이를 만들어 두었다. 장르에 관계없이 뒤표지가 떨어졌다거나 벌레가 먹었다거나 하는, 부상병 같은 책들만 한쪽 구역에 모아 둔 것이다.

『거짓말쟁이 나팔』도 그 안에 있었다.

"그 아이는 왜 하필이면 이런 책을 훔치려 했을까?"

뭔가 특별히 그 애의 관심을 끌 만한 내용이 있었던 걸까?

"저어, 사장님, 이거 읽지 않으셨어요?"

"응." 이와 씨는 벗겨진 머리를 긁었다. "어린이 책은 귀중하다는 생각에 덜컥 사다 놓기는 했지만……."

"저도 전혀 읽어 볼 생각을 하지 않았으니 사장님에게 읽어 보셨느냐고 물어볼 처지는 아니지만요."

아르바이트 학생이 웃고 있을 때 중국식 국수집의 배달원이 도착했다. 놀랍게도 이 중국집에서는 스무 살 정도 되는 여자애가 배달통을 들고 자전거를 타고 온다. 자전거 타는 재주가 대단해서 막 만들어 뜨끈뜨끈한 상태 그대로 배달해 준다. 면발이 풀어지거나 미지

근해진 적이 한 번도 없었다.

헌책방에 풍기는 구수한 라면 냄새. 쟁반을 들고 가게 안을 걸어 가는 이와 씨는 마침 가게에 있는 손님들의 부러워하는 시선이 느껴 지는 듯했다. 이것도 라면 냄새이기 때문이다. 햄버거라면 부러운 시선을 보내지는 않을 것이다.

"아, 배고파." 서서 만화를 읽고 있던 하굣길의 중학생 녀석들이 탄식하는 소리를 들으며 이와 씨는 후후후 웃었다.

"자, 오래 기다렸겠다."

발로 요령 있게 사무실 문을 열고 이와 씨가 얼굴을 디밀자 아이 는 조금 전과 전혀 다름없는 자세로 의자 옆에 서 있었다. 마치 틀에 서 떠낸 듯이 어깨를 웅크린 자세까지도 그대로였다.

어쩌면 짐작이 어긋나 아이가 도망가 버렸을 수도 있겠다…… 마 음 한구석에 그런 생각도 있었다. 그렇게 된다면 별 수 없다는 생각 도 했다. 반면 저 아이는 도망치지 않을 것이라는 믿음도 있었다. 하 지만 십 분 가까이 혼자 있게 해 둔 아이가 의자에 앉거나 사무실 안 을 서성거리지도 않고 내내 같은 자세로 서 있으리라고는 생각하지 못했다.

"꼬마야, 힘들지 않니?"

꼬마라고 부르자 그 애는 또 찔끔 눈꺼풀을 움직였다.

"라면이 왔다. 앉아서 먹자. 이야기는 그다음에 하고."

그래도 아이는 움직이지 않았다.

그때 문득 께름칙하지만 그럴 듯한 어떤 생각이 떠올랐다.

아까 책을 훔치는 현장을 잡았을 때도 이 아이는 놀라울 정도로

빨리 체념하고 저항을 포기해 버렸다—.

"의자에 앉으면 어디가 아프니?"

이 물음이 정곡을 찌른 모양이다. 꼼짝도 하지 않던 아이의 어깨가 그리고 발끝이 그제야 비로소 피가 통한 듯이 움찔했다.

"그런가? 아픈 거냐? 그래서 아까도 몸부림치다 금방 그만둔 거로구나. 엉덩이니?"

쟁반을 테이블에 내려놓은 이와 씨는 다시 아이와 눈높이를 맞추기 위해 쭈그리고 앉았다.

"어떻게 된 거니? 어디서 떨어졌니? 아니면 엉덩방아를 찧었니? 그렇지 않으면—."

이와 씨는 마음을 다져먹고 그 질문을 꺼냈다.

"누구에게 호되게 맞은 거냐?"

그 질문이 신호이기라도 한 듯이 고개를 숙인 아이의 눈가에 점점 눈물방울이 맺히더니 주르륵 흘러내렸다. 한 방울이 떨어지자 계속해서 눈물이 흘러내렸다.

"그러냐? 맞은 거니? 이 할아버지에게 그 상처 좀 보여 줄래?"

아이는 싫다 좋다 대답도 없이 두 손을 축 늘어뜨리고 그저 계속 울기만 했다. 이와 씨는 얼른 일어서서 아이 옆을 스쳐지나 아르바이트 학생을 찾았다. 꺽다리에 안경을 쓴 학생이 마침 놀라운 속도로 라면을 다 먹었는지 만족스러운 표정을 짓고 있는 게 보였다.

잠깐 이리 오라고 손짓해 그를 사무실 안쪽으로 불렀다. 그리고 아이에게 말했다.

"이 형이 함께 있어도 되겠지? 여차하면 증인이 필요할지도 모르니까 말이야. 증인. 여기서 너하고 나하고 이야기한 내용을 나중에 증명해 줄 사람이라는 이야기야."

아이는 눈물을 닦으며 고개를 끄덕였다.

"어떻게 된 겁니까?"

안경 쓴 아르바이트 학생은 불안한 듯이 목소리를 낮췄다. 사무실 문을 닫고, 밖에서 볼 수 없도록 한 뒤에 이와 씨는 아이를 바라보았다.

"어디, 한번 보자."

아이는 먼저 연두색 스웨터를 벗었다. 이어서 하얀 티셔츠도 벗었다. 야윈 상반신에는 갈비뼈가 드러나 있었다.

아르바이트 학생이 숨을 삼켰다.

아이의 등에, 옆구리에, 밋밋한 가슴 한복판에 검붉은 멍이 나 있었다. 그 가운데 하나는 이와 씨 손바닥 크기만 했다.

이와 씨는 쭈그리고 앉은 채로 말없이 아르바이트 학생을 쳐다보았다.

"폴라로이드 사진으로 찍어 두는 게 나을지도 모르겠군요." 아르바이트 학생이 말했다. 그러고 보니 이 아르바이트생은 법학부에 적을 두고 있다.

일단 티셔츠 한 장만 도로 입혔다. 그러고 나서 이번에는 바지 쪽을 내렸다. 발을 한쪽씩 움직이게 하여 바지를 벗길 때 아이가 아픈 듯이 찡그리는 얼굴을 이와 씨는 보았다.

"……너무하네."

아르바이트 학생이 방금 라면으로 배를 채운 것을 후회하는 듯한 목소리로 말했다.

아이의 작은 엉덩이에도 멍이 무수히 많이 나 있었다. 하지만 상반신과 다른 것은 그중에는 이와 씨의 가운데 손가락 손톱만 한 크기의, 훨씬 더 진한 색의 끔찍한 상처가 섞여 있다는 점이었다.

"담배지?" 이와 씨가 물었다. "누가 불을 붙인 담배로 이렇게 한 거지? 그렇지?"

아이는 말없이 고개를 끄덕였다. 몇 번이고 몇 번이고 고개를 끄덕였다.

"누가 이렇게 한 거니?"

아르바이트 학생의 질문에 아이는 한동안 대답하지 않았다. 이윽고 살짝 딸꾹질하는 듯한 소리가 들리기 시작했다. 아이가 소리내어 울기 시작한 것이다.

이와 씨와 아르바이트 학생은 괜스레 서로를 비난하는 듯한 표정을 지으며 얼굴을 마주보았다.

"경찰에 신고하자."

계속 우는 아이를 껴안고 이와 씨가 겨우 그렇게 말하자 아르바이트 학생은 말없이 전화기 쪽으로 다가갔다.

3

"원래 이건 우리가 아니라 아동상담소에서 다룰 문제인데……."

이와 씨는 흠집이 잔뜩 있는 싸구려 테이블을 사이에 두고 앉아 그렇게 말문을 연 상대방의 눈을 잔뜩 노려보았다.

"그래서, 어떻게 하겠다는 거요?"

"물론 화급한 경우이니 그렇게 답답한 소리만 하고 있을 수야 없겠죠. 그래서 우리도 할 수 있는 조치는 하고 싶습니다."

테이블 맞은편의 여성은 손에 든 작은 가죽 명함지갑에서 명함 한 장을 꺼내더니 이와 씨 쪽으로 내밀었다.

"소년과의 상담원으로 있습니다. 곤노 노부코라고 합니다."

그렇게 말하고 나서 킥 웃었다.

"그렇게 무서운 표정 짓지 마세요. 경찰은 상관없다고 모르는 척 하려는 건 아니니까요."

삼십대 후반쯤 되었을까. 감색 정장을 단정하게 차려 입고 옅은 화장에 손톱은 짧게 깎았다. 단발머리는 윤기 있는 검은색이었다. 상당한 미모의 경찰관이다. 명함을 보니 계급은 경부보였다.

"그래, 유타카 군은 어떻습니까?"

다나베 서점에서 책을 훔치려다 잡힌 아이는 이시다 유타카. 나이는 열 살. 이 동네에 있는 초등학교 사학년 학생으로, 학교에서 걸어서 오 분 정도 걸리는 고급 아파트에서 어머니 아버지, 그리고 같은 학교 일학년생인 여동생, 이렇게 네 식구가 함께 살고 있는 소년이란 사실이 밝혀졌다.

"일단 병원에서 진찰을 받게 했습니다. 지금 어머니와 면회를 하고 있어요."

이와 씨가 미간을 찡그리자 곤노 경부보는 바로 말했다.

"안심하세요. 소년과의 베테랑 담당자가 함께 있으니까요. 물론 어머니로부터 사정 이야기를 듣기 위해서이기도 하고요—."

조심스럽게 방긋 웃으며,

"그리고 공적인 장소에서 의사에게 진찰을 받고 있는 유타카 군을 만나게 했을 때 어머니가 어떤 태도를 보이는지, 그걸 관찰하기 위해서이기도 하죠."

이와 씨는 마음이 놓였다. 생각하고 싶지도 않은 일이지만 실제로 부모들의 아동학대라는 불행한 일이 이 세상에는 존재한다. 유타카의 그 끔찍한 상처를 보았을 때, 이와 씨의 머리에 바로 떠오른 생각도 유감스럽지만 바로 그 아이의 부모였다.

"그건 그 애 부모가 한 짓인가요?"

곤노 경부보는 신중하게 말을 골라 대답했다.

"그럴 가능성이 큽니다. 하지만 성급하게 결론을 내릴 수는 없죠."

당연하다는 생각이 들어 이와 씨는 고개를 끄덕였다.

"제게 자세한 사정을 캐물을 권리는 없다는 걸 알고 있지만 말입니다." 이렇게 전제를 하고 입을 열었다. "다만 걱정이 됩니다. 게다가 그 애가 우리 가게에서 책을 훔치다 걸린 것은 일부러 잡혀서 경찰에 보내지고 싶어서가 아니었나 하는 생각이 드는군요. 그렇게 해서 조사를 받다 보면 늦건 이르건 그 아이가 당하고 있는 아픔이 밝혀질 테니까요."

"저도 그렇게 생각합니다."

"머리가 좋은 아이로군요, 유타카란 아이는." 이와 씨는 아랫입술을 깨물었다. "뭐랄까, 그런 상황에 있는 아이가 누구에게 당했는지 자기 입으로 주위 사람들에게 고발하지 못하는 것은 역시 '범인'을 감싸기 위해서일까요?"

172

"그런 경우가 많습니다."

하고 싶지도 않은 이야기다. 이와 씨는 속이 쓰렸다.

"만약에…… 그 아이의 부모가 그 애를 그렇게 만들었다면 그 애는 부모로부터 격리시켜 제대로 보호를 받을 수 있게 됩니까?"

곤노 경부보는 바로 대답하지 않았다. 경부보가 대답을 망설이는 동안에 이와 씨는 '법률'이라거나 '인권'이라거나 '친권' 같은, 골치 아프게 얽힌 문제들의 한 단면을 보고 만 듯한 느낌이 들었다.

"노력하겠습니다." 경부보가 말했다. "학교에도 협조를 요청하게 될 겁니다. 할 수 있는 일은 모두 하지 않으면 그 아이가 불쌍하니까요."

이와 씨는 더 이상 할 말을 찾지 못한 채 잠자코 있었다. 그후 이와 씨는 관계자라고 해서 가족관계나 다나베 서점에 대한 이런저런 질문에 대답해야 했다. 연락처, 주소, 요코하마에 사는 아들 부부의 직업과 근무처 등에 대해 자세하게 대답한 뒤에 겨우 놓여난 것은 저녁 여섯 시가 지나서였다.

너무 피곤해 아르바이트 학생들이 걱정스러운 표정으로 퍼붓는 질문에도 제대로 대답을 해 줄 수가 없었다.

그날 밤, 혼자 연립주택으로 퇴근한 이와 씨는 『거짓말쟁이 나팔』을 읽어 보았다.

쭉 훑어본 느낌으로는, 독자 대상을 초등학교 저학년 학생 정도의 어린이로 설정하고 있는 듯 보이는 작품이었다. 한자가 적고, 글자 크기도 넉넉한데다 표현도 쉬웠다. 지금은 색이 많이 바랬지만 옛날에는 아름다운 수채화였을 삽화도 곡선이 아름답고 부드러운 느낌을 준다.

이와 씨는 즐겨 사용하는 좌식의자에 철퍼덕 앉아 등받이에 기대어 소주에 뜨거운 물과 레몬즙을 몇 방울 떨어뜨려 옆에 두고 느긋한 기분으로 책을 읽기 시작했다. 하지만 몇 페이지 읽지 않아 좌식의자에서 일어나 등을 쭉 펴고, 팔꿈치 옆에 술을 따라 두었다는.것도 잊고 말았다.

이야기가 재미있어서 정신이 팔린 것은 아니었다. 아니, 분명히 정신이 팔리기는 했지만 재미는 전혀 없었다. 마음이 따스해지는 이야기도 아니었다.

겉보기와는 달리 『거짓말쟁이 나팔』의 스토리는 너무 우울해서 차라리 '어둡고 참혹하다'고 할 만큼 희망 없는 이야기였다. 그야말로 믿을 수 없을 정도였다.

"옛날, 옛날. 어느 마을에 작은 오케스트라가 있었습니다."

이야기의 첫머리는 이렇게 시작된다.

"그 오케스트라에는 서른 가지 악기들이 모여 있었습니다. 바이올린, 첼로, 오보에, 타악기인 팀파니, 멋진 하프—온 마을의 악기들이 모여서 지휘자 아저씨와 함께 한 달에 한 번 연주회를 열었습니다."

이야기 안에서는 사람인 지휘자와 악기들이 바로 의사소통을 할 수 있는 것으로 그려지고 있었다. 즉, 악기들이 의인화되어 있어 연주자 없이도 스스로 음악을 연주한다는 설정이다. 삽화도 그에 따라 첼로의 몸통에 눈과 코가 붙어 있고, 플루트에 가늘고 긴 손발이 나 있는 것처럼 그려져 있었다.

"이 오케스트라 안에는 나팔이 하나 있었습니다. 이 나팔은 대단한 거짓말쟁이였습니다."

그 문장과 함께 트럼펫을 단순하게 개조한 나팔의 그림이 등장한다.

"'이봐, 피아노. 어제 지휘자 아저씨가 너는 자꾸 틀리기 때문에 싫다고 욕을 했어.'

'바이올린 선생님들은 모두 첼로를 싫어한대. 몸집만 크지 좋은 소리를 전혀 내지 못한다고.'"

나팔의 거짓말이 그런 식으로 그려졌다.

"나팔은 언제나 작은 거짓말, 큰 거짓말을 해서는 오케스트라에 있는 친구들에게 미움을 받고 있었습니다. 그래도 오케스트라 친구들이나 지휘자 아저씨나 나팔의 말이 모두 거짓말이라는 것을 잘 알고 있었기 때문에 싸우거나 사이가 틀어지는 일은 없었습니다."

그러던 어느 날, 마을이 전쟁에 휩쓸려 들어간다.

"대장님이 와서 오케스트라들 모두에게 말했습니다. '너희들 가운데 누가 강한 군대를 모으는 일을 도와주지 않겠나? 용기 나는 음악을 연주해 사람들을 불러 모으는 걸 도와주지 않겠나?'"

나팔이 그 부름에 응해 나선다.

"거짓말쟁이 나팔은 거짓말을 워낙 잘하기 때문에 대장님의 뒤를 따라 전쟁에 나가면 얼마나 재미있는지, 이 세상에 얼마나 도움이 되는 일인지, 얼마나 돈을 벌 수 있는지, 큰 소리로 떠들고 돌아다녔습니다. 워낙 거짓말을 잘해, 계속해서 사람들이 모여들 정도였습니다."

이렇게 해서 나팔은 많은 병사들을 데리고 전쟁터로 나간다. 거기서는 공격 나팔로 활약한다.

"마을에 남은 오케스트라의 악기들은 전쟁이 심해지자 연주회를 열 수 없게 되었습니다. 지휘자 아저씨도 군대에 가고 말았습니다. 게다가 악기들은 나팔처럼 대장을 돕지 않았기 때문에 마을 사람들이 못살게 굴고 망가뜨리기도 했습니다."

전쟁은 오래 계속되었다. 그러자 작은 마을에는 점차 평화를 원하는 목소리가 커진다. 그즈음 어느 전투에서 나팔과 대장이 적의 포로가 되고 만다.

"나팔은 잔뜩 겁을 집어먹었습니다. 적의 대장이 나팔을 거짓말쟁이라고 했던 겁니다. '너 같은 것이 전쟁을 하면 돈을 많이 벌 수 있다는 식의 거짓말을 했기 때문에 많은 사람들이 속아 죽어 가게 된 거다.'"

나팔은 필사적으로 자기는 그런 거짓말을 하지 않았다고 발뺌한다. 자기는 고향 마을에서 즐거운 음악을 연주하고 있었을 뿐이고, 대장에게 끌려와서도 아침저녁으로 인사 음악만 연주했다고.

"그리고 나팔은 포로수용소 안에서 밤이면 밤마다 죽어간 병사들을 위해 구슬픈 음악을 연주해 보였습니다."

이럭저럭하는 사이에 전쟁이 끝난다.

"나팔은 대장과 함께 마을로 돌아왔습니다. 대장님은 고향의 집으로 돌아갈 돈이 필요해 나팔을 고물상에 팔아 넘겼습니다."

그 고물상에서 나팔은 오케스트라의 동료 가운데 딱 하나 남은 피콜로와 다시 만난다.

다른 동료들은 전쟁 때문에 망가지거나 어디론가 팔려가 버렸다. 전쟁은 좋은 거라고 한 것은 바로 너였다―피콜로는 나팔에게 말했다. 그 비난이 완전히 파괴된 마을에서 전쟁을 한탄하고 있던 사람들의 귀에 들어갈까 봐 두려웠던 나팔은 피콜로의 가느다란 소리를 없애 버릴 정도로 큰 소리를 내며 음악을 연주하기 시작한다.

"나팔은 하루 종일 계속해서 노래를 했습니다. '전쟁은 끝났다. 새로운 마을, 즐거운 마을, 평화로운 마을을 만들자……' 나팔의 밝은 노랫소리에 마을을 다시 세우려는 사람들은 힘을 얻었습니다. 그 소리에 피콜로가 가느다란 목소리로 하소연하는 말은 아무도 듣지 못했습니다."

힘이 다 한 피콜로가 죽은 뒤에도 나팔은 계속 노래한다. 마을의 재건은 계속된다.

"이윽고 마을이 예전처럼 평화와 활기를 되찾았을 무렵, 한 번 더 오케스트라를 만들어 보자는 의견이 나왔습니다. 다시 악기들을 모은 겁니다. 하지만 완전히 고물상의 명물이 되어 있던 거짓말쟁이 나팔은 오케스트라에 들어오라는 권유를 거절했습니다.

'나는 전쟁에 나가 많은 고생을 했으니 이제 조용히 살고 싶습니다.'"

아무것도 모르는 마을사람들은 나팔의 말에 감동해 거짓말쟁이 나팔을 마을 박물관에 걸어두게 된다―.

"어느 날, 대장님이 그 박물관을 찾아왔습니다. 한 사람이 대장님에게 물었습니다. '당신도 전쟁터에 나가 고생을 많이 했죠? 저 나팔도 마찬가지입니다. 저 나팔을 아십니까?'

대장님이 대답했습니다. '아니요, 모릅니다.'"

거짓말쟁이 나팔은 박물관 유리 진열장 안에서 조용히 여생을 보낸다.

"거짓말쟁이 나팔은 더 이상 음악을 연주하지 않았습니다. 대장님도 다시는 박물관에 찾아오지 않았습니다."

이 한 문장으로 이야기는 끝이 난다.

다 읽고 나서 이와 씨는 깊은 한숨을 내쉬었다. 차게 식은 소주를 단숨에 들이켜고 잔을 내려놓은 뒤에 팔짱을 꼈다.

『거짓말쟁이 나팔』은 결코 어린이를 위해 쓴 이야기가 아니다.

작가가 일부러 '나팔'을 어린이들이 읽기 쉬운 가타카나로 쓰지 않고 어려운 한자를 써서 '喇叭'이라고 표기하고 있는 걸 보더라도 깊은 의미를 전달하려는 듯했다. 도대체가 어린이를 위한 이야기로는 너무 어둡고, 너무 비열하지 않은가. 이건 처음부터 끝까지 '거짓말쟁이'가 승리를 거두는 이야기다.

끝부분에 작가 소개가 조그맣게 적혀 있었다. 이름은 필명이라고 밝히고 있다. 나이는 이와 씨보다 열 살이 위니까 그 전쟁을 온몸으로 겪은 세대인 것이다.

새삼 판권 페이지를 보고, 천구백오십오년이라는 이 작품이 출판된 시대를 생각했다. 전쟁의 아픈 기억에서는 멀어지고, 고도성장을 향해 일본 사회 전체가 달려가던 무렵이리라. 그런 시대가 되어서야 비로소 작가는 이 이야기를 쓸 수가 있었던 걸까?

『거짓말쟁이 나팔』의 표지를 덮고 이와 씨는 눈을 감았다. 그리고 하필이면 이 책을 골라 훔쳐 주위에 SOS를 보낸 유타카란 소년의 얼굴을 떠올렸다.

그 아이 주위에, 바로 가까이에, 그 아이를 그렇게 학대하는 『거
짓말쟁이 나팔』이 있다. 그 정체를 아무도 깨닫지 못하고, 큰 소리
로 밝게 노래하기 때문에 유타카라는 피콜로의 도움을 청하는 절규
를 지워 버리고 있다. 거짓말쟁이 나팔이.

그 아이는 그걸 고발하고 싶었던 것이다.

4

곤노 경부보는 '걱정이 됩니다'라는 이와 씨의 말을 진지하게 받
아들였던 모양이다. 그 뒤의 경과를 두세 번 전화로 알려 주었다.

"저 개인의 의견이 들어가니 그것을 감안하고 들어 주시면 좋겠습
니다."

"예, 알겠습니다."

"유타카란 아이가 주위에 있는 어떤 사람 때문에 그렇게 심한 학
대를 받고 있다는 사실은 분명하지만, 아직 제대로 파악이 되지 않
고 있습니다."

"그건 결국 누가 그런 짓을 하고 있는지 모른다는 이야기입니까?"

"예, 그렇습니다."

경부보의 목소리가 한껏 무거워졌다.

"저로서는 어머니인 이시다 료코라는 사람이 제일 의심스럽다고
생각하지 않을 수 없습니다만."

"어머니가……?"

"예. 부모가 모두 담배를 피웁니다."

경부보는 괴롭다는 듯이 말했다.

이시다 씨네 집은 경제적으로 무척 풍족하다고 한다. 살고 있는 아파트도 주위 집들이나 연립주택과는 차원이 다른 이십사 시간 보안 서비스, 세탁에서부터 택시 잡기까지 호텔 못지않은 서비스를 자랑하며 전용 스포츠센터까지 갖춘 최고급 아파트라고 하니까.

이와 씨가 사는 서민 동네에도 요 몇 년 사이에 이런 아파트들이 들어서기 시작했다. 옛날부터 살던 주민들이 밀려난 뒤에 대형 부동산개발업자가 들어와 지역 재개발이니 뭐니 하며 마구 짓고 있다. 그것은 뭐 어쩔 도리가 없다. 세상이 그렇게 흘러가는 것이다. 하지만 머리가 낡은 이와 씨 입장에서는 너무 격차가 나는 고급은 지역에도 혼란을 일으키는 문제의 씨앗이 되는 것이 아닌가 싶어 늘 머릿속으로는 걱정을 하고 있다.

"아버지인 이시다 지로 씨는 대형 금융회사에 근무하는 직장인인데, 유타카가 다섯 살 때까지 워싱턴에 부임해 있었다고 합니다."

경부보의 목소리가 씩씩하게 이어졌다.

"가족들이 모두 건너가 그쪽에서 살았었죠. 그 전에는 런던. 유타카도 런던의 병원에서 태어났습니다. 부부 모두 일상회화라면 불편하지 않을 정도로 영어가 능숙한데다 고학력자들이죠."

이와 씨는 깜짝 놀랐다.

"그런 부부의 자식이 어째서 공립학교에 다니는 거죠?"

경부보가 쓴웃음을 지었다.

"그렇죠? 하지만 외국에서 돌아온 아이들은 일반적으로 국내 사립학교에 입학할 때 어려움이 있으니까요. 귀국 자녀를 기꺼이 받아들이는 학교도 있지만 전체적으로 보면 얼마 되지 않고, 타이밍이 어긋나면 입학시험 시즌을 놓치게 되어 공립학교에 들어갈 수밖에 없는 거죠."

"유타카도 영어를 할 줄 압니까?"

"예. 저보다 훨씬 잘해요. 부모 입장에서는 유타카가 일본어를 까먹지 않도록 하는 일이 오히려 더 어려웠다고 합니다."

으음……. 이와 씨처럼 한 가지 언어밖에 모르는 사람으로서는 신음을 할 수밖에 없다.

"그래서 말이죠, 어머니인 료코 씨도 지금 현재 해외에 거주하다 귀국한 가정에 있기 마련인 커뮤니케이션 갭 때문에 고민하고 있는 것 같고……."

쉽게 말해 이웃과 잘 지내지 못하는 모양이다.

"그런 스트레스를 받고 있어서 발산하지 못하는 답답한 마음이 자식 쪽으로 향하는 경우는 제법 있는 일입니다. 유타카의 담임선생님도 어머니가 사소한 일에 신경질적인 것 같다며 걱정하더군요."

"사소한 일이라뇨?"

"보름 정도 전에 수업 참관과 학부모 면담이 있었는데, 그때 유타카의 어머니만 다른 학부모들과 의견이 달랐다고 합니다. 좀 더 여유 있는 커리큘럼을 짜 주면 좋겠다는 발언을 하셨다던데."

당시 분위기가 상당히 어색했던 모양이다. 어머니인 이시다 료코는 그 뒤로도 그때의 일에 대해 신경을 썼다고 한다.

"하지만 당사자인 유타카는 어떻습니까? 누가 그런 짓을 하는지

학교 선생님이나 경부보님에게는 이야기하지 않습니까?"

이와 씨의 물음에 경부보는 한숨을 내쉬며 대답했다.

"이야기해 주지 않는군요. 감싸고 있는 건지, 겁을 먹고 있는 건지……."

"유타카의 어머니는 어떻습니까?"

"상처는 전부터 알고 있었다고 합니다. 마음이 아파 몇 번이나 학교에 의논을 하러 갔었답니다."

"학교에?"

"어머니는 유타카가 같은 반 아이들에게 괴롭힘을 당하는 거라고 믿고 있죠. 집에서는 결코 아이들을 학대하거나 하지는 않는다더군요. 그러니 학교에서 그런 일을 당하고 있는 거라고 울면서 이야기했습니다. 요즘 줄곧 남편과 의논해서 교육위원회에 진정을 할까 생각하던 중이었다고 합니다."

이와 씨는 생각했다. 어머니가 그렇게 '공개적으로 해결을 하자'는 태도를 취하는 이상 부모나 가족 가운데 누군가에게 혐의를 둘 수는 없지 않을까……?

하지만 그런 이와 씨의 속마음을 읽은 듯이 경부보가 말을 이었다.

"그런데요, 자식을 학대하는 부모 가운데는 애써 이런 태도를 취하는 사람들도 없지는 않습니다. 공적인 기관에서 조사해 달라, 나는 그러지 않았다고 주장하죠. 그런 말을 듣고 이와나가 선생님처럼 의심을 푸는 사람들도 나타나니까요."

"흐음……."

"게다가 아무리 학대를 당해도 아이들은 가해자가 부모인 경우 역시 감싸게 되죠. 부모니까요. 그래서 학대하는 부모가 '공개적으로 해결하자'는 식으로 자기 목을 스스로 조르는 말을 하게 되면 아이는 꼬리를 빼고 '이제 됐어요'라며, 우리에게 조사를 중지해 달라고 부탁하는 일도 있습니다."

이와 씨는 할 말이 없었다. 정말이지 이거야말로 '거짓말쟁이 나팔'이 아닌가. 거짓말쟁이의 승리다.

"좀더 신중하게 조사해 보지 않으면 공식적인 말씀은 드릴 수 없습니다. 지금 드린 말씀은 비밀로 해 주세요."

곤노 경부보는 그렇게 다짐을 받고 전화를 끊었다.

이와 씨는 우울하고 찜찜한 기분으로 주말을 보냈다. 기운도 없고, 그래서 매상도 오르지 않는 토요일, 일요일을 보낸 월요일 오후에 한 젊은 남자 손님이 다나베 서점을 찾아왔다.

낯선 사람이었다. 그는 이와 씨, 즉 이와나가 고키치를 지목해 면담을 요청해 왔다. 이와 씨는 상대방의 명함을 받아보고 깜짝 놀랐다.

"아니 이런…… 이시다 유타카 군의?"

"예, 제가 담임입니다."

이름은 미야나가 아쓰시라고 했다. 스물다섯의 '아직 햇병아리입니다'라며 쾌활하게 웃었다. 무척 건강해 보이는 교사였다.

용건은 역시 유타카 문제였다. 얼마 전 그 애의 몸에 난 끔찍한 상처를 발견한 그 사무실 겸 응접실에서 이와 씨는 담임교사와 마주 앉았다.

"그 뒤에 유타카는 어떻게 지냅니까?"

"학대는 현재 멈춘 상태입니다."

젊은 교사가 말했다. 입가에 깐깐해 보이는 주름이 한 줄 있었다. 편한 인상을 주는 스포츠맨 타입의 외모 가운데 유일하게 그 주름만이 그가 근심이 있는 교사임을 증명하고 있었다.

"일이 커졌기 때문일까요? 유타카 군의 부모도 이 일로 몇 차례나 진지하게 의논을 거듭하고 있는 모양이고요."

말하기 난처한 듯이 웅얼거리면서,

"아무리 어머니라도 이제 그리 간단하게 유타카 군에게 폭력을 휘두를 수는 없는 환경이 되지 않았을까요? 우리가 감시의 눈을 빛내고 있으니까요."

이와 씨는 심각한 표정을 짓고 있는 젊은 교사를 물끄러미 바라보았다.

"그러면, 선생님께선 그 아이의 어머니를 의심하고 계시는 건가요?"

담임교사는 단호하게 고개를 끄덕였다. "달리 생각할 수가 없습니다."

"선생님께서는 언제부터 유타카 군의 몸에 상처가 있다는 것을 알게 되셨습니까?"

초등학교 사학년 남자아이라면 아직 교실에서 옷을 갈아입거나 할 기회도 많으리라. 그리고 담임교사라면 그 처참한 상처를 보고 놀라지 않았을 리가 없다.

"학대가 시작된 것은 한두 주 전의 일인 모양입니다."

교사는 이와 씨의 질문에 대답하지 않고 그렇게 말했다.

"그다지 오래되지는 않은 거죠. 게다가 마침 그 무렵부터 유타카 군의 어머니가 전화를 걸어와 '오늘은 체육시간에 쉬게 해 주세요'라는 말씀을 하시기도 했고요. 그래서 저는—."

"우리 서점에서 그 소동이 일어날 때까지 유타카 군의 그런 문제에 대해서는 눈치 채지 못했다, 그런 말씀인가요?"

교사는 이와 씨의 눈길을 피했다. "그렇습니다. 그건 죄송하게 생각합니다."

이삼 초가량 할 말을 찾듯이 뜸을 들이고 나서 고개를 들었다.

"그렇지만 지금은 저 나름대로 사태를 파악하고 있는 셈입니다. 그래서 이와나가 선생님을 찾아뵙고 유타카 군이 여기서 책을 훔치려 했을 때의 상황을 여쭤보고 싶어서 들렀으니까요."

이와 씨는 손수 차를 내오며 여기서 있었던 일을 설명했다. 미야나가 선생은 열심히 듣더니 이윽고 이렇게 말했다.

"유타카 군이 훔치려 했던 책은 어떤 겁니까?"

"보여드리죠."

이와 씨가 『거짓말쟁이 나팔』을 들고 돌아오자 선생은 담배를 피우고 있었다.

"실례했습니다. 괜찮습니까?"

사후 승낙이지만 이와 씨는 "태우시죠. 재떨이는 그쪽에 있을 겁니다"라고 했다.

"저는 가게 쪽에 있을 테니 천천히 읽어 보시죠."

그날은 아르바이트 학생 한 명이 나오지 않는 바람에 일손이 부족해 바쁜 날이었다. 하지만 이와 씨는 미야나가 선생이 『거짓말쟁이 나팔』을 다 읽었을 때 어떤 표정을 지을지, 어떤 반응을 보일지 매우 흥미가 있었기 때문에 한 명뿐인 아르바이트 학생이 계산대에서 지르는 비명에 귀를 막고 일단 가게 쪽으로 물러나는 척하며 살짝 열린 문 옆에 달라붙어 교사의 표정을 관찰했다.

교사는 그다지 복잡한 문장도 아닌 『거짓말쟁이 나팔』을 몇 차례나 앞뒤로 오가면서 읽어 갔다. 그러면서 연신 담배를 피웠다.

이윽고 마지막 페이지를 다 읽은 순간, 그때 손가락 사이에 끼었던, 아직 많이 남은 담배를 허리가 부러질 정도로 세게 재떨이에 눌러 껐다. 그리고 그대로 주먹을 움켜쥐었다. 움켜쥔 주먹을 부들부들 떨고 있다. 귓불이 살짝 붉게 물들었다.

그때의 미야나가 선생 옆얼굴을 떠올리면 이와 씨는 지금도 온몸에 소름이 돋는다.

그것은 분노의 얼굴이었다. 증오의 얼굴이었다. 흔히 담임교사가 학생을 생각하며 떠올리는 그런 표정이 아니었다.

그야말로 『거짓말쟁이 나팔』의 얼굴이었다.

이 교사가 나를 찾아온 까닭이 이거였구나. 이와 씨는 확신했다. 불안했을 것이다. 적정이 궁금해 견딜 수가 없었으리라.

그래서 거짓말을 하러 왔다. 어머니가 의심스럽다고. 그렇지 않은가?

이와 씨의 둥근, 단단한 머리는 기름이 잘 쳐진 단단한 기계처럼 소리 없이 돌아가기 시작했다.

그 뒤―.

이와 씨는 유타카 군의 부모에게 주말에 요코하마에 있는 이와 씨의 아들 부부 집으로 유타카를 놀러오게 해 달라고 설득을 시도했다. 기분전환이 될 거라면서.

곤노 경부보에게도 사정 이야기를 하고 엄호사격을 부탁했다. 토요일 밤에 하루 묵고 일요일에는 히카와마루_{요코하마 시 야마시타 공원 앞 요코하마 항에 정박되어 있는 길이 155미터짜리 화물선. 1929년에 진수식을 가졌고 1960년까지 운항했다}를 보러 가거나 화교거리에서 식사를 하고 재미있는 시간을 보내면 어떻겠느냐, 때로는 그런 것도 필요하지 않겠느냐고 했다.

자기들이 학대의 가해자로 의심받고 있다는 사실을 아는데다 이 제안도 자식을 집에서 끌어내는 계획의 하나가 아닐까 하고 창백한 표정으로 고민하고 있을 유타카의 부모, 특히 어머니에게는 좀 가혹한 짓이 될 테지만, 마음속으로 사과하면서 이와 씨는 굳이 밀어부쳤다.

그리고 나머지 일은 곤노 경부보에게 맡겼다.

오래간만에 돌아온 요코하마의 집에서는 아들과 며느리가 아버지가 데리고 온 어린 친구를 크게 환영해 주었다. 원래 이 부부는 워낙 융통성이 있어, 이와 씨로부터 대략적인 사정 이야기를 듣기만 했을 뿐인데도 그 이상은 일절 묻지 않고, 잔소리도 없이 선뜻 계획에 참가해 주었던 것이다.

아이들이란 열너덧 살이 되면 대부분 부모에게 얽매이지 않는다. 부모와 놀러 가 주지도 않는다. 그래서 유타카 군을 맞는 이와 씨의 아들이나 며느리도 미노루가 열 살짜리 귀여운 꼬마였을 때를 떠올리며 진심으로 즐거워하는 듯했다.

미노루는 별로 나설 기회가 없었다. 이번 주말은 이와 씨가 다나베 서점을 임시 휴업으로 해 두고 집으로 돌아왔기 때문에 미노루도 일을 거들러 갈 곳이 없어진 셈이다. 못마땅한 표정으로 오후 내내 집 안을 어슬렁거리고 있었다.

미노루가 분통을 터뜨린 것은 토요일 밤, 이와 씨와 아들 부부가 유타카 군을 데리고 즉석에서 요코하마 항구를 구경시켜 주고, 내일은 드림랜드_{드림관광이란 회사가 운영하는 유원지. 요코하마와 나라에 있다}에 가자고 하는 등 신나게 의논하면서 저녁을 먹고 집으로 돌아온 뒤였다. 나란히 비디오게임을 즐기고 있는 아들과 며느리와 유타카를 남기고 화장실에 가려고 거실을 나온 이와 씨를 붙잡더니 얼른 이렇게 캐물었다.

"할아버지, 이거 대체 어떻게 된 거야?"

이와 씨는 시치미 뚝 떼고 대답했다. "호오, 엄마 아빠를 빌려 주는 게 싫으냐?"

"농담할 때가 아니야."

"그 애 오늘 밤은 여기서 잘 거야. 네 방 좀 비워 줄래?"

"할아버지!"

노려보는 미노루에게 이와 씨는 빙긋 웃어보였다.

"얘, 미노루야. 너 요즘 밤에 나가 놀지?"

"······그런 건 상관없잖아."

"나가 노니?"

미노루가 작은 목소리로 대답했다. "나가 놀아."

그러더니 발끈해서 턱을 치켜들었다.

"하지만" 하고 서둘러 말을 이으려 했다. 이와 씨는 그 입을 얼른 손바닥으로 막으며 이렇게 말했다.

"네가 살그머니 나갔다가 돌아오는 루트를 가르쳐 다오. 아무도 모르게 여기서 밖으로 나갈 필요가 있어."

"왜?"

이와 씨의 억센 손바닥 아래서 입을 움직여 미노루가 웅얼웅얼 물었다.

"잠복해서 우리 집을 감시하는 거야." 이와 씨가 대답했다.

그날 밤, 두 시간의 잠복 끝에 성과를 올렸다. 미야나가 선생은 요코하마의 이와나가 씨 집으로 간 유타카가 어지간히 걱정되었으리라. 이와나가 씨 집의 간이 차고 근처에 몸을 숨기고 창문 너머로 집 안을 살피고 있을 때 잠복하고 있던 이와 씨가 머리를 눌러 잡았다.

마찬가지로 근처에 차를 세우고 안에서 대기하던 곤노 경부보가 구두 굽을 울리며 다가오는 모습을 보았을 때, 미야나가 선생의 얼굴에서는 핏기가 사라졌다.

"싸악, 하고 피가 빠지는 소리가 들리는 것 같았어." 나중에 미노루가 한 말이다.

"그런데 어떻게 된 거야, 할아버지?"

순서에 따라 설명하고 나서 이와 씨가 말했다.

"곤노 경부보에게 부탁해서 미야나가 선생에게는 허위 정보를 흘렸어. 유타카가 집을 떠나 아무런 위험도 걱정도 없는 요코하마의 우리 집에서 얼마간 지내다 보면, 부모는 물론이고 학교와 관계가 있는 사람도 없으니까 누가 자신을 학대했는지 자세하게 얘기할 거라고. 그렇게 해 두면 그 사람도 신경이 쓰여 견디지 못하고 몰래 여길 찾아오리라 생각했으니까."

"뒤가 구린 일이 없으면 그럴 필요는 없었겠구나. 당당하게 걱정이 돼서 찾아왔다고 하면 되는 일이니까."

"그렇지."

미야나가 아쓰시로서는 이와나가 씨 집에 접근해, 어떻게 해서든 유타카만 접촉하고 학대의 진상에 관해 이야기하지 못하도록 겁을 줄 생각이었다.

"무섭네······. 학교에서는 담임선생님이 절대 권력자인걸. 게다가 유타카는 아직 초등학생이니 혼자 남아 체벌이라며 그런 짓을 하게 되면 겁이 나서 저항도 할 수 없을 거야."

더욱 비겁한 것은 미야나가 아쓰시가 이 일을 입 밖에 내지 못하게 하기 위해 같은 학교 일학년 학생인 동생까지 끌어들여 유타카를 협박했다는 것이다.

"부모에게 이야기하면 여동생에게도 벌을 주겠다고 했대. 악마 같은 녀석이지."

게다가 치밀하게도 시치미 뚝 뗀 얼굴로 학대 사실을 숨긴 채 몸의 상처를 보고 놀라 의논하러 온 유타카의 어머니에게 누명을 씌우려 하기도 했다.

"예를 들면 체육 수업을 쉬게 한 것도 그렇지. 어머니 입장에서야 누가 그런 짓을 했는지 모른다 해도 상처가 그렇게 심하니 체육은 힘들어 쉬게 해 달라고 부탁하는 건 당연한 조치야. 그걸 거꾸로 어머니가 몸의 상처를 숨기고 싶어 하는 것처럼 이야기를 퍼뜨리고……."

"하지만, 할아버지."

미야나가 아쓰시가 경찰에 연행되고, 유타카가 쿨쿨 잠을 자고 있을 무렵, 조용한 거실 안에서 따뜻한 코코아를 마시며 미노루가 물었다.

"학교 선생님이라는 사람이 왜 학생을 그렇게 학대한 걸까?"

그 물음의 답을 얻기 위해서는 꼬박 일주일을 기다려야만 했다. 미야나가 아쓰시가 심한 흥분 상태에 있어 제대로 진술을 받지 못했고, 매스컴이 난리를 치는 바람에 연락을 취하기 힘들어 곤노 경부보가 그 뒤의 경과를 알려오기까지는 시간이 그만큼 걸렸던 것이다.

"한마디로 이야기하면, 콤플렉스지." 이와 씨가 대답했다.

일요일 오후, 문을 연 지 얼마 지나지 않아 아직 손님도 별로 없는 계산대에 미노루와 나란히 걸터앉아 있다. 둘이 함께 사이좋은 어린애들처럼 턱을 괴고 있었다.

"콤플렉스? 교사가 학생에게?"

"그래. 그리고 미야나가 아쓰시의 머릿속은 아직 통제가 되지 않는 어린애였던 거지."

이와 씨가 설명했다.

"학대가 시작된 것은 바로 수업 참관과 학부모 면담이 있은 뒤부터야. 결국 유타카의 어머니가 미야나가 선생의 수업 방침에 관해 '좀더 여유가 있으면 좋겠다'는 의견을 낸 뒤부터였던 거지. 말하자면 그게 방아쇠가 되었을 거야."

곤노 경부보가 그 자리에 있었던 다른 학부모들로부터 이야기를 들어 보니 학부모 면담 때 미야나가 아쓰시는 이시다 료코의 그 의견에 매우 불쾌한 표정을 지었다고 한다. 그것은 오로지─비록 나쁜 마음이 없었다 하더라도─이시다 료코가 현재 일본의 교육계 상황과 자신이 살아 온 런던, 워싱턴의 그것과 비교하는 듯한 말을 했기 때문이 아니겠느냐…… 하고 학부모 가운데 한 사람은 말했다고 한다.

"유타카의 어머니 입장에서는 아주 자연스럽게 일본과 외국을 비교했겠지. 하지만 그게 미야나가 아쓰시에게는 내키지 않았어. 이것도 조사를 통해 알게 된 내용이라고 하는데, 그 교사는 취직 활동을 할 때 해외 근무를 할 수 있는 큰 상사회사가 제1지망이었지만 성적이 좋지 않아 전부 떨어졌대. 교육대학에 다녔기 때문에 그냥 교사가 되었다는, 그야말로 마지못해 교사가 된 것이라더구나."

"상대가 좋지 않았네. 유타카가 운이 없었어." 진심으로 안타깝다는 듯이 미노루가 말했다.

그런 굴절된 열등감이 있는 교사 밑에 외국에서 태어나 두 개의 언어를 쓰는 조그만 사내아이가 들어간 것이다. 학교에서는 생사여탈권을 쥐고 있는 독재자인 교사는 불쑥 마음이 뒤틀려서─아니,

그때만 머리가 이상해져서—.

"기분 나쁜 이야기야."

벌레를 씹은 표정을 짓고 있는 미노루에게 이와 씨는 놀리듯 웃는 표정을 지어 보였다.

"그런데, 네가 밤에 놀러 나가는 이유 말이야."

"할아버지 끈질기네."

"이리저리 생각해 보니 한 가지 떠오르는 게 있어. 너 그렇게 늦은 밤에만 만날 수 있는, 스낵바 같은 데 근무하는 연상의 여자에게 반한 거 아니냐? 응?"

미노루는 귀까지 새빨개졌다. 마치 토마토처럼 되어 버렸다.

어림짐작으로 정답을 맞힌 이와 씨 또한 약간 부끄러워졌다.

"뭐, 그건…… 그냥 해 본 소리고."

어흠, 하고 헛기침을 하는 이와 씨의 머리 위로 「장서 5만 권」이란 액자가 오늘도 봄 햇살을 받아 빛나고 있다.

일그러진 거울

1

히사나가 유키코가 그 책을 손에 넣은 건 JR 주오선 전차 안에서였다. 선반 위에 누가 두고 내린 걸 주운 것이다.

여느 때 같으면 선반 위에 잡지나 신문이 놓여 있어도 손을 뻗어 그걸 집어 들지는 않는다. 아무리 심심하고 따분하다 해도 누가 두고 간 건지도 모를 물건에 손을 대면서까지 읽고 싶지는 않기 때문이다. 그러느니 차라리 창문에 흐릿하게 비치는 자기 얼굴을 들여다보는 게 훨씬 낫다.

같은 직장에 다니는 여자 동료에게 전에 그런 이야기를 한 일이 있다.

그러자 그 동료가 이렇게 말하며 웃었다. "어머, 유키짱. 의외로 나르시시스트였구나." 그 웃음과 '의외'라는 표현은 동료가 생각한 것보다 더 깊게 후벼 파는 듯한 상처를 남겼다.

'분명히 나 같은 애는 자기 얼굴을 가만히 들여다볼 만한 외모가 아니라는 이야기를 하고 싶었을 거야.'

굳이 대꾸하지는 않았지만 ―그렇게 말을 했을 때 동료가 '그런 의미는 아니야'라며 씁쓸한 거짓말을 할 것 같아서―마음속으로는 그렇게 짐작했다. 유키코는 그런 식으로 생각하는 아가씨였고, 그렇게 의심하는 버릇은 유키코의 생활 모든 면에 깊숙이 뿌리를 내리고 있었다. 만약 유키코의 내면을 들여다볼 수 있는 사람이 있다면 마치 정원사가 허약한 나무를 캐내다 그 뿌리가 뜻밖에 깊은 곳까지

넓게 펼쳐져 있는 걸 보고 놀라듯 유키코의 내면에 깃든 어두운 뿌리가 단단하다는 사실에 눈이 휘둥그레질 것이다. 동시에 약간 기분이 나빠 가슴 언저리를 쓸어내릴지도 모른다…….

유키코가 책을 주운 날은 목요일이었다. 오후부터 비가 내렸는데, 일기예보는 한밤중까지 비가 올 거라 예고했고 실제로 유키코가 여섯 시를 조금 넘겨 회사에서 나왔을 때는 빗발이 상당히 굵어졌다.

회사는 간다 역에서 걸어서 오 분 정도 거리다. 개찰구를 나와 신주쿠 방면으로 가는 직행을 타고 오차노미즈에서 주오선 완행으로 갈아타 히가시나카노에서 내린다. 혼자 생활하는 연립주택은 역에서 도보로 십 분 정도 거리. 통근시간에는 바로 갈아타면 사십 분쯤 걸릴까? 직행으로 신주쿠까지 가서 완행으로 갈아타면 시간을 좀더 단축할 수 있지만 유키코는 번잡한 신주쿠 역이 싫고 사람들이 넘치는 플랫폼에 서 있기만 해도 머리가 아파 이 코스는 일부러 피했다. 이따금 옷을 사거나 쇼핑을 하고 싶을 때도 일부러 신주쿠를 지나쳐 나카노 역에서 내렸다. 동료들과 어울려 백화점 순례나 식사를 하러 갈 때는 대부분 긴자로 나오기 때문에 유키코의 이런 습관을 남들이 눈치 챌 일도 없었다.

간다 역에서 전차를 타고 출입문 근처에 서서 손잡이를 잡았다. 승객이 팔십 퍼센트쯤 들어차, 차량 안은 각자 몸에 묻혀 온 비 냄새와 수증기로 후텁지근했다. 유키코는 한숨을 내쉬고 별 생각 없이 고개를 들었다. 바로 그때 선반 위에 있던 문고본을 발견한 것이다.

아마 잡지였다면 마음에 두지 않고 그냥 내버려두었으리라. 손을 내밀어 집어든 까닭은 그게 문고본이었기 때문이다. 유키코는 유별

나게 책을 좋아하는 것도, 독서가도 아니었지만 마음에 걸렸다. 문고본이라는 종류의 책이 다 읽었다고 해서 선반 위에 버려두고 갈 책이라는 생각은 들지 않았던 것이다.

혹시 누가 잃어버린 걸까. 하지만 다른 짐은 챙기면서 하필 문고본만 선반 위에 얹어 놓은 걸 잊었을 리가 없다. 역시 무심한 책 주인이 더 이상 필요 없겠다 싶어 버리고 갔으리라.

오른손에는 백을 들고 왼손에는 우산을 들고 있었다. 유키코는 손잡이에 우산을 걸고 백을 다른 손으로 옮겨 든 다음 머리 위로 오른손을 들어 문고본을 집으려 했다. 책이 선반 안쪽에 있었기 때문에 두세 차례 팔을 뻗어야만 했다. 옆에 서 있던 중년 직장인으로 보이는 남자가 졸린 듯한 눈으로 까치발을 세우는 유키코를 흘깃 보았다.

겨우 손이 닿아 책을 잡았을 때는 주변 승객들이 모두 자기를 보고 있는 듯한 기분이 들어 쑥스러웠다. 바로 문 쪽으로 돌아서서 유리창에 비친 자기 얼굴을 보았다. 여전히 빈약한 턱과 짧은 목이 거기 있었다. 함께 유리창에 비치는, 팔꿈치가 서로 스칠 정도로 가까이 서 있는 승객들 어느 누구도 유키코 쪽으로 시선을 던지지 않았다.

『붉은 수염 진료담』.

문고본의 제목이었다. 지은이는 야마모토 슈고로[1903~1967 일본의 유명한 소설가.] 어렴풋한 기억이지만 학창시절 이름을 들어본 적이 있는 작가다.

내용을 소개해 놓은 듯한 뒤표지 글을 읽어 보니 아마도 시대소설인 모양이다. 솔직히 흥미가 끌리지는 않았다. 시대소설 같은 건 읽어본 적이 없다.

그래도 내친 김에 대충 페이지를 넘기는데 불쑥 책 한가운데가 펼쳐졌다. 약간 놀랐다. 거기 뭔가가 끼어 있었기 때문이다.

명함이었다. 명함 한 장이 책 사이에 끼어 있었다. 북마크 대신 썼던 걸까? 유키코는 그걸 손끝으로 끄집어냈다.

주식회사 다카노 건축사무소
　　영업부 아키시마 시로

회사 주소와 대표전화, FAX 번호가 찍혀 있었다. 뒤집어 보았다. 글자가 적혀 있다.

주택 리폼 상담은 저희 회사로. 견적 무료

선전 문구가 적힌 명함이다.

'아키시마 시로'.

이 사람이 책 주인일까? 자기 명함을 북마크로 끼워 놓고 이 책을 읽고 있었던 걸까? 그리고 다 읽고 나서 필요가 없어 선반에 놓고 내린 걸까?

시대소설을 읽는다면 나이가 든 사람일지도 모른다. 그런데 명함에 아무런 직함도 없다니. 묘한 느낌이 들었다. 사오십대 남자라면 부장 대리나 못해도 주임, 계장 정도의 직함이 붙어 있을 것이다. 그냥 '영업부'라고만 적은 것은 평사원이기 때문이리라. 그렇다면 책 주인은 젊은 사람일지도 모른다. 쉽게 짐작이 가지 않았다.

그런 생각을 하는데 전차가 오차노미즈에 도착했다. 갈아타려는 사람들에게 이리저리 밀리다 보니 유키코는 『붉은 수염 진료담』을 손에 든 채로 승강장에 서 있게 되었다.

아무래도 이 책과는 인연이 있는 모양이다. 약간 재미있다는 생각이 들었다. 주운 책. 전차 안에서 우연히 만난 책.

완행으로 갈아탄 유키코는 재빨리 자리를 잡고 앉아 백을 무릎 위에 얹고 첫 페이지를 펼쳤다.

이튿날 통근 전차 안에서도 『붉은 수염 진료담』을 읽었다. 그 명함을 북마크 삼아, 실려 있는 여덟 편의 단편소설 가운데 네 편까지 읽었다. 그리고 나머지 두 편은 그날 근무시간 중에 읽었다.

유키코가 근무하는 회사는 직원이 서른 명 정도밖에 되지 않는 작은 무역회사다. 주로 유럽에서 하우스키핑 용품을 수입한다. 이 업계에는 P&G선홈이라거나 암웨이 같은 유명 회사가 있기 때문에 작은 회사는 버티기 힘들다. 유키코가 다니는 회사는 업무용을 중심으로 비즈니스호텔 대상의 영업을 하고 있지만 요즘은 버블 붕괴로 전에 없는 불경기라 호텔업계 자체가 헐떡거리는 상황이어서 솔직하게 이야기하면 실적 향상은 거의 기대하지 못하고 현상 유지에 급급한 실정이다.

유키코는 서무 전반을 담당하는 직원이었고, 그렇기 때문에 시간이 많이 났다. 다행히 직속 상사가 이해심이 많은 사람이라서,

"손님이 오셨을 때 실례가 되지만 않는다면 잡지나 책을 읽어도

상관없어"라고 했다. 그래서 전에도 사무실 책상에 앉아 여성 직장인용 통신판매 카탈로그 같은 것을 들여다보는 일이 자주 있었다. 그 시간을 『붉은 수염 진료담』에 썼던 것이다.

에도시대에 마을 의사를 찾아갈 돈이 없는 가난한 서민을 구제하기 위해 막부幕府가 설치한 공공 의료기관인 고이시카와 양생소1722년에 세워진 서민 무료 진료기관를 무대로 한 소설이었다. 주인공은 나가사키 유학에전 일본의 쇄국정책 때문에 서양 문물을 배우기 위해서는 나가사키로 유학을 가야 했다을 하고 돌아온 젊은 의사로, 그와 양생소의 책임자인 니이데 교조라는 의사 두 명을 축으로 이야기를 전개한다. 재미있고 한 편 한 편이 감동적이기는 했지만 약간 애절한 마음이 드는 어두운 이야기가 많았다.

그런 만큼 이 책을 전차 선반 위에 얹어두고 간 주인에게 신경이 쓰였다. 어떤 사람일까. 통근 전차 안에서 이런 소설을 읽고, 또 두고 가다니. 어떤 사람일까―?

그런 생각을 하다 보니 또 그 명함이 마음에 걸렸다.

명함 주인과 이 책 주인은 같은 사람일까? 그렇다면 아키시마 시로라는 사람은 『붉은 수염 진료담』을 정말로 좋아해서 읽을 만한 타입의 남자라는 이야기가 된다.

하지만 이런 소설을 좋아하는 사람들은 역시 여성이 많지 않을까 하는 소박한 생각도 들었다. 요즘 남성들―그것도 영업부에 근무하는 평사원이 서점 책꽂이에서 이런 책을 사가는 모습은, 매일 그런 직장인들을 직접 보며 사는 유키코의 머리로는 상상할 수가 없었다.

남자라면 학생일 가능성이 크다. 고등학생이나 대학생일 경우에는 그래도 이해가 된다. 하지만 이 명함은 대체 뭘까?

'역시 여자일까……?'

책 주인은 여성이고 아키시마 시로란 사람의 명함은 책 주인이 우연히 손에 넣은 것이라는 가정도 가능하다. 직장 동료의 명함일 수도 있다.

그렇다면 과연 여자가 남자 명함을 가지고 있다가 그걸 자기 책 사이에 끼워 넣는 것은 어떤 경우일까.

두 사람 사이가 업무상의 관계―예를 들어 어느 쪽이 어느 한 쪽의 고객이라거나 상사―일 경우에는 책 주인인 여성이 명함을 이런 식으로는 다루지 않는다. 유키코는 절대 그렇게 하지 않을 것이다. 누가 이상하게 본다면 번거로워지기 때문이다.

북마크 대신 책에 끼운다는 것은 명함 주인 입장에서 보면 매우 무례한 짓이다. 직장 상사의 명함을 그런 식으로 취급하지는 않는다. 무엇보다 전차 안에서 책을 펼칠 때마다 상사나 업무 상대의 이름을 본다는 것은 그다지 내키지 않는 일이다.

제일 자연스러운 것은 책 주인인 여성과 '아키시마 시로'가 친한 관계일 경우다. 연인 사이라거나 혹은…….

'부부일 수도 있겠지.'

그렇다면 이번에는 북마크 대신 남편이나 애인의 명함을 쓰는 여자를 상상해야만 한다. 이건 좀 글쎄다 싶은 생각이 든다.

애인의 이름은 여자에게는 소중한 것이리라. 적어도 아무렇게나 북마크로 쓸 수는 없지 않을까.

다만 한 가지 짐작해 볼 수 있는 것은 '아키시마 시로'가 승진하거나 직장을 옮겨 이제는 그 명함이 필요 없어진 경우다. 남편이나 애인의 쓰지 못하는 명함을 책 좋아하는 여성이 북마크로 쓴다. 이런 경우라면 있을 수 있는 이야기일지도 모르겠다.

'혹시 마음에 품은 짝사랑 상대의 이름을 가까이 지니고 다니는 걸까…… 하지만 그런 경우에는 정기 승차권 지갑 같은 데 간직해 둘 텐데.'

이런저런 상상을 하다 보니 그게 점점 부풀어 올라, 머릿속에 그리고 있는 것들을 실제로 확인하고 싶은 마음이 들었다. 별로 어려운 일이 아닐 거라는 생각도 들었다. 어쨌든 실마리는 있다. 일단 이 명함 주인을 만나 보면 된다. 일단 거기서 시작할 수가 있다.

문제는 그런 일을 할 필요가 있느냐는 것이다.

히사나가 유키코는 자신과 자신이 살아온 인생에—아직 스물다섯 해밖에 안 되지만—아무런 환상도 품고 있지 않다. 유키코는 자기가 담겨 있는 어항의 크기를 아는 금붕어였다. 누가 가르쳐 준 것도 아니다. 그냥 깨달았다.

그것은 유키코가 들여다보는 거울 안에 그려져 있다. 비정할 정도로 또렷하게 그려져 있다. 유키코는 영화 속 여주인공도 아니고 소설 속의 신데렐라도 아니다. 그걸 잘 알고 있기에 앞날에 대해 아무런 기대도 품지 않았다.

아무것도 바라지 않으면 적어도 상처 입을 일은 없다.

이 명함을 실마리로 삼아 아키시마 시로를 찾아간다. 그 사람을 만난다. 거기서 무슨 일이 시작될지, 유키코는 지나칠 정도로 잘 알고 있었다.

아키시마 시로는 유키코와 같은 또래의 딸이 있는 나이 지긋한 남자다. 명함에 직책이 없는 것은 이미 정년퇴직을 눈앞에 두고 창가로 밀려났기 때문이다. 아키시마 시로는 자신의 그런 처지에 대해 그저 슬퍼하기만 할 뿐, 어쩔 수 없는 일이라 체념하고 있어 회사가 만들어 준 평사원 명함에 별로 신경 쓰지 않는다. 그래서 북마크로 쓸 수 있다—이게 하나의 스토리였다.

또 다른 스토리를 생각해 볼까. 아키시마 시로는 유키코와 비슷한 또래의 활달하고 잘생긴 청년이다. 유키코가 찾아가자 만나 준다. 그리고 유키코의 이야기를 재미있게 듣는다.

하지만 그다음은 없다. 이야기는 거기서 끝이다. 늘 거기서 끝이다. 유키코가 작별을 고하고 돌아가면, 아키시마 시로는 다카노 건축사무소 동료들이나 『붉은 수염 진료담』을 빌려준 애인에게 이렇게 말할 것이다.

"이상한 여자가 찾아왔어. 그래도 다행이잖아? 덕분에 네게 빌린 책을 찾을 수 있게 되었으니까"라며 애인을 보고 웃는 그 음성마저 들리는 듯하다. 만난 적도 없는, 얼굴도 모를 그 남자의 목소리가.

그런 스토리가 모두 유키코가 들여다보는 거울 안에 적혀 있었다. 자기 외모에 어울리는 인생이란 어떤 것인지가. 또한 그 어떤 기쁨도 네 앞에는 기다리지 않는다고도.

환청일 뿐이라고만 여기지는 않는다. 상자 안에서 곰팡이가 슬기 시작한 밀감처럼 대충 선별되어 옆으로 밀려난 여자—. 그게 자기라고 유키코는 생각한다.

그런데도 앞에 있는 거울을 들여다보는 일을 멈출 수가 없다. 거기 비치는 것을 믿지 않을 수 없다. 울지도 못하고 웃지도 못하고,

그저 들여다볼 뿐이다. 그리고 그 거울이 일그러져 있다는 사실을 알려 들지도 않는다. 히사나가 유키코는 그런 아가씨였다.

그날은 금요일인데도 유키코는 동료 여직원들과 가볍게 차만 한 잔 하고, 오후 일곱 시에는 집에 돌아와 있었다. 간단하게 저녁 식사를 마치고, 『붉은 수염 진료담』의 남은 부분을 읽었다.

다 읽고 나니 잠이 오지 않았다. 유키코한테서 편안한 잠을 앗아 간 것은 『붉은 수염 진료담』의 제일 마지막에 수록되어 있는 「얼음 아래서 돋아나는 새싹」이란 작품이었다.

거기 오에이라는 이름의 젊은 아가씨가 나온다. 오에이는 자식을 미끼로 이용하려는 부모로부터 자신을 지키기 위해, 실제로는 그렇지 않으면서도 일부러 바보 시늉을 한다. 초를 파는 가게에서 심부름을 하다가 어느 누구도 알지 못하는, 오에이조차 '누구인지 잊은' 남자의 아기를 갖게 되고, 혼자 낳아 훌륭하게 키울 각오를 굳힌다.

오에이는 이렇게 말한다. "남자란 언젠가 망가져 버릴 수레 같은 겁니다"라고. "망가져 버린 뒤에 등짐을 져 나르기보다는 차라리 처음부터 스스로 지는 게 낫죠."

그 말은 남자에게 정신이 팔려 남자들과 놀아나기 위해 자식들을 팔아넘기거나 가혹한 운명으로 밀어 넣고도 아무렇지 않게 살아가는 어머니와 그 어머니를 편할 대로 이용해 온 남자들을 보며 자라다보니 생긴 오에이의 무서우리만치 현실적인 결론일 것이다. 양생소의 젊은 의사는 오에이의 이 말에 반론을 펼치지 못한다.

유키코도 마찬가지로 반론을 펼칠 수 없었다. 소설 속 인물을 접하고 유키코는 뺨을 얻어맞은 듯한 기분이 들었다. 탁자에 팔꿈치를 괴고 정신없이 소설을 읽다가 오싹해져 몸을 뒤로 물리며 등을 쭉 폈다. 이런 일은 태어나서 처음이다.

"남자란 모두 마찬가지죠." 오에이는 중얼거린다. "남자만 없으면 여자나 자식이나 고생 따위 하지 않고 살아갈 수 있어요."

뒷목이 서늘해지는 느낌이 들어 유키코는 저도 모르게 손으로 목 덜미를 쓰다듬었다.

이건 소설이야, 라고 중얼거렸다. 그리고 여자가 이런 생각을 할 수밖에 없었던 시대는 이미 몇백 년이나 지난 옛날이다. 요즘은 다르다. 요즘은—.

'정말 다를까?'

모르겠다. 유키코는 고개를 저었다. 다만 분명한 것은 지금까지 유키코는 이런 생각을 해 본 적이 없다는 사실이다.

유키코는 거울을 들여다보았다. 거기 비친 유키코의 얼굴은 선택받기를 기대하면서도 늘 배신당해 온 얼굴이었다.

학창시절부터 내내 그랬다. 좀더 미인으로 태어났으면 좋았을 텐데. 취직할 때는 그런 마음이 더 간절했다. 작은 회사인데도 유키코가 배치된 부서의 남자들은 몰래 다른 부서 신입 여사원들과 비교하며, 단지 노골적으로 표현하지만 않을 뿐, '쳇, 왜 우리 부서엔 이렇게 호박만 보내는 거지?'라며 불만스러워 한다는 것을 유키코는 알고 있었다. 이건 오해가 아니다. 유키코의 생활은 그런 생각을 축으로 삼아 돌아가고 있기 때문이다.

나는 선택받은 적이 없다. 인생의 행복 같은 것은 이런 모습으로 태어난 순간에 모두 빼앗겼다. 몸매도 좋지 않다. 다이어트를 해도,

보너스를 전부 갖다 바쳐 에스테틱 살롱에 다녀 봐도 이렇다 할 결과는 얻지 못했다. 둔한 소 같은 몸매와 어떤 남자도 돌아볼 일이 없을 얼굴.

한때는 성형수술을 진지하게 고민했다. 그걸로 인생이 바뀌었다는 체험수기 같은 것은 지겨울 정도로 읽었고, 심각하게 검토해 본일도 있다. 그렇지만 결국 실행에 옮기지 않은 것은 성형을 해서 조금 예뻐진다 해도 어지간히 아는 사람들이 보면 성형을 했다는 사실이 들통 난다는 이야기를 들었기 때문이다.

그런 이야기를 한 사람은 다름 아닌 유키코의 어머니였다.

"얼굴에 칼을 대 봐야 어차피 헛일이야. 부모나 친척과 인연을 끊고 평생 홀로 살아갈 수는 없을 테니까. 언젠가는 분명히 누군가의 입을 통해 밝혀질 테고, 그렇지 않더라도 역시 보면 수술했다는 걸 알 수 있으니까."

그리고 못을 박듯이 이런 말도 했다.

"얘, 누구나 다 언젠가는 나이를 먹어. 얼굴 생김새가 문제가 되는 건 젊었을 때 몇 년뿐이잖니? 더 길게 보고 자기 인생을 생각해 보려무나."

그 몇 년이 문제라고, 그 몇 년이 필요하다고 생각했지만 반론을 펼칠 힘은 없었다.

실력 있는 성형외과 의사라면 어지간한 사람들이 눈치 채지 못할 정도로 자연스러운 얼굴을 만들어 준다고 한다. 하지만, 자기가 수술을 해서 그것을 발판으로 자신감을 얻어 원하는 인생을 손에 넣는다 해도, 분명 피붙이 가운데 누군가—어머니건, 사사건건 유키코를 놀리기만 하는 오빠건, 과묵함 이외에 장점이라고는 전혀 없는 아버지건—가 그런 사실을 남들에게 흘릴 게 틀림없다고 확신했다. 다들 나를 끌어내리려 들 것이다. 제 분수를 알라며.

그런 식으로밖에 생각할 수가 없었다.

기껏해야 한 편의 소설이다. 꾸며낸 이야기다. 그런데도 그 이야기 속에 등장하는 아가씨의 한마디가 유키코를 뒤흔들었다. 유키코가 갇혀 있던, 어떤 의미에서는 안이한 생각 속으로 번개처럼 헤집고 들어왔다.

대체 나는 여태껏 홀로 서겠다는 생각을 한 적이 있었던가. 소설에 나오는 오에이처럼. 자기가 살아갈 길을 스스로 찾겠다는 결심을 한 번이라도 진지하게 해 본 적이 있던가.

방 하나에 작은 부엌이 붙은 이 편안한 연립주택 안에 틀어박혀 거울만 보아 온 히사나가 유키코는 금요일 밤의 한복판에 홀로 서서 그런 상념에 잠겼다. 나는 혼자 살아가는 의미를 진지하게 생각해 본 적이 있었던가.

문득 이 책의 주인을 만나보고 싶다는 열망이 무섭게 치밀어 올랐다. 나와 이 책을 연결해 준, 전차 선반에 문고본을 올려놓고 간 사람을.

2

이와 씨가 그 남자를 의식하게 된 것은 그 사람이 다나베 서점에 들어와 삼십 분 정도가 지나서부터였다.

많이 혼잡할 때도 서점 안에 있는 손님들 동정은 제대로 파악하고 있다. 그게 프로—라고 하면 지나칠지 몰라도, 배워서 되는 일이 아니라 익숙해져야 하는 것이라 다나베 서점을 맡은 뒤로 한 해에 며칠밖에 쉬지 않고 내내 계산대 앞에 앉아 있었던 이와 씨는 이 서점 안에서 일어나는 일을 X선 촬영을 하지 않으면 볼 수 없는 자기 폐나 위의 상태보다 훨씬 더 잘 알고 있다.

그 남자는 서점에 들어와 한동안 다른 손님들과 마찬가지로 문고본이나 신서판 책들이 꽂혀 있는 서가 사이를 재미난 구경이라도 하듯 왔다 갔다 했다. 서서 책을 읽고 있는 손님들 뒤를 지나갈 때는 그 손님이 읽고 있는 책을 들여다보곤 해서 다른 손님이 못마땅한 표정으로 돌아보기도 했다.

하지만 특별히 눈길을 끄는 손님은 아니었다. 토요일 오후라 다나베 서점의 약 반쯤은 서서 만화를 보는 초중학생들로 차 있다. 이와 씨의 관심은 아무래도 그쪽으로 쏠렸다.

'미노루가 있으면 좋을 텐데……'

머릿속으로 멍하니 그런 생각을 했지만 바로 지웠다.

이와 씨, 즉 이와나가 고키치, 65세. 세상을 떠난 친구가 하던 이 헌책방의 고용 사장 생활도 이제 완전히 익숙해졌다. 목재 도매상에서 사십 년을 근무해 책에 관한 지식은 거의 없었던 이와 씨지만 세상일이란 뭐든 노력하면 되는 법이다. 아니, 세상이란 이루고야 말겠다는 각오로 사는 사람에겐 좋은 결과를 가져다주기 마련이라고 하는 게 정답일지도 모른다.

하지만 완전 문외한인 이와 씨가 그럭저럭 헌책방 주인다운 모습을 갖출 수 있게 된 배경에는 단 하나뿐인 불효막심한, 열여섯 살 난 손자 미노루가 있다는 사실도 잊어서는 안 될 것이다.

이와 씨는 아들을 하나 두었는데 그 아들의 외아들인 미노루는 바쁜 맞벌이부부인 부모와 함께 요코하마에 있는 집에서 살고 있지만, 지금까지는 주말마다 다나베 서점을 도와주러 왔었다. 토요일 오후에 와서 밤까지 일을 하다가 이와 씨의 연립주택에서 묵고 이튿날인 일요일도 저녁까지 일한 다음, "그럼 다음 주에 올게, 할아버지." 하며 요코스카선을 타고 돌아가는 생활을 하고 있었다. 물론 일당은 확실하게 챙겨 가지만, 공으로 용돈을 타는 손자 같은 애들만 신주쿠, 시부야, 하라주쿠 부근을 거리낌 없이 활보하는 요즘, 이와 씨의 불효막심한 손자는 일단 일을 하고 돈을 받아가니 소중한 존재라고 해야 하리라.

아니, 해야 하리라가 아니다. 해야 했으리라. 과거형이다. 이와 씨는 이 손자와 한바탕 다투었다. 바로 지난 주말의 일이다.

미노루가 밤에 밖에 나가 돌아다니는 것이 문제의 발단이었다.

그게 아무래도 연애 때문인 모양이라는 것쯤은 이와 씨도 쉽게 짐작했다. 그래서 일단은 지켜보고 있었다. 미노루도 옛날식으로 이야기하면 상투를 틀 나이다. 실연을 한두 번쯤 당해도 괜찮으리라. 남자가 너무 딱딱해도 오히려 걱정이다.

하지만 그것은 상대가 누군지 알 때까지다.

미노루의 연애 상대는 올해 스물일곱 살 난 여성이었다. 열 살이나 더 많다. 게다가 직업은 호스티스. 그것도 여대생이 밤에만 몸에 달라붙는 원피스를 입고 손님을 맞이하는 정도가 아니라 엄연한 프로 호스티스였다.

이와 씨는 어느 분야에서건 프로라는 말을 듣는 사람들을 존경한다. 정년퇴직하기 전날까지 신키바에 있는 저목장貯木場에서 예인선에 끌려 드나드는 뗏목 위를 횡단보도 건너기보다 더 자연스럽게 오갈 수 있었던 것은 자신이 프로였기 때문이다. 그리고 그에 상응하는 대우를 받아왔다. 그렇다면 나도 다른 프로들에게 마찬가지로 대하자―라는 것이 이와 씨의 기본 방침이다. 거기에는 차별도 편견도 없다.

하지만 이와 씨는 열여섯 살 난 못난 손자를 귀여워하는 할아버지이고, 게다가 이 할아버지와 손자 사이는 다른 집 손자·할아버지의 관계보다 훨씬―아무리 생각해도 세 배 정도는 친하고 말도 잘 통해 하고 싶은 이야기는 다 하면서도 협력 관계를 유지할 수 있을 정도로 좋았다. 잘 지내왔던 것이다.

이와 씨 입장에서 보면 미노루의 어처구니없는 연애 상대는 그 관계에 진도 8의 위력으로 덮쳐온 천재지변 같은 것이었다.

차별도 편견도 없다. 하지만 손자는 귀엽다. 그리고 상식인인 이와 씨의 마음속에는 열여섯 살짜리 고등학생과 스물일곱 먹은 클럽 호스티스의 연애를 따스하게 지켜봐 줄 만한 여유가 없었다. 상식이란 사람 마음속에 자리를 잡으면 떡하니 장소를 차지하기 마련이다.

이와 씨는 그 여자의 이름을 모른다. 미노루가 한 번 가르쳐 주려 했지만 이와 씨는 귀를 막고 듣지 않았다. 이름을 알고 싶지 않다. 물론 얼굴도 보고 싶지 않다. 만나 보았는데 상대 여성의 성품이 아주 좋다거나 하면 스스로 자기 목을 죄게 된다.

미노루가 그 여자와 알게 된 곳은 심야 편의점이었다고 한다. 중간고사 때 야식을 사러 잠깐 밖에 나가 근처에 있는 편의점에 들어갔다가 그 여자와 만났다는 이야기다.

"진열장 안에 하나밖에 남지 않은 우유를 서로 집게 되었어."

무척 멋쩍어하면서 미노루는 그렇게 설명했다.

"그래서 결국 상대편이 양보해 주었는데 그때 '여기 자주 오지? 전에도 봤어'라고 하데. 확실히 나는 시험 기간이 되면 자주 그 편의점에 드나들었으니까……."

여자는 자기가 클럽에서 일하며, 퇴근할 때 잠깐 들러 물건을 사기에는 그 편의점이 편하다고 이야기했다고 한다.

"이튿날도 왠지 예감이 좋아서 또 오지 않을까 싶어 비슷한 시간에 편의점에 갔더니 조금 있다가 그 여자가 왔어—."

편의점에서 걸어 오 분 정도 걸리는 철야 영업 레스토랑으로 함께 야식을 먹으러 갔다. 그게 시작이었다는 것이다.

이와 씨가 미노루와 크게 다툰 지난 주말, 두 사람 사이는 이미 미노루가 여자의 아파트에 드나드는 상황까지 가 있었다. 여자 집까지 드나들면 어떻게 하느냐고 노여워하는 이와 씨에게 "트럼프를 했다고 하면 할아버지가 안심하려나?"라고 미노루가 대답했다. 그때 이와 씨는 전가의 보도를 뽑았다. 사십 년간 목재를 짊어져 단련된 팔로 미노루를 후려갈긴 것이다.

그 뒤로 미노루는 다나베 서점에 오지 않았다.

미노루의 부모인 이와 씨의 아들 부부도 이러쿵저러쿵 하지 않았다. 이와 씨는 속이 탈 정도로 초조했지만 이 문제에 관해서는 전화

조차 오지 않았다.

옛 친구이자 서점의 전 주인이었던 가바노 유지로의 아들 가바노 도시아키는 사정 이야기를 듣더니,

"한동안 시간을 가져 보세요, 아저씨"라며 이런 경우에는 누구라도 할 만한 소리만 했다. 연애 문제에 관해서는 누구와 의논을 하더라도 다들 뻔한 대답밖에 하지 못한다. 왜냐하면 이런 일에 책임 있게 대답을 할 수 있는 사람은 없기 때문이다. 따라서 안전 면도기 같은, 어떻게 되건 문제가 없을 온화한 어드바이스를 할 수밖에 없다.

도시아키도 기분 내키는 대로,

"제가 상대방 여자를 직접 만나 담판을 짓죠"라는 식으로 나올 사람은 아니다. 그게 매우 위험한 일임을—미노루와 이와 씨의 관계가 쿠바 위기 당시의 미국과 소련처럼 차가워질 가능성이 있다는 사실을 도시아키는 뻔히 알고 있는 것이다.

그래서 이와 씨는 손님이 붐비는 다나베 서점 계산대 의자에 유배당한 심정으로 앉아 있었다. 미노루가 있으면 좋을 텐데, 하는 탄식이 나올 때마다 얼굴 주위를 맴도는 파리를 쫓듯이 그런 생각을 지우려 했다. 다시 한숨이 나올 것 같으면 또 꾹 참는다. 계속 그러고 있었다.

그러다 보니 조금 전 그 남자 손님이 뭔가 이상한 행동을 하기 시작했다는 사실을 바로 눈치 채지 못했다. 옆에 미노루가 있고 이와 씨가 마음이 편안한 상태였다면 그런 수상쩍은 행동이 시작된 순간 바로 알아차렸을 테지만 이번에는 상황이 달랐다.

그런 만큼 눈치 챈 뒤의 행동은 여느 때보다 훨씬 거칠었다. 이와 씨는 역사 · 시대소설 문고본 서가 앞에 서 있는 그 남자의 팔을 움

커쥐고 "이봐요, 손님. 아까부터 무얼 하고 있는 거요?"라며 큰 소리로 물었다. 남자는 몸을 움츠렸고, 서점 안에 있던 사람들의 시선이 모두 두 사람 쪽으로 날아왔다.

그 남자가 아키시마 시로였다.

"헌책에 명함을……?"

계산대를 아르바이트 학생에게 맡기고 거의 잡아끌듯 아키시마를 안쪽 사무실로 데리고 간 이와 씨는 그의 이야기를 다 듣고 일단 신음을 할 수밖에 없었다.

"뭐 새로운 홍보 방법일지도 모르겠군요."

나이는 서른 살쯤. 착해 보이는 둥근 눈과 그 눈하고는 안 어울린다 싶을 만큼 다부진 턱을 가진 남자였다. 단독주택이나 아파트 리폼, 인테리어 중심으로 영업을 하는 건축사무소에서 영업사원으로 근무하고 있다고 한다.

"우리 회사 같은 데는 자금이 없어서 요란한 광고는 할 수가 없어요."

그래서 머리를 굴려 아이디어를 짜내야만 한다고 탁자 너머에서 몸을 들이밀며 열변을 토했다.

"저는 보기보다 책을 좋아해서 신간이 있는 서점에도 자주 가고 이 서점에도 여러 번 온 적이 있습니다. 아저씨, 제 얼굴 기억나지 않으세요?"

이와 씨는 무뚝뚝하게 고개를 저었다. 공교롭게도 요즘은 미노루 생각으로 머릿속이 가득해 손님에 대해 신경 쓰지 못하는 일이 많다. 새삼 그 사실을 깨닫자 스스로에게 화가 났다.

아키시마 시로는 이와 씨가 기분 나쁜 표정을 지을 만한 일은 하지 않았다. 쾌활한 말투로 "그래서요, 벌써 보름도 전이었나, 여기서 산 책 안에 옛날 명함이 끼워져 있었거든요. 그걸 본 순간 이거다 싶은 생각이 들었습니다. 그렇게 책에 명함을 꽂아 두면 어쨌든 최소한 한 사람이라도 봐 주지 않겠어요?"

그래서 이와 씨나 점원들이 보지 않는 틈을 노려 서가에서 책을 꺼내 중간에 자기 영업용 명함을 끼워 넣었다는 이야기다.

"신간을 파는 책방에서 해 볼까 생각도 했지만 사람이 많고, 이런 헌책방보다 점원도 많잖아요. 아무래도 제대로 할 수가 없을 것 같아서."

"그러면 자네는 지금까지 몇 차례나 우리 책에 명함을 끼워놓고 갔다는 건가?"

미노루 문제로 신경을 쓰던 일주일 사이에 터무니없는 불찰을 저질렀다.

아키시마 시로는 주눅 드는 기색도 없이 웃었다. "그렇죠. 다만 청소년물이나 신서판 소설 같은 데는 끼우지 않았습니다. 리폼을 필요로 할 집을 가진 어른들이 살 만한 책은 비즈니스 관련 서적이라거나 하드커버 장정을 한 딱딱한 책, 문고본이라면 시대소설이라거나 논픽션 종류 아니겠어요? 이래봬도 그쪽으로 연구를 좀 해서 나름대로 머리를 쓴 겁니다."

이와 씨는 지금 신고 있는 양말을 벗어 그 안에 욕을 채워 넣은 다음 그걸로 이놈을 패 버렸으면 좋겠다는 심정으로 내뱉었다. "다시는 그런 머리 굴리지 말게. 우리 서점에도 드나들지 말고. 자넨 손님이 아니야."

야단을 맞은 아키시마 시로는 양동이로 끼얹은 물을 뒤집어쓰고 후다닥 도망치는 집 나온 개처럼 얼른 자리에서 일어나 사라졌다. 나중에 이와 씨는 아키시마가 한 짓이 분명히 불쾌하고 뻔뻔하기는 하지만 당시에는 미노루 때문에 더 화를 낸 부분이 있다며 혼자 몰래 반성했다.

아키시마 시로는 다시는 다나베 서점에 나타나지 않을지도 모른다. 온다고 해도 한참 지나서일 것이다. 혹시 좀 위험할 정도로 뻔뻔스러운 젊은이라면 시치미 뚝 뗀 얼굴로 바로 서점 안을 들여다보러 올지도 모르지만…….

'전화라도 해서 일단 분위기를 살펴볼까? 걱정되네.'

아키시마가 끼워둔 명함을 빼내는 작업을 하면서 이와 씨는 혼자 중얼거렸다. 하지만 먼저 너무 일찍 움직이는 것도 내키지 않았다. 일단 보름쯤 내버려두기로 했다. 그렇게 미노루가 없는 바쁜 주말을 두 번이나 넘겼다.

월말이 가까워진 월요일 아침. 조간신문을 펼쳐든 이와 씨는 깜짝 놀라 입에 물고 있던 칫솔을 떨어뜨렸다.

'애정 문제가 얽힌 억지 동반 자살인가? 부두에서 죽음의 다이빙'

이런 제목이 눈에 들어왔다. 장소는 하루미. 어제 깊은 밤, 승용차 한 대가 브레이크를 밟지 않고 달려 그대로 도쿄만으로 뛰어들었다고 한다. 운전석에 앉은 여자와 조수석의 남자가 사망했다. 두 사람 다 수심 오 미터 깊이에서 차와 함께 인양되었다.

그 남녀는 다카노 건축사무소 사원이라고 적혀 있었다. 여자 이름은 노세 시즈에, 35세. 그리고 남자 이름이—.

아키시마 시로, 30세.

3

공중전화 박스 세 군데를 돌아다니며 한참을 망설이다 결국 히사나가 유키코는 다카노 건축사무소에 전화를 걸었다. 자기 생각을 실행에 옮기는 것은—가령 그게 아무리 강한 충동에 따른 행동이라 해도—유키코 같은 아가씨에게는 육교에서 길 위로 뛰어내리는 행위와 맞먹을 정도의 용기가 필요했다.

"영업부 아키시마 씨 부탁합니다."

빠른 말투로 그렇게 말하고 나니 목이 메어 숨쉬기도 힘들었다. 전화를 받은 여성은 이쪽 이름을 묻지도 않고 "기다리세요"라는 말만 남긴 채 통화 대기 상태로 돌렸다. 오르골 소리가 들려왔다. '80일간의 세계일주'다. 우연이겠지만 유키코가 부재중일 때 사용하는 전화 음성 메시지 배경 멜로디와 같은 대기음이었다. 그 소리를 듣자 왠지 마음이 놓였다.

조금 있다가 그 오르골 소리가 꺼지고 대신 덜컹덜컹, 삐꺽삐꺽하는 요란스러운 소리가 들렸다. 누군지 몰라도 전화기 옆에 있는 사람이 의자를 거칠게 끌어당겨 앉은 것이다. 행진 연습을 하는 유치원 아이들이 보조를 맞추기 위해 깡충 뛰었을 때처럼, 유키코의 심장이 두세 차례 크게 뛰었다.

"오래 기다리셨습니다. 아키시마입니다."

영업사원이다. 잘 들리는 좋은 목소리였다. 말투도 또렷했다. 유키코는 수화기를 쥔 채로 몸이 굳었다.

젊은 사람 목소리다. 그렇다면 이리저리 세워 본 가설 가운데 어느 것이 맞아 떨어질까. 아키시마의 명함을 애인이나 아내가 사용했었다는 이야기가 되는 걸까?

"여보세요?"

쾌활한 목소리가 들려왔다.

크게 한 번 심호흡을 해 보았다. 갑자기 공기가 물엿처럼 끈끈하게 변하기라도 한 듯 숨쉬기가 힘들어진 느낌이 들었다.

"기무라 씨, 이 전화 뭐야? 정말 내게 온 전화야?"

수화기 너머에서 아키시마 시로가 아마 전화를 받았던 여성에게 불평을 하고 있는 모양이다. 큰 목소리가 들려왔다.

"어? 그럴 리가 없어. 분명히 여자가……."

그렇게 말하는 아까 그 여자의 목소리가 다시 들렸다. "여보세요?"

유키코는 열어서는 안 될 문을 열었다가 급히 닫을 때처럼 얼른 수화기를 내려놓았다. 철컥, 하는 소리가 고막을 울렸다.

그럴 필요도 없는데 숨이 가빴다.

전화로는 안 된다.

기다리는 사이에 용기가 사라진다. 수화기를 내려놓고 도망갈 수 있기 때문에 몇 번을 다시 걸어도 결정적인 순간에 두려워하면 결과는 마찬가지다.

무모한 것 같지만 차라리 직접 찾아가는 게 나을지도 모른다. 도망갈 수도, 얼버무릴 수도 없는 상황으로 자신을 몰아넣는 것이다.

유키코는 아키시마를 찾아가기 위해 하루 휴가를 냈다. 유키코가 평일에 유급휴가를 쓰는 일은 그야말로 드문 일이라 상사가 이유를 물었지만 "제사가 있어서요"라고 대답하자 바로 알겠다는 표정을 지었다.

왠지 한심하다는 생각이 들었다. 하다 못해 '맞선 봅니다'라거나 '데이트가 있어서요'라고 대답하는 게 나았을 뻔했다. 상사에게는 내가 유급휴가를 제사에나 쓰는 아가씨로밖에 안 보이는 모양이다.

거기서 또 주춤거리게 된 유키코를 격려한 것은 「얼음 아래서 돋아나는 새싹」 안에 있던 오에이의 말이었다. 유키코는 그 부분을 몇 번이고 거듭 읽었다.

나를 그토록 놀라게 만든 문장을 만날 기회를 마련해 준 사람을 찾아가는 것이다. 결코 부끄러운 일이 아니다. 어울리지 않는 일도 아니다. 나를 위해 움직이는 게 지금 내게는 다른 무엇보다 중요하다.

더 이상 기다리지 않겠다.

월말이 가까운 수요일이었다. 명함에 있는 주소를 보며 다카노 건축사무소를 찾아갔다. 유키코가 싫어하는 신주쿠 거리의 고층빌딩들을 왼쪽으로 바라보는 곳에 있는 사층짜리 건물이었다. 로비는 보는 사람이 겸연쩍을 만큼 화려한 유리로 장식되어, 밖에서도 안내데스크 여직원의 스타킹에 올이 풀린 것까지도 보일 듯했다.

자동문을 지나 로비로 들어서기까지 십 분 정도 길에서 망설였을까? 점심시간 직전인 열한 시 오십 분. 이 시간이라면 외근하는 영업사원이라도 일단 회사에 돌아와 있을 테고, 곧 점심시간이기 때문에 업무에 장애를 주지 않고 이야기를 나눌 수가 있다. 자칫 너무 오래 꾸물거리면 아키시마 시로도 동료들과 함께 점심을 먹으러 나갈지도 모르고, 그랬다간 아키시마가 돌아올 때까지 한 시간 가까이 기다려야만 한다. 그동안에 또 움츠러들지도 모른다.

'어서 로비로 들어가야 해.'

초조한 유키코의 등을 떠밀어 준 것은 가을의 신이었다. 유키코가 등지고 서 있던 포플러 가로수에서 낙엽 한 장이 어깨에 떨어졌던 것이다. 누가 건드렸나 싶어 깜짝 놀라 돌아본 유키코의 어깨에서 낙엽이 우아한 곡선을 그리며 아스팔트 바닥으로 떨어졌다. 그걸 보고 마음이 개운해졌다. 유키코는 자동문으로 향했다.

아키시마 시로는 유키코가 생각했던 것보다 훨씬 젊고, 훨씬 서글서글한 느낌을 주었다. 상의만 영업용 제복을 입고 있었지만 슬랙스와 와이셔츠는 유키코도 금방 알 수 있을 만큼 고급품이었다. 어머니가 신사복 도매점에서 오래 일을 했기 때문에 그런 걸 감정하는 안목에는 자신이 있었다.

왼쪽 소매로 드러나는 손목시계도 잡지 광고에서 본 적이 있는 수입품 같았다. 물론 싸구려 이미테이션이 아니라고 했을 때의 이야기지만. 그러나 이 정도로 좋은 옷을 골라 입는 남자라면 시계에도 신경을 쓸 것이다. 가짜일 리가 없다.

이전의 유키코였다면 상대방이 이런 남성일 경우 '안녕하세요'라는 말도 제대로 하지 못할 만큼 위축되고 말았으리라. 아니, 지금도 마찬가지다. 아무 관계도 없는 남자를 찾아와 발그레해진 얼굴로 문고본이 이러니저러니 하는 자신의 모습을 객관적으로 본다면 틀림없이 당장 숨어 버리고 싶어질 것이다.

그런데도 유키코가 도망치지 않고 끝까지 앉아 있을 수 있었던 까닭은 아키시마 시로가 웃어 주었기 때문이다. 유키코가 찾아온 것을 기뻐해 주었기 때문이다.

"그래, 『붉은 수염 진료담』이 아가씨에게 가 있었나요? 그랬군요."

기쁜 듯이 웃으며 안내 카운터를 주먹으로 살짝 치는 시늉을 했다. 유키코와 아키시마는 삼층에 있는 영업부 안내창구 앞에 선 채로 이야기를 하고 있었다. 주변의 다른 사원들이 지나가면서 호기심 어린 눈으로 바라보았다.

"아, 그건 말이죠, 사실은 새로운 홍보 방법인데—."

아키시마의 입을 통해 설명을 듣고, 솔직히 말해 유키코는 어이가 없었다. 그렇다면 아키시마는 그 소설을 읽지도 않은 걸까?

"명함을 끼운 곳은 다나베 서점이란 헌책방인데요."

서민들이 많이 사는 동네에 있는 그 헌책방의 위치를 이야기하더니, "원래는 제가 아는 사람이 단골로 다니는 서점인데 그런 동네다 보니 규모도 작고 사장님이 계산대에 버티고 있어 아무것도 사지 않고 나가기는 아무래도 어색해서 몇 권 적당히 골라 산 거죠. 아, 맞다. 그 안에 제가 아는 사람이 권한 책이 들어 있었죠. 제목을 기억하고 있었기 때문에 샀어요. 하지만 난 소설을 읽지 않아서 통근 전차 선반에 두고 내린 겁니다. 물론 그것도 판촉을 위해서였죠."

겨우 그뿐이었던가.

어깨에서 힘이 쑥 빠지는 게 느껴졌다. 이럴 수가.

아키시마는 쾌활한 목소리로 뭐라고 계속 이야기하고 있었다. 그 목소리가 유키코의 귓가를 스쳐 지나갔다.

여태까지 유키코는, 자기는 누구에게 선택받을 만한 가치가 없다고 생각해 왔다. 마치 바람맞은 사람처럼 홀로 한쪽 구석에 있는 것이 자기 운명이라고 여겼다. 무언가를 찾으려 쫓아가면 그 상대방에게 방해가 되어 귀찮아하리라 지레짐작하고 있었다.

그런데 이게 어찌 된 일인가? 찾아와 만난 상대방이 유키코를 실망시키고 있다. 이 사람은 「얼음 아래서 돋아나는 새싹」을 읽지 않았다. 오에이의 그 대사를 읽지 않은 것이다. 그래서 그 책을 전차 선반에 버리고 내릴 수 있었던 것이다.

자기도 모르는 사이에 미소를 짓고 있었던 모양이다. 아키시마가 말을 멈추고 빙긋 웃었다.

"뭐가 우스운 거죠?"

"아뇨, 별로."

유키코도 웃어 보였다. 기분이 그야말로 유쾌했다.

"명함이 인연이 되어 모처럼 찾아오셨으니 사실 좀더 이야기를 나누고 싶지만 할 일이 있어서."

아키시마의 어색한 변명을 유키코는 웃으며 받아넘겼다. 이야기를 더 하자고 해도 이쪽에서 사절이다. 이런 경우도 처음이었다.

엘리베이터 홀까지 가서 다시 뒤를 돌아보았다. 그러자 활짝 열린

문 안쪽 사무실에서 아키시마가 자기보다 약간 나이가 든 정장 차림의 아름다운 여성과 얼굴을 맞대고 이야기하고 있는 모습이 보였다. 아키시마는 웃고 있었지만 상대 여성은 웃지 않았다. 쇼트커트에 아름다운 목덜미, 차분한 화장, 또렷한 옆얼굴에서 지성미가 느껴지는 사람이었다. 어쩌면 아키시마의 상사일지도 모른다—.

'혹시 아닌가?'

아키시마는 사무실 사원들에게 보이지 않게 상대 여성의 오른쪽 팔꿈치 부근을 부드럽게 잡고 있었다. 가까운 사이가 아니라면 하기 힘든 행동이다.

물끄러미 보고 있자 그 시선을 느꼈는지 두 사람이 유키코 쪽으로 고개를 돌렸다. 아키시마는 입가에 희미한 웃음을 남기고 있었지만 상대 여성은 웃지 않았다.

정면에서 보니 그 여자의 단정한 얼굴에도 딱 한 군데 균형이 무너진 곳이 있었다. 왼쪽 눈썹 바로 위에 눈에 띄는 검은 점 하나.

유키코의 등 뒤에서 엘리베이터 문이 열렸다. 유키코는 두 사람의 시선을 피하며 엘리베이터로 걸어갔다.

그 뒤로 아키시마 시로를 만나지 않았다.

『붉은 수염 진료담』도 아직 유키코에게 있다. 명함은 버렸다. 이 소설을 읽지 않은 사람의 이름을 그 안에 끼워둘 수는 없다고 생각했기 때문이다.

하지만 다카노 건축사무소를 찾아간 지 닷새 뒤, 유키코는 아키시마 시로의 이름을 신문에서 발견하게 되었다.

'애정 문제가 얽힌 억지 동반 자살인가? 부두에서 죽음의 다이빙'

4

이와 씨는 그 젊은 아가씨가 가게 안에 들어오자 바로 평범한 손님이 아니라고 느꼈다. 뭔가 찾는 듯한―서점에 와서 책만이 아닌 다른 무엇을 찾는 듯한 표정을 짓고 있는 사람은 평범한 손님이 아니다.

수수한 색깔의 정장을 입었다. 헤어스타일은 심플하다. 특별히 용모가 뛰어난 아가씨는 아니지만 부드러운 분위기라서 이와 씨의 마음에 들었다. 계산대로 와서 말을 걸까?

그 아가씨는 이상한 행동을 하고 있었다. 역사·시대소설 서가 앞에서 끄트머리부터 순서대로 책을 뽑아 책장을 넘기는 것이었다. 내용을 대략 훑어보는 게 아닌 모양이다. 서가에 다시 꽂는 타이밍이 너무 빠르다.

저녁 무렵이라 서점 안에는 불이 켜져 있었다. 퇴근하는 직장인이나 여사무원들이 많이 찾는 시간대였다. 비교적 한산해 이와 씨는 느긋하게 앉아 그 아가씨의 행동을 지켜볼 수 있었다.

아가씨는 작업을 계속했다. 마치 책 사이에 뭔가가 끼어 있지 않은지 살펴보는 것처럼 보였다……

그때 문득 떠올랐다. 저 아가씨처럼 책을 뽑아 명함을 끼우던 영업사원이, 자신과 사귀던 연상녀의 동반자살에 끌려들어 죽었다는 뉴스가.

저 아가씨는······?

일어서서 천천히 그 아가씨 쪽으로 다가가 말을 걸었다.

"손님, 무얼 찾으세요?"

히사나가 유키코라는 아가씨는 이와 씨가 권한 엽차에 환한 표정으로 손을 뻗었다. 조석으로 쌀쌀해졌죠, 라며 중년 주부가 할 법한 인사를 건넸다.

얌전한, 자기표현이 서툰 아가씨처럼 보였다. 뒤로 물러서 있는 것을 금과옥조로 삼는, 그런 인생관 뒤에 숨어 사는 아가씨처럼 보였다.

하지만 이곳을 찾은 이유를 묻자 차분한 목소리로 담담하게 입을 열었다. 유키코의 목소리가 가장 열을 띤 것은 「얼음 아래서 돋아나는 새싹」에 나오는 오에이의 대사를 읊을 때였다.

"지금까지 소설을 읽고 그렇게 섬뜩했던 적은 없었어요."

유키코가 살짝 미소를 지으며 말했다. "이상하게 들리시겠지만 저희 세대는 아주 이상한 사람과 사귀지 않는 이상 못된 남자와 얽혀 인생이 엉망이 되는 그런 스토리는 옛날이야기처럼 공감하기가 힘들어요. 그래서 남자란 도중에 망가져 버리는 수레다, 라는 대사를 들어본 적이 없었죠."

이와 씨는 저도 모르게 웃었다. "그런 식으로 이야기할 수 있는 아가씨는 행복한 거죠."

이와 씨는 요즘 같은 시대에도 변변치 않은 남편 덕분에 끔찍하게 고생하는 여성을 몇 사람 알고 있다.

하지만……. 분명히 이 아가씨가 하는 말이 맞을지도 모른다. 세상은 변했다. 남자와 여자의 관계 방식이나 형태도 변했다.

문득 미노루를 떠올렸다. 하지만 그 녀석은 아직 고등학생이다. 경우가 다르다.

유키코는 말을 이었다. "저는 그 오에이와 같은 삶을 살 수는 없어요. 다만 그 굳은 마음만은 매력적이라고 생각합니다. 제가 아무리 찾아도 발견할 수 없었던 답이 바로 제 앞으로 굴러왔다는 느낌이 들어요. 그래서 그 책을 선반에 두고 간 사람을 만나고 싶어서 아키시마 씨를 찾아갔던 거죠."

"그 사람은 참 딱하게 되었더군요."

이와 씨는 무의식적으로 얼굴을 찡그리며 아키시마 시로가 열심히 문고본에 명함을 끼워 넣던 쪽을 바라보았다.

"아가씨는 그 사건의 자세한 배경 같은 걸 알고 있나요?"

유키코는 고개를 저었다. "신문에서 읽었을 뿐이에요."

"나도 비슷해요. 하지만 오늘 나온 주간지에 기사가 있더군요."

아키시마 시로는 선견지명이 있는 청년이고, 스스로도 그런 자신의 능력을 자각하고 있었던 듯하다. 하지만 세상은 본인이 볼 수 있는 것보다 훨씬 더 넓은 곳임을 염두에 두고 행동해야 한다는 사실을 잊었던 모양이다.

아키시마는 빚이 많았다. 주식투자 때문이었다. 그걸 메우기 위해 지인들을 비롯해 여기저기서 돈을 빌렸고, 결국 회사 공금에까지 몰래 손을 대고 말았다.

다만 일개 영업사원인 아키시마가 그런 짓을 쉽게 할 수는 없었다. 안내자 역할을 한 사람은 아키시마의 상사이자 여러 해 애인이기도 했던 노세 시즈에였다. 그 여자는 공금 외에도 자신이 가진 상당한 액수의 돈을 갖다 바쳤다고 한다.

잡지에 실린 얼굴 사진을 보던 유키코가 소리를 질렀다. "노세 시즈에 씨는 제가 찾아갔던 날 아키시마 씨와 함께 있던 그 여자예요."

시즈에의 왼쪽 눈썹 위에 검은 점이 있다. 그걸 가리키며 유키코가 그렇게 말했다.

아키시마나 시즈에나 독신이었지만 시즈에 쪽이 결혼을 서둘렀던 것에 비해 아키시마는 그렇지 않았던 모양이다. 두 사람의 관계가 어떤 계기로 시작되었는지는 기사에도 자세히 나오지 않았다. 이제는 알아볼 수도 없으리라.

그 사람들이 밤중에 부두에서 다이빙을 한 것이 억지 동반자살이라는 추측은 차가 바다에 뛰어들기 직전에 두 사람이 차 안에서 심하게 말다툼을 하는 소리를 들었다는 증언이 있었기 때문이다. 말다툼하는 것을 들은 사람은 매일 밤 부두 근처를 조깅하는 습관이 있는 중년 직장인인데, 그는 전에도 몇 번인가 부두 잔교 근처에 차를 세우고 밤바다를 바라보던 아키시마와 시즈에를 본 적이 있다고 증언했다.

억지 동반자살의 직접적인 원인이 무엇이었는지, 그것도 억지로 추측해 볼 수밖에 없다. 하지만 다카노 건축사무소에는 내년 초에 세무감사가 예정되어 있었다. 그에 대비해 경리 관련 장부에 대한 점검이 시작되었다. 횡령 사실이 들통 나는 게 두려워 시즈에는 이러지도 저러지도 못하게 되어 버렸으리라.

이와 씨가 본 아키시마 시로는 머리 회전이 빠르고 고집이 세며, 자신에게 이득이 되는 상황이 닥쳤을 때 망설이지 않고 바로 실행하는 타입 같았다. 실제로 그런 남자가 아니었다면 헌책에 자기 명함을 끼워 넣지도 않았을 테고, 그걸 보고 찾아온 젊은 아가씨를 기꺼이 만나주지도 않았을 것이다.

히사나가 유키코가 찾아갔을 때 아키시마는 기뻤으리라. 자기가 한 일에 반응이 왔다는 걸 알게 되어 기분이 좋았으리라. 그래서 친절하게 맞아 주었다. 유키코가 본, 아키시마가 웃는 얼굴로 시즈에와 이야기를 하고 있었다는 광경도 그 연장선상에 놓인 것이리라.

"그때 시즈에 씨는 저를 뚫어지게 보고 있었어요."

당시를 떠올리듯이 먼 데를 바라보는 눈을 하고 유키코가 말했다.

"무슨 생각을 하고 있었을까요?"

잠깐 고민하고 나서 이와 씨가 천천히 말했다. "연애 문제가 얽히면 잘 아는 사람의 생각마저도 알 수가 없게 되는 법이에요, 아가씨."

또 그만 미노루를 떠올리고 말았다. 그 녀석은 어떻게 지내고 있을까. 내 손자다. 아직 열일곱 살이다. 어떻게 하고 있는 걸까.

"사장님." 유키코가 이와 씨를 불렀다. "혹시 시즈에 씨가 이 가게에 온 적이 있었나요?"

이와 씨는 고개를 갸우뚱했다. 전혀 기억이 나지 않는다. "손님 얼굴을 모두 기억하는 건 아니니까요."

"그렇겠네요." 유키코는 고개를 끄덕이며 여기저기 손님들이 흩어져 있는 서점 안으로 눈길을 돌렸다.

"아키시마 씨는 여기서 책을 사 갈 때 아는 사람이 권한 책을 몇 권 골랐다고 했어요. 그 '아는 사람'이 혹시 시즈에 씨 아니었을까요?"

이와 씨는 가슴이 철렁하는 것을 느끼며 고개를 끄덕였다. "그럴지도 모르겠군요."

"그렇다면 시즈에 씨는 그 책을 읽었을지도 몰라요. 읽고 아키시마 씨에게 권한 걸지도."

유키코의 목소리가 낮아졌다. "자기도 나름대로의 감상이 있었겠죠. 저는 그 오에이의 대사 덕분에 눈가리개가 벗겨진 기분이 들었지만 시즈에 씨는 달랐을지도 몰라요."

이와 씨는 생각에 잠겼다. 남자란 언젠가 망가져 버릴 수레라면서 여자가 나서서 고생하던 시대가 어쩌면 더 나은 세상이었는지도 모른다고. 살벌한 시대였지만 요즘보다 세상사가 훨씬 더 단순했으니까.

지금은 어떤가. 유키코의 말대로 옛날처럼 변변치 못한 남자는 얼마 없다. 그만큼 세상 전체가 풍요로워졌기 때문이다. 하지만 그 대신에 누구나 늘 안절부절못하고 있다. 자기 얼굴 하나를 제대로 보지 못하고 내내 거울을 찾고 있다. 거울을 찾아 연애를 하는 게 아닐까 하는 생각이 들 정도다.

아니, 어쩌면 이것도 다른 의미에서 '도중에 망가진 수레'일까? 쓸모가 없어진, 구르지 않는 수레. 야마모토 슈고로가 오에이의 입을 빌어 이야기한 그 대사는 모양새만 다를 뿐 여전히 유효한지도 모른다.

"시즈에 씨는 죽기 전에 다시 한 번 이 서점을 찾아오지 않았을까요?" 유키코가 말했다. "혹시 아키시마 씨가 말했던 '아는 사람'이 시즈에 씨였다면 그 사람은 여기 단골이었는걸요. 들렀어도 이상할 게 없죠."

그렇다……. 갑자기 벌떡 일어난 이와 씨가 사무실을 나갔다. 놀란 듯이 눈을 동그랗게 뜬 유키코가 약간 머뭇거리다 뒤따라왔다. 시대소설이 진열된 쪽이다. 서가 하나를 거의 다 차지하고 있는 야마모토 슈고로의 문고본이 보인다. 그 가운데『붉은 수염 진료담』이 있었다.

아키시마와 시즈에가 죽은 지 아직 닷새 정도밖에 지나지 않았다. 유키코가 상상한 대로 만약 자살 직전에 시즈에가 여기 들렀다면—.

시즈에는「얼음 아래서 돋아나는 새싹」을 읽었다. 오에이의 대사를 어떻게 이해했을까.

이와 씨는 책 페이지를 넘겼다. 별로 두껍지 않은 문고본이 거의 한가운데 부분에서 딱 펴졌다.

거기에 한 장의 명함이 들어 있다.

주식회사 다카노 건축사무소
　　영업부 차장 노세 시즈에

이와 씨는 말없이 그 명함을 원래 있던 자리에 되돌려 놓았다. 망가져 버린 수레의 바퀴가 덜컹덜컹 헛도는 소리가 들리는 듯한 느낌이 들었다.

쓸쓸한 사냥꾼

1

"여어, 오래간만이군요."

계산대 책상 위에 어질러져 있는 전표와 전단지를 보던 눈을 들며 이와 씨가 그렇게 말했다.

평일 점심시간이 지났을 때라 다나베 서점 안에는 다섯 손가락으로 꼽을 수 있을 정도의 손님들뿐이었다. 반쯤 열린 입구 미닫이문 밖에서는 활짝 핀 진달래가 오월의 바람에 흔들리고 있었다. 먼지를 날리는 거센 바람을 맞아 이따금 처마에 드리운 천이 펄럭이는 소리가 들렸다.

"안녕하세요?"

계산대 앞에 선 호리호리한 젊은 아가씨가 인사를 했다. 입가에 살짝 미소를 지으며 흰 블라우스 가슴께에 책 한 권을 소중하게 안고 있다.

그 아가씨가 바로 옆에 다가올 때까지 이와 씨는 눈치 채지 못했다. 그래서 졸다가 선생님에게 들킨 학생처럼 약간 어색한 기분이 들었다.

"오늘은 조용하네요." 젊은 아가씨는 가게 안을 둘러보고 나서 그렇게 말했다.

"평일이니까요." 이와 씨는 웃으며 바로 옆에 있는 등받이 없는 의자를 끌어당겨 권했다.

"회사는……?" 이와 씨는 얼른 말을 거둬들였다. 오늘이 목요일이라는 사실을 깨달았다. 그리고 아가씨가 근무하는 백화점의 정기휴일이라는 것도.

"그렇죠." 아가씨는 이와 씨의 생각을 읽은 듯이 미소 지으며 말했다. "서 있는 일에도 익숙해지긴 했지만 역시 휴일이면 마음이 놓여요. 실컷 늦잠도 자고."

"취직한 지 겨우 한 달이니까요."

아가씨는 의자에 살짝 걸터앉아 안고 있던 책을 무릎 위에 얹었다. 옅은 푸른색 헤어밴드로 묶은 머리카락이 어깨 위에 사르르 흘러내렸다.

"그래서, 무슨 일로?" 이와 씨는 책상 서랍에서 구입 장부를 꺼내며 아가씨의 뽀얀 얼굴을 바라보았다. "내가 도울 일이 생겼나요?"

젊은 아가씨는 옅은 핑크색 립스틱을 바른 입술을 살짝 깨물며 시선을 떨어뜨렸다. 무릎 위의 책에 얹은 손이, 그게 틀림없이 거기 있음을 확인하려는 듯이 표지 위에서 잠깐 굳어진 것처럼 보였다.

"사실—오늘은 아버지의 헌책 문제로 시간을 빼앗으려는 건 아닙니다."

"호오."

"아니, 넓은 의미에서는 마찬가지겠죠. 좀 복잡한 이야기라서."

아가씨는 걱정스러운 눈빛으로 얼른 주위를 둘러보았다. 이와 씨는 바로 눈치를 챘다.

"십 분 정도 있으면 점심을 먹으러 간 아르바이트 학생이 돌아올 겁니다. 그러면 커피라도 한잔 마시러 갈까요?"

마음이 놓인 듯한 표정으로 아가씨가 고개를 끄덕였다. 무릎 위에 놓인 책을 다시 품에 안는다. 그 모습이 신경 쓰여 이와 씨는 아가씨의 갸름한 손가락 사이로 보이는 그 책의 제목을 흘깃 보았다.

『쓸쓸한 사냥꾼』.

저자는 아다치 가즈오. 아가씨의 아버지가 쓴 책이었다.

아가씨의 이름은 아다치 아키코. 다음 달이면 스물한 살이 된다. 이와 씨는 아키코가 단기대학 일학년 학생일 때 알게 되었다. 아키코가 전화번호부를 뒤져 집에서 가장 가깝고, 또 '전화를 하면 친절하게 잘 대해줄 것 같은 가게'를 찾아 헌책방 다나베 서점을 찾아왔었다.

아키코가 헌책방을 찾은 까닭은 아버지의 장서를 정리하기 위해서였다.

"도서관이나 출판사에 한꺼번에 기증하는 것도 생각해 봤지만, 저나 어머니는 목록 하나 제대로 만들 수가 없어요. 그런 상태에서 무턱대고 기증해 봤자 받는 쪽에서도 처리하기 곤란한 책이 섞여 있을지 모르고……그래서 전문가의 도움을 받아야겠다고 생각했죠. 책들이 서고에 가득 있어요."

처음에 이런 부탁을 해 왔을 때 이와 씨는 아주 가벼운 마음으로 '좋습니다'라며 받아들였다. 하지만 다나베 서점에서 차로 오 분 정도 걸리는 이층짜리 자그마한 목조가옥의 그 '서고'를 들여다본 순간 가벼운 마음은 싹 달아나고 말았다.

"아버님 장서라고 했죠, 따님?"

"예."

"실례지만 아버님이 어떤 일을 하신 분인지 여쭤 봐도 될까요?"

아키코는 살짝 미소를 지었다. "아버진 작가였습니다."

아키코의 아버지 아다치 가즈오는 1950년 중반부터 1980년대 중반에 걸쳐 활약한 추리소설 작가였다. 널리 인기를 끌지는 못했지만 독특한 탐미적 작풍으로 일부 열렬한 애독자들을 거느리고 있었다. 마쓰모토 세이초를 기수로 하는 리얼한 사회파 추리소설의 흐름 속에서 '마지막 본격 추리소설 작가'라는 이야기까지 들은 적이 있다.

이와 씨는 안타깝게도 아키코를 알기 전까지는 아다치 가즈오의 소설을 읽어 본 적이 없었다.

아키코와 알게 된 뒤로 몇몇 작품을 들춰 보았는데—물론 모두 절판된 책들이라 아키코에게 빌려 읽었지만—솔직한 감상을 이야기하면 별로 재미있다는 생각은 들지 않았다.

그건 물론 아키코나 아키코의 어머니에게 할 수 있는 이야기가 아니었는데, 이와 씨가 장서 목록 만드는 방법을 가르쳐 주러 그 집에 드나들게 된 지 얼마 되지 않았을 때 아키코가 이렇게 말했다.

"아버지 소설은 어머니나 제가 보기에 별로 재미있게 느껴지지 않아요. 대단하다는 생각은 들지만요. 분명히 일반 독자들도 그렇게 받아들일 거예요."

이와 씨는 딱히 대꾸할 말이 없어 입을 다물고 있었다. 고풍스러운 테의 돋보기안경을 쓰고 남편이 집필하던 시절에 썼다던 몽블랑 만년필로 열심히 목록을 적던 아키코의 어머니가 이렇게 말했다.

"남편이 쓰는 소설이라고 다 재미있게 읽어야만 한다면 전 이미 예전에 집을 나갔을 겁니다."

그 말을 듣고 이와 씨는 저도 모르게 웃음을 터뜨렸다. "그럴지도 모르죠."

"그렇고말고요." 아키코의 어머니가 조용히 웃으며 말했다. "남편이 쓰는 소설이 좋건 싫건 저는 아무려나 상관없었죠. 이해할 수 없는 소설이라 해도 괜찮았어요. 그건 물론 중요한 문제이기는 할 테지만, 그런 것하고는 상관없이 그 양반은 저와 아키코에게 아주 좋은 사람이었으니까요."

그 말을 듣고 이와 씨는 이 모녀를 좋아하게 되었다. 실제로 소설가와 한 지붕 아래 사는 사람에게는 그리 간단한 문제가 아니었을 것이다. '이해할 수 없는 소설이라 해도 괜찮다'는 말이 나오기까지는 상당한 번민과 갈등이 있었으리라.

아다치 가즈오는 집필 그 자체가 취미인 듯한, 어떤 의미에서는 행복한 작가였다. 다만 아는 사람 때문에 나이 마흔이 넘어 바다낚시를 배우게 된 뒤로는 한 해에도 여러 차례 여행을 떠나 낚시를 즐겼다고 한다.

그리고 십이 년 전, 훈풍이 부는 오월 중순에 혼자 훌쩍 갯바위낚시를 떠난 산리쿠_{일본 혼슈의 동북지방}의 갯바위에서 행방불명되어, 여러 날 수색을 했지만 돌아오지 않는 사람이 되었던 것이다.

아키코는 어머니와 둘이 아버지가 살아계실 것으로 믿고 살아왔다. 하지만 아키코가 열아홉 살이 되던 해 생일에 어머니가 이런 이야기를 꺼냈다고 한다.

"아버지의 장서를 정리하자."

"아버지가 행방불명되신 지도 십 년이 지났으니까 이제 그만 정리를 하시려는 모양이에요." 아키코는 이와 씨에게 설명했다.

"그때까지는 남들이 권해도 실종선고를 받아들이려 하지 않으셨거든요."

원래 아다치 가즈오는 아주 인기 있던 작가는 아니었기 때문에 남겨진 모녀의 생활은 늘 힘들었다. 덕분에 처분하지 않고 그대로 간직해 왔던 장서를 정리해 내놓기로 결심하기까지는 상당히 마음을 앓았을 게 틀림없다.

이와 씨는 아다치 가즈오의 장서 정리, 목록 만들기를 진심으로 즐겁게 했다. 옛날 「호세키寶石」고분샤란 출판사가 발행하던 잡지나 예전에 이와 씨가 대본소에서 열심히 빌려 읽었던 '다쓰카와문고立川文庫1914년~1924년에 2백여종 발간된 문고본 시리즈'—자료적인 가치가 있는 장서는 아니었지만 이와 씨에게는 귀중한 책들이었다. 그런 보물 같은 책의 정리를 자신에게 맡겨 주어 고맙다는 생각까지 들었을 정도다.

엄청난 양의 책이 정리가 되지 않은 상태였고, 모녀도 직장이나 학교, 집안일을 하면서 정리했기 때문에 작업은 느리게 진행될 수밖에 없었다. 그래서 이 년이 지난 지금도 서고의 삼분의 일 정도가 손을 대지 못한 상태로 남아 있다. 이와 씨가 아키코의 얼굴을 보고 '도울 일이—?'라고 물었던 것은 그 남은 책들에 대한 정리가 끝나 처분할 책이 나왔느냐는 의미였다.

하지만 다나베 서점 옆에 있는, 의자가 덜컹거리고 에어컨은 켜봤자 소용이 없으며 유리창이 지저분한, 그래도 커피 맛은 천하일품인 커피숍 '아스나로'의 낡은 벽지를 배경으로 살짝 고개를 숙인 아키코의 모습을 보니 그런 당연한 용건 때문에 이와 씨를 찾아온 것은 아닌 듯했다.

"무슨 일 있어요, 따님?"

이와 씨는 아키코를 '따님', 아키코의 어머니를 '사모님'이라고 부른다. 어쩌다 보니 아주 자연스럽게 그렇게 부르게 되었다.

'아스나로'에 들어와 의자에 앉아서도 아키코는 아직 『쓸쓸한 사냥꾼』을 무릎 위에 얹어두고 있었다. 아무래도 용건은 그 소설과 관련이 있는 모양이다.

『쓸쓸한 사냥꾼』은 아다치 가즈오가 행방불명될 무렵에 집필하던 작품이다. 따라서 미완인 상태였다. 본격 추리소설에서 이야기하는, 이른바 해결편에 해당하는 뒤의 삼분의 일 가량이 없다. 뜻하지 않는 사고 때문이라고는 하지만 사실상의 유고작이 미완이라니. '최후의 본격 추리소설 작가'라는 타이틀과도 나름대로는 잘 어울리는 결말이 아닌가 싶기도 하다.

아다치 가즈오가 실종되었을 때 『쓸쓸한 사냥꾼』을 어떻게 하느냐는 문제로 가족과 출판사 사이에 제법 갈등이 있었던 모양이다. 유족들은 미완인 상태로 출간하고 싶어 했지만 출판사는 해결편이 없는 본격 추리소설은 낼 수 없다고 했다. 그리고 젊은 작가에게 마무리 부분을 쓰게 하여 출판하면 어떻겠냐고 제안해 왔다.

"어머니와 의논한 뒤에 아무래도 그러고 싶지는 않다고 거절했죠."

결국 타협이 이루어지지 않아 출판사는 손을 떼고 『쓸쓸한 사냥꾼』은 미완성인 채로 유족들이 자비 출판하여 세상에 나오게 되었다.

"그때는 상당히 화제가 되었죠."

미완의 마지막 작품이라는 점뿐만이 아니라 그 내용 또한 화제성이 있는 소설이었기 때문이다. 『쓸쓸한 사냥꾼』에서 아다치 가즈오는 처음으로 자신의 세계였던 탐미, 환상적인 이야기와 현실적인 사회상의 융합을 시도했다—고 그 무렵의 서평에 적혀 있다. 분명히 그 이전까지 아다치 가즈오가 특기로 삼았던 폐쇄된 상황 속에서 일어나는 살인이라거나, 한 가문 안에서의 애증과 갈등 때문에 일어나는 피비린내 나는 참극들과 『쓸쓸한 사냥꾼』은 전혀 달랐다. 어떤 의미로는 그가 격렬하게 저항했던 사회파의 흐름을 탄 것처럼 보이기도 했다.

이야기는 도쿄 교외의 H시 신흥주택가 한 모퉁이에서 젊은 남자가 칼에 찔려 죽은 시체로 발견되는 장면으로부터 시작된다. 현장에서는 흉기가 발견되지 않고, 이렇다 할 유류품도 없었다. 피해자는 그 지역 관공서에 근무하는 성실한 공무원이고, 결혼한 지 두 달밖에 되지 않은 사람이었다. 공적으로나 사적으로나 평범하면서도 행복한 삶을 사는 남자였다. 소지품이 도난당한 흔적이 없기 때문에 강도는 아닌 모양이었다. 하지만 경찰이 아무리 면밀하게 수사를 해도 피해자가 다른 사람들로부터 원한을 샀다는 증거는 떠오르지 않는다. 남자는 왜 살해당했을까?

이럭저럭 하는 사이에 이번에는 요코하마에 있는 야마시타 공원에서 젊은 여성이 칼에 찔려 죽은 시체로 발견된다. 피해자는 아직 열여덟 살. 시내에 있는 은행에 취직한 지 얼마 되지 않은 여성 직장인이었다. 역시 강도는 아닌 걸로 보이며, 원한에 의한 범행으로도 여길 수 없는 사건이다. 두 가지 살인사건은 관할 경찰서가 달라 서로의 연관성을 발견하지 못한 채 양쪽 경찰서의 수사는 제각각 답보 상태에 빠지는데, 여기서 챕터가 바뀌며 두 사건을 저지른 '범인'으로 보이는 인물의 고백이 시작된다—.

이 고백 부분에서 아다치 가즈오가 솜씨를 발휘해 특유의 끈끈한 문장을 구사하며 살인의 미학이니 신의 의지니 하는 이야기를 하는데, 이와 씨에게는 도무지 느낌이 오지 않았다. 하지만 이런 쪽 소설을 즐겨 읽는 이와 씨의 하나뿐인 불효막심한 손자, 미노루는 『쓸쓸한 사냥꾼』을 읽은 뒤 이렇게 말했다.

"이건 요즘 이야기하는 사이코 킬러야."

"사이코 킬러라는 게 뭐냐?"

"아무런 동기도 없이 사람을 죽이는 거라고 하면 될까?"

"동기도 없이?"

미노루는 이와 씨를 위해 허공에 글씨를 써 보여 주었다.

"우발적인 범행을 말하는 거니?"

"응, 뭐 그런 것도 포함되려나……?"

"확실하게 이야기해. 뭐야? 모리시타초에서 일어난 그런 소란스러운 사건 말이냐?"

"사키 류조[1937~ 소설가, 논픽션 작가] 씨가 쓴 『후카가와 살인마 사건』[1981년에 도쿄에서 일어난 사건을 다룬 다큐멘터리 소설. 텔레비전 드라마로 만들어지기도 했다]에 나오는 그 사건? 글쎄, 그건 각성제 때문이잖아. 그런 건 아니야. 그것도 끔찍한 사건이기는 했지만."

"이 할아비는 무슨 소린지 잘 모르겠구나."

그러자 미노루는 뻐기는 표정으로 이렇게 말했다. "할아버지 세대가 이해하기 힘들어. 할아버지처럼 나이가 든 분들이 열심히 일하던 시절에는 절대 일어나지 않을 타입의 범죄지. 아무런 동기도 없이 저지르는 살인사건이란 건."

이와 씨는 발끈했다. "나는 지금도 열심히 일하고 있어."

"그게 불행이지. 시대의 불행을 현역으로서 봐야만 하는걸."

이와 씨는 야구모자를 뒤로 돌려 쓴 미노루의 머리를 한 대 후려쳤다.

그런저런 일들을 머릿속에 멍하니 떠올리면서, 이와 씨는 아키코의 얼굴을 바라보았다.

"아버님이 쓰신 이 책에, 뭔가 이상한 점이라도?"

대답하기 전에 아키코는 깊은 한숨을 내쉬었다. 내쉰 숨에 섞인 커피향이 이와 씨 코끝에 느껴졌다.

"장서를 정리하기 시작했을 때, 그 문제가 잡지에서 다뤄졌다는 말씀은 드렸죠?"

이와 씨는 고개를 끄덕였다. 환상의 본격 추리소설 작가 아다치 가즈오의 장서를 팔려고 한다는 작은 기사가 어느 주간지 지면 한구석에 실린 일이 있다.

"그게 계기가 되어 한때 아버지 작품을 읽는 사람들이 제법 생겼던 모양이에요. 집에도 문의 편지 같은 게 오곤 했죠."

"잘 알죠."

아다치 가즈오의 작품은 십이 년 전에도 별로 많이 팔리지 않았다. 지금은 구하려 해도 쉽지가 않다. 일시적이기는 했지만 그 기사가 나왔을 무렵, 이와 씨는 시장에서 만난 동업자들을 통해 아다치 가즈오의 소설을 찾고 있다거나, 손님이 주문을 했다거나 하는 이야기를 듣기도 했다.

"이 사람도 그런 독자 가운데 한 명이라고 생각해요."

그러면서 아키코는 무릎 위에 놓인『쓸쓸한 사냥꾼』을 펼쳐 사이에 끼워 두었던 엽서를 한 장 꺼냈다.

"한번 읽어 주세요."

실례하겠다고 하고, 이와 씨는 그걸 받아들었다. 겉에는 정확하게 아다치 아키코의 집 주소와 '아다치 가즈오 귀하'라는 수신인 이름이 또박또박 적혀 있었다. 정성들여 쓰기는 했지만 전체적으로는 정돈되지 않은 악필이었다. 볼펜으로 적은 글씨 같았다. 소인은 4월 30일. 교바시 우체국.

뒷면을 보고 이와 씨는 약간 놀랐다. 깨알 같이 작은 글씨가 가로쓰기로 빽빽하게 적혀 있었기 때문이다.

"돋보기가 필요하겠군요."

"어머니도 그러셨죠."

셔츠 가슴 주머니에서 안경을 꺼내 코끝에 걸치고, 이와 씨는 엽서를 들여다보았다. 무척 읽기 힘든 글씨로 이렇게 적혀 있었다.

안녕하십니까.

불쑥 이런 엽서를 드려 죄송합니다. 저는 아다치 가즈오 씨의 소설에 심취하여 그분의 작품 세계를 신봉해 마지않는 팬 가운데 한 사람입니다. 그래서 유족 분들께 이런 엽서를 쓰게 되었습니다.

아다치 씨는 천재라고 생각합니다. 저는 그분의『쓸쓸한 사냥꾼』을 읽고 그런 확신이 들었습니다. 여러 훌륭한 작품들 가운데서도 단연 돋보이는 세기의 걸작이라고 생각합니다. 이 작품이 완성되지 못했다는 사실은 실로 안타까운 일입니다.

하지만 저는 이 작품의 결말 부분까지 추측해서 아다치 씨를 대신해 창작할 수가 있다고 유족 분들께 말씀드리고 싶습니다. 그 어려운 일을 해낼 수 있는 사람은 저 이외에는 없습니다. 오늘은 인사만 드리기로 하고 이만 펜을 놓겠습니다. 또 소식 드리겠습니다.

다 읽고 나서 이와 씨는 두 눈썹을 치켜들었다. 상당히 우스운 표정이었는지 카운터 안쪽에서 사이펀의 불을 조절하고 있던 '아스나로' 주인이 의아하다는 얼굴을 했다.

"이게 무슨 소리죠?"

"우습죠?" 아키코가 말했다. 하지만 말투는 전혀 재미있지 않다는 식으로 들렸다. 오히려 불안해하는 느낌이다.

"나머지 부분을 쓰기라도 하겠다는 거로군요, 이 내용에 따르면."

"저나 어머니도 그렇게 생각합니다."

"그래서. 그 뒷부분 원고를 보내 왔습니까?"

"다음에 온 것은 이거예요."

두 번째 엽서의 소인은 5월 6일. 이번에는 신주쿠 우체국이다.

안녕하십니까.

지난번에 엽서를 보낸 사람입니다. 기쁜 소식입니다. 저는 『쓸쓸한 사냥꾼』의 전체 내용을 추리하여 뒷부분 창작을 마쳤습니다. 실은 지난번 엽서를 드릴 때도 이미 자신 있게 말씀드릴 수 있는 상태였지만 다시 말씀드립니다.

『쓸쓸한 사냥꾼』은 걸작입니다. 그만한 가치가 있는 작품이기에 될 수 있으면 센세이셔널하게 소개되어야 한다고 생각합니다. 그래야만 저도 보람이 있을 것입니다. 그래서 저는 『쓸쓸한 사냥꾼』의 플롯을 현실 세계로 옮겨와 살리기로 했습니다. 그 걸작 안에서 일어난 살인사건이 실제로 일어나고, 나중에는 그 수수께끼가 풀리는 겁니다.

다름 아닌 제 손에 의해.

다시 소식을 전해드릴 생각이지만 신문 사회면을 신경 써서 봐 주시기 바랍니다.

이와 씨는 이번에야말로 안경이 코에서 떨어질 뻔할 정도로 눈이 휘둥그레졌다. '아스나로'의 주인이 말했다.

"이와 씨, 왜 그러세요?"

"아니, 아무것도 아닐세."

건성으로 그렇게 대답하고 식은 커피를 한 모금 마신 뒤, 이와 씨는 아키코를 바라보았다.

"이런 터무니없는 녀석이. 제정신일까요?"

아키코는 말없이 『쓸쓸한 사냥꾼』 안에서 신문 오린 것을 꺼냈다.

"오늘 아침에 받은 조간신문이에요. 뉴스에도 나왔지만요."

그걸 받아든 이와 씨는 그 기사의 제목을 보았다.

'하치오지 시에서 젊은 남성이 칼에 찔려 사망'

살해된 사람은 스물여섯 살 난 남자로 지방공무원이었다.

2

"그래, 제가 뭘 하면 될까요?"

이와 씨가 사는 연립주택의 깔끔하게 정돈된 사랑방에 앉아 반쯤 남은 맥주병을 들고 가바노 도시아키가 그렇게 물었다.

가바노 도시아키—가바 씨라는 별명으로 불리는 그는 서른세 살, 경시청 수사1과에 근무하는 현역 민완형사다. 이와 씨에게는 세상을 떠난 친구의 외아들이며 다나베 서점의 실제 주인이지만, 그 질문은 물론 형사 입장에서 한 것이었다. 이와 씨는 늘 바쁜 도시아키와 겨우 연락이 닿아 서점 문을 닫은 깊은 밤 이 시각에 집으로 와 달라고 부탁했던 것이다. 그리고 아다치 아키코가 들려준, 거의 미친 녀석의 짓 같은 그 이야기를 자세하게 해 주었다.

이와 씨는 꺼 놓은 텔레비전 받침대에 기대듯 앉아 있었다. 늦은 밤에는 텔레비전을 보지 않고, 낮에는 거의 서점에 있기 때문에 이와 씨의 이 텔레비전은 늘 이런 용도로밖에 사용되지 않는다.

"그건 내가 묻고 싶은 이야기일세."

도시아키는 고개를 기울여 맥주병 옆에 놓아둔 신문 조각을 바라보았다.

"단순한 우연이 아닐까요?"

"그렇다면 다행이지만. 그 따님도 그렇게 이야기했네. 잘못 생각한 거라면 좋겠다고. 나도 그리 생각하네."

"도대체 믿어지지 않는 이야기군요. 그런 정도의 동기로 살인을 저지른다는 게." 도시아키는 땅콩 안주를 손가락으로 만지작거리며 말했다. "이 소설 속에서는 몇 사람이 죽습니까?"

"내용에 따르면 다섯 명이지."

첫 번째는 젊은 남성, 공무원. 도쿄 교외의 신흥 주택가인 H시.

두 번째는 젊은 여성, 직장인. 요코하마 시 야마시타 공원.

세 번째는 중년 주부. 도쿄도 A구.

네 번째는 독신 노인. 도쿄도 K구.

그리고 다섯 번째가 열네 살짜리 여중생. 도쿄도의 M시에서 살해당한다.

"그게 전부 실행된다면 분명 끔찍한 이야기로군요." 도시아키는 신음을 하면서 땅콩을 입안에 던져 넣었다.

"전대미문의 사건 아닌가?"

"그런 정도는 아니지만 동일범에 의한 연쇄살인사건이고, 게다가 동기도 확실하지 않으니 골치 아픈 소동이 될 게 뻔하죠. 그 피해자들은 모두 같은 흉기, 같은 수법에 당하게 되나요?"

"똑같아." 이와 씨는 대답하며 침울하게 웃었다. "그것도 같은 광기에 당했네."

묘한 표정을 짓고 있는 도시아키에게 허공에 글자를 써 가며 가르쳐 주었다.광기狂氣와 흉기凶器의 일본 발음이 같기 때문.

"말장난을 설명하기는 우습군."

도시아키는 뒤통수를 긁적거렸다. "본인에게만은 동기가 있는 미치광이의 살인인가요?"

"그런 이야기가 되는 건가?"

"사이코 킬러로군요."

"미노루도 그런 소리를 하더군.『쓸쓸한 사냥꾼』을 읽고 말이야."

"그렇다면—그 소설을 읽은 사람이 모방 살인을 하려 한다는 이야기가 되는데……."

도시아키는 팔짱을 끼었다. 화창한 날에 연일 탐문수사를 나가는지 햇볕에 많이 그을었다. 손목시계 아래가 유난히 희게 보인다. 이와 씨는, 요즘 서점에만 있어 하얗고 앙상해진 자기 팔을 바라보다가 문득 딱하다는 생각을 했다.

"어쨌든 지금 단계에서는 움직일 방법이 없군요. 하치오지에서 일어난 사건이니 제가 나설 수도 없고, 일단 그쪽 담당자에게 이야기는 해 보겠지만 보나마나 웃어넘기지 않을까요?"

"나도 웃어넘길 수 있는 일이었으면 좋겠어."

한숨과 함께 맥주를 들이켜고 내친김에 트림을 한 이와 씨에게 도시아키가 부드러운 표정을 지으며 물었다. "그런데 그 뒤에 미노루는 어떻게 지냅니까? 걱정이 되는군요. 오늘도 아저씨가 부르셨을 때 그 문제 때문이 아닌가 생각했어요."

이와 씨는 얼굴을 찌푸리며 맥주병을 노려보았다. 사실은 미노루의 얼굴을 노려보고 싶지만 손자는 요즘 서점에 들르지 않는다.

"그 녀석이 어떻게 지내는지 나도 전혀 모르네."

힘없이 말하고 이와 씨는 맥주를 더 따르려 했다. 도시아키가 팔을 뻗어 이와 씨의 손에서 병을 빼앗아 들고 잔을 채워 주었다.

"보름 가까이 얼굴을 보지 못했고 전화도 없어. 어떻게 지내는지 전혀 몰라."

"아직 그 여자와 만나는 걸까요?"

도시아키가 머뭇머뭇 물었지만 이와 씨는 말없이 고개만 저었다.

이와 씨의 열일곱 살 난 손자 미노루는 몇 달 전부터 어떤 여자와 '연애'를 하게 되었다. 상대방은 미노루보다 열 살이나 많고, 아무래도 술집에서 일하는 듯했다.

이와 씨는 직업에 편견을 가지고 있지 않다. 하물며 그런 이유로 다른 사람의 연애에 트집을 잡을 생각도 없다. 사람이 누군가를 좋아하고 반하는 일이야 언제든 있을 수 있는 일이다. 본인끼리 서로 마음만 통하면 그만이다. 이와 씨는 그렇게 생각해 왔다.

하지만 손자 문제라면 얘기가 다르다. 그래서 고민하는 것이다.

너무 깊이 사귀지 말라고 미노루에게 몇 차례나 충고했다. 네 나이에는 연애와 연애놀이와 호르몬 분비의 구별을 제대로 하지 못할 때라고. 하지만 흥분한 미노루는 말을 듣지 않았다. 이 문제로 미노루는 부모—이와 씨의 아들과 며느리—와도 다투고 있는 모양이다. 미노루가 밤에 데이트를 위해 집을 비우고 나가기 때문이다.

"발정이 난 고양이도 아니고." 며느리가 이렇게 화를 냈다고 이와 씨에게 보고했다. 미노루는 대꾸도 하지 않고 그냥 경멸하는 듯한 시선을 던졌을 뿐이었다고 한다.

"어머니란 보잘 것 없는 존재네요, 아버님."

한탄하는 며느리에게 이와 씨는 이렇게 말했다. "네 남편을 키울 때 내 마누라도 그런 소리를 자주 했단다."

그런 의미에서는 세상이란 돌고 도는 법이다. 언젠가는 이런 때가 온다. 자식은 부모 품을 떠난다. 좋은 의미에서는 홀로서기. 나쁜 의미에서는 발정이 나서.

다나베 서점 앞에는 미노루가 전에 신년 휘호로 쓴「장서 5만 권」이란 액자가 걸려 있다. 그때만 해도 좋았다는 생각에 어울리지 않게 풀이 죽어, 이와 씨는 매일 멍하니 계산대에 홀로 앉아 있었다.

"그냥 지켜보고 있을 수밖에 없죠." 도시아키가 위로하는 표정을 지으며 말했다. "그 나이 또래 사내애들의 통과의례 같은 겁니다. 열병이죠."

알고 있다. 그건 안다. 하지만—.

"열병에 걸려 후유증 때문에 이상해지는 경우도 있지."

이와 씨가 중얼거리자 도시아키가 웃었다. "걱정을 미리 당겨서 할 필요는 없어요, 아저씨. 늘 그렇게 말씀하셨잖아요. 걱정은 당장 해야 할 것만 해도 충분하다. 앞당겨서 할 필요는 없다고요."

"내가 그런 이야기를 했었나?"

이와 씨는 술기운이 퍼지는 것을 느끼며 멍하니 웃었다. 맥주는 맹물이나 마찬가지라고 생각했던 게 몇 살 때쯤이었을까?

나도 나이가 들었군. 왠지 눈초리가 시큰해졌다. 쓸쓸하다는 생각이 드니 더 시큰거렸다.

미노루가 떠나간다.

3

그 뒤로도 한동안 이와 씨는『쓸쓸한 사냥꾼』을 둘러싼 기분 나쁜 일을 잊고 지냈다.

아키코한테는 잘 아는 형사에게 이야기해 두었으니 너무 걱정하지 말라고 했다. 아키코도 이와 씨에게 친한 형사가 있다는 사실을 알고 일부러 찾아간 것이어서, 그런 의미라면 목적을 이루었기 때문에 무척 마음이 놓인다는 표정을 지었다.

그리고 십이 년 전에 쓴, 미완의 추리소설을 둘러싼 일보다 이와 씨에게는 지금 현실의 삶 속에서 일어나는 문제가 더 절실했던 것이다. 그것은 역시 미노루 문제다.

아키코가 찾아온 지 일주일쯤 지난 뒤였다. 마찬가지로 평일 낮, 졸음이 올 정도로 한가로운 다나베 서점 안에서—실제로 아르바이트 학생 가운데 한 명은 창고에 앉아 자고 있었다—아키코와 마찬가지로 호리호리한 그림자가 멍하니 계산대에 앉아 있던 이와 씨 앞에 나타났다.

"어라—."

고개를 든 이와 씨는 뜻밖의 방문객을 보고 잠시 말을 잇지 못했다.

"불쑥 찾아와 죄송해요, 아버님."

미노루의 어머니, 아들의 아내였다. 며느리가 이 서점에 혼자 찾아온 적은 한 번도 없었다.

"어찌된 일이냐? 너도 일할 시간일 텐데." 그렇게 물으며 이와 씨는 바로 말을 이었다. "미노루 문제냐?"

"맞아요."

며느리를 데리고 '아스나로'로 가서 오늘도 역시 사이펀 앞에서 만족스러운 표정으로 컵을 닦고 있는 주인에게 소개를 하고 구석 자리에 앉았다.

"뭔가 진전이 있었니?"

설마 미노루 녀석이 그 여자와 동거를 한다거나 하면서 집을 나간 건 아닐 테지—불길한 예감을 느끼며 묻자 며느리는 웃으며 고개를 저었다.

"진전이고 뭐고 그 애는 여전히 속도를 올리고 있어요. 제 자식만 아니라면 그냥 멋대로 해 보라고 포기하고 싶은 심정이에요."

며느리는 자신의 분야에서 그 실력을 인정받고 있는데다 교육도 받을 만큼 받은 여성이지만, 이와 씨와 아들의 영향 때문인지 상당히 거친 말투를 사용할 때가 종종 있다.

"걱정이구나."

물수건으로 손을 닦으며 이와 씨가 신음을 하자 며느리는 화를 내듯 입을 삐죽 내밀고 말했다.

"열일곱 살짜리 애인걸요. 아무리 어른인 척해도 실제로는 아직 어린애예요. 그런 애를 가지고 놀다니…… 너무 화가 나서 탐정 사무소에 부탁했어요. 상대방 여자가 어떤 사람인지 알아봐 달라고."

이와 씨는 깜짝 놀랐다. 이 며느리는 이따금 간담을 서늘하게 만들 때가 있지만, 몇 번을 당해도 익숙해지지 않았다. 아마 며느리의 외모가—그야 스무 살 아가씨 같다고는 할 수 없지만—얌전하고 아름다워 얼핏 보기에는 영화배우라고 해도 될 정도의 수준이기 때문인지도 모른다.

"그거 대단한 결심을 했구나."

며느리는 흥, 하고 코웃음을 쳤다. "저도 무척 망설였지만 회사

일로 좋은 탐정 사무소를 아는 사람이 있어서 소개받았어요. 이상한 탐정 사무소는 아니에요. 거래처 자산조사 같은 걸 전문으로 하는 곳이기 때문에."

이와 씨는 고개를 끄덕였지만, 뒤집어 이야기하면 그런 탄탄한 탐정 사무소에서 야쿠자들이나 할 만한 신상 조사 같은 일을 해낼 수 있을까 하는 걱정이 되기도 했다.

"금방 조사해 주었어요. 미노루가 만나는 여자에 대해서." 이와 씨의 걱정은 아랑곳하지 않고 며느리는 씩씩하게 말을 이었다. "다 알아냈어요. 샅샅이. 그 사람 사실은 시내에 있는 '파블로'라는 극단의 연습생이었어요. 밤에만 간나이(요코하마 시에 있는 지역 명칭)에 있는 작은 클럽에서 아르바이트를 하고 있대요. 사는 아파트가 우리 집 근처에 있고요. 미노루하고는 편의점에서 알게 된 모양이에요."

미노루와 그 여자가 어떻게 처음 만났는지는 이와 씨도 알고 있었다.

"그 극단은 어떤 연극을 하는 데냐?"

"일단은 브레히트의 연극 같은 걸 하는 모양이에요."

일단은, 이라는 부분에 며느리의 본심—어차피 멋대로 해석해 적당히 하는 엉터리 연극이 틀림없다는 생각—이 드러났다. 이와 씨는 그런 느낌을 감지했지만, 안타깝게도 브레히트라는 사람이 어떤 연극 대본을 쓴 사람인지 전혀 모르기 때문에 더 이상 묻지 않기로 했다.

"그럼 뭐 약간 마음을 놓아도 괜찮겠구나."

"햇병아리 여배우라서요?" 며느리가 덤벼들 듯이 물었다. 바로 그때 주인이 커피를 가져왔지만, 며느리의 무서운 표정을 보더니 말도 걸지 못하고 얼른 되돌아갔다.

"상대방의 직업이 뭐든 제겐 아무 상관없어요." 커피 컵을 들며 화가 난 듯이 새끼손가락을 꼿꼿하게 세우고 며느리가 말을 이었다. "그보다는 어떤 사람인지를 알고 싶었던 거니까요. 그 사람을 만나서 미노루와 관계를 끊으라고 직접 결판을 낼 작정으로."

이와 씨의 눈이 휘둥그레졌다. "그래, 만나기로 했느냐?"

"약속했어요."

"언제?"

"내일 오후 세 시에 간나이 역 앞에 있는 '리베라'라는 커피숍에서요. 어디서 무얼 하는지 알고 있으니 피하지는 못하겠죠. 나오겠다고 했어요. 물론 미노루에게 비밀로 하고."

이와 씨는 며느리의 얼굴을 물끄러미 바라보았다.

여기까지 찾아올 때도 투쟁적인 기분이었는지 립스틱을 약간 잘못 그렸지만, 화가 난 어머니치고는 상당히 차분한 얼굴이었다.

"그렇게 하는 게 과연 좋을지 나쁠지 나는 바로 판단을 내릴 수가 없구나."

"그렇다고 손 놓고 있을 수는 없어요, 아버님."

"그야 그럴지도 모르지만."

이와 씨도 상대 여성의 정체를 알고 싶어 안절부절못했었다. 하지만 무슨 행동을 하지 못했던 것은 역시 '부모'가 아니기 때문일 거라는 사실을 처음부터 깨닫고 있었다. 체면이고 뭐고 계산하지 않고 화만 낼 수도 없었고, 상대 여성을 만나 담판을 지을 수도 없었다.

모두 다 미노루에 대한 염려 때문이었다.

할아비로서는 손자의 인생을 좌우할지도 모를 행동을 함부로 할 수가 없었던 것이다.

잠시 컵을 손에 들고 멍하니 있다가 며느리가 자신을 물끄러미 바라보고 있다는 사실을 깨닫고 고개를 들었다.

"어쨌거나 너도 마음이 편치만은 않았겠구나. 쉽지 않은 결심을 했으니. 아니, 아닌가? 힘든 건 지금부터이려냐?"

"그렇죠."

며느리는 탁자 위에 손을 얹고 이와 씨 쪽으로 얼굴을 디밀었다. 이와 씨는 반사적으로 몸을 뒤로 물렸다.

"아버님, 내일 세 시에 저 대신 그 사람을 만나러 가 주실 수 없겠어요?"

이와 씨가 조금만 젊었다면 '우에엑' 하는 경박한 감탄사를 토해 냈으리라. 하지만 실제로는 아무 소리도 내지 못했다. 연금을 받는 나이가 된 사람이 쉽게 '우에엑' 소리를 내서는 안 되는 것이다.

"그런데 어째서 내가?"

"저는 안 되겠어요." 며느리는 부엌칼로 푸성귀를 싹둑 썰듯이 단정적으로 말했다. "그 여자와 전화 통화는 했지만, 제가 미노루 엄마라서 그런지 기본적으로 반항적이에요. 만나러 나가기는 하겠지만 드릴 말씀이 없습니다, 라고 하더군요. 이야기하다가 화가 나면 그냥 두지 못할 것 같아요."

며느리가 화를 내는 것은 이해가 가지만, 이와 씨는 머릿속으로 장차 미노루가 자기 아내와 어머니 사이에 끼어 고생할 것 같다는 생각이 들었다.

이런, 지금은 그런 나중 일을 걱정할 때가 아니다. 이와 씨로서는 쏟아져 내리는 불똥을 어떻게 하느냐가 우선 해결해야 할 문제였다. 물론 미노루를 위해서라면 아무리 힘들어도 상관없지만 이번 경우는 할아비의 입장에서 나서기에는 문제가 너무 미묘하다.

"이러니저러니 해도 네가 가는 게 나을 것 같구나. 만나자고 한 것도 너고, 미노루 어미도 너지. 나는 미노루의 할아비니까 말이야."

"미노루를 누구보다 귀여워해 주셨잖아요? 아버님에겐 그 여자에게 얼마든지 이야기할 권리가 있죠."

"그렇지만 말이다……."

"부탁드릴게요, 아버님." 며느리는 고개를 숙였다. 그런 모습을 본 적은 거의 없었다. "제발요. 아버님밖에 믿을 사람이 없어요. 이런 경우에는 아버지나 어머니가 나서 봐야 별로 효과가 없을 것 같아요. 할아버지인 아버님이 나서야 저쪽에서도 함부로 하지 못할 거 아니겠어요? 미노루를 위해 관계를 끊어다오, 귀여운 손자를 위해 부탁하는 것이라고 하면 아무리 끈질긴 여자라도 느끼는 게 있겠죠."

어찌되었든 며느리는 가장 어려운 마지막 부분을 이와 씨에게 맡기려는 것이다.

그리고 이와 씨는 며느리에게 이렇게 걸려든 이상 결국은 시키는 대로 하게 되리라는 사실을 오랜 경험을 통해 잘 알고 있었다.

"그래, 알았다. 만나볼 수밖에 없겠구나, 그 아가씨를."

미노루의 연애 상대는 무로타 도시미, 스물일곱 살. 며느리한테 받은 상대방에 대한 신상조사서를 안주머니에 넣고 약속 시간 십 분 전에 간나이 역 앞에 있는 '리베라'라는 커피숍에 들어섰다.

며느리는 그 아가씨에게 자기는 '리베라'에 하나밖에 없는 공중전화 박스 옆 테이블에 앉아 있기로 했다고 한다. 며느리가 자주 이용하는 커피숍이며, 거기가 남들 눈에 띄지 않고 천천히 이야기할 수 있는 위치라서 그리 정했다고 한다.

"어긋날 일이 없을 정도로 찾기 쉬운 자리예요."

그렇게 이야기했지만 무로타 도시미 쪽에서는 미노루의 어머니가 앉아 있을 자리에 영감이 혼자 우두커니 앉아 있으면 분명히 놀랄 것이다.

그리고 실제로 커피숍에 들어온 그 아가씨는 무척 놀란 표정을 지었다. 이와 씨를 보고, 주위를 둘러보고, 공중전화 박스를 보고, 다시 이와 씨의 얼굴을 보았다.

"무로타 도시미 씨인가요?"

엉거주춤한 자세로 이와 씨가 물었다.

"예…… 그렇습니다만."

밝은 색으로 물들인 머리카락에 몸매가 고스란히 드러나는 원피스. 어깨에 대충 걸친 백은 정성들여 짠 고블랭직Gobelin 천으로 만든 것이었다. 상당히 값이 나갈 게 틀림없다.

남들이 이 아가씨를 어떤 여성이냐고 묻는다면 '세련된 아가씨다'라고 대답해야 하리라. '상당한 미인이다'라고도.

하지만 아쉽게도 그 이상도 이하도 아니었다. 여배우라는 직업으로는 별로 가능성이 없는 게 아닐까 하는 생각이 얼른 들었다. 왠지 빛이 없었다. 반짝이는 면이 보이지 않았던 것이다.

잔인한 이야기지만, 그 정도는 얼마간 나이를 먹어 나름대로 볼 줄 아는 눈이 생긴 사람이라면 바로 알 수 있다. 그래서 그런 직감은 어긋나는 경우가 거의 없다. 이와 씨가 보기에 무로타 도시미라는 아가씨에게는 여배우로서의 장래성이 없어 보였다.

"놀라게 해서 미안합니다. 난 미노루 할아비 되는 사람입니다. 오늘 여기 나오기로 되어 있던 그 녀석 어미는 내 며느리죠."

무로타 도시미는 눈을 크게 뜨고 위아래로 이와 씨를 살폈다. 시선이 두 차례 왕복하더니 그제야 납득한 모양이다.

"앉아도 될까요?"라고 했다.

"물론이죠. 앉으세요."

이와 씨도 자기 자리에 앉았다. 그리고 '앉아도 될까요?'라고 묻는 도시미에게 약간 안도했다.

"며느리가 부탁을 해서요." 솔직하게 밝히는 게 낫겠다 싶어 이와 씨는 그렇게 말문을 열었다. "아가씨를 만나 이야기를 해 봐 달라고 했습니다. 어머니인 자신이 나가면 의견 충돌이 있을 거라면서요."

"의견 충돌······?"

도시미는 거기까지만 말하고 입을 다물었다. 고개를 약간 숙이고 몸을 살짝 틀어 바깥쪽을 향한 채 앉아 이와 씨와는 눈도 마주치려 하지 않았다.

도시미가 주문한 아이스 오레가 키가 큰 잔에 담겨 나왔다. 웨이트리스가 그걸 테이블에 놓고 가자 도시미는 살짝 입가를 떨듯 웃으며 이렇게 말했다.

"이런 잔은 잘 사용하지 못합니다. 금방 쓰러질 것 같아서요."

"나도 그렇게 생각해요. 그래서 이런 데 오면 조마조마합니다."

이와 씨도 동의했는데, 도시미는 마치 못할 말이라도 한 듯이 얼른 입을 가렸다. 그리고 백 안을 뒤지기 시작했다.

"저어…… 담배를 피워도 괜찮겠습니까?"

"그래요. 나도 피우니까."

도시미는 백에서 가느다란 박하담배를 꺼내 자기 가운뎃손가락 정도밖에 안 되는 라이터로 불을 붙였다. 이와 씨는 그 손가락이 떨리는 것을 보았다.

분명히 이럴 때는 담배를 피우고 싶어진다. 이와 씨가 마일드세븐에 불을 붙이고 천천히 피우고 있자, 도시미가 또 그 신경질적인 웃음을 지으며 빠른 말투로 입을 열었다. "긴장했습니다. 하지만 왠지…… 어째야 좋을지. 미노루 씨의 할아버님께서 나오시리라고는 전혀 짐작도 하지 못했으니까요."

미노루 씨, 라고? 이와 씨는 그 호칭을 되뇌었다. 그 녀석도 여자에게 그렇게 불릴 나이가 된 것이다.

"사실은 나도 난처하군요." 이와 씨는 부드럽게 말했다. "손자의 여자친구를 만나달라는 이야기를 듣고 나왔지만, 할아비로서 무슨 이야기를 해야 좋을지도 모르겠네요. 우리 며느리는 인텔리라서. 인텔리들은 늘 힘든 현장일은 남에게 맡기죠."

그제야 비로소 도시미는 고개를 들고 이와 씨의 눈을 보며 웃었다. "그렇다면 난처한 사람들끼리 이야기를 나누게 된 건가요?"

"그런 셈이로군요."

이 아가씨가 마음에 들었다고는 할 수 없다. 하지만 만나지 않는 편이 나았을 것이라는 생각도 들지 않았다. 그리고 만나기는 했지만 무슨 이야기를 어떻게 이야기해야 좋을지 머뭇거리는 이와 씨였다.

도시미는 익숙한 손놀림으로 담배를 비벼 끄더니 아이스 오레 잔을 옆으로 밀고 입술을 얼른 핥은 다음 말문을 열었다.

"저와 미노루 씨의 교제를 가족분들께서 반대하는 것은 당연하다고 생각합니다."

이와 씨는 가만히 있었다.

"당연한 일이죠." 도시미가 그렇게 말하고 힐끔 이와 씨를 보았다. 자기 쪽에서 먼저 발포했는데도 상대방 전선에 아무 반응이 없는 것을 의아해하고 있는 보초의 눈빛이었다.

도시미는 또 한 발을 쏘았다. "저는 진지하게 미노루 씨와 사귀고 있습니다. 그러니 반대하셔도 헤어질 생각은 없습니다."

이때 도시미의 맞은편에 앉아 있는 사람이 며느리였다면 틀림없이 무서운 총격전이 시작되었으리라. 그리고 양쪽 다 그것도 필요한 일이 아니었을까 하는 생각을 했다.

나이 든 사람이 나서면 무슨 일이건 대충 수습한다. 그런 방식은 역시 안 좋은 게 아닐까? 감기에 걸리자마자 해열제를 먹어 눌러 놓았다가 오래도록 완쾌되지 않아 고생하는 일이 있다. 그런 경우와 마찬가지다. 어차피 오른 열은 열이 나게 두는 편이 낫다. 세상사란 모두 일정한 수위를 넘어선 뒤가 아니면 수습할 수 없는 법이니까.

하지만 이와 씨 입장에서는 며느리처럼 어머니로서의 긍지를 가지고 화를 퍼붓고, 상대로 하여금 화를 내게 만들어 그 수위를 넘어서게 할 수는 도저히 없을 것 같았다.

"나도 헤어져 달라는 이야기를 하러 나온 건 아니에요."

이와 씨가 천천히 말하자, 테이블 위에 얹었던 도시미의 손이 움찔 떨렸다.

"헤어지라고 해 봐야 불가능한 일은 불가능한 거죠. 두 사람 사이의 문제니 두 사람이 결론을 낼 수밖에 없을 겁니다. 그리고 말이에요, 아가씨. 나는 미노루의 할아비지 부모가 아니에요. 그러니 그 녀석 인생에 참견을 할 수는 없어요. 그 녀석이 곤경에 처해 도움을 청한다면 내가 무슨 짓이라도 해야겠지만."

도시미는 고개를 들어 이와 씨의 얼굴을 빤히 바라보았다. 마치 얼굴에 드러난 무언가를 읽어내려는 듯이. 혹시 주름이 몇 개인지 헤아리고 있는 게 아닐까 싶을 정도로 열심히 바라보았다.

"나는 말이에요, 오늘은 그냥 우리 가족이 미노루 문제로 걱정하고 있다는 사실만 아가씨에게 알리러 나온 겁니다. 그 녀석이 어른이라면 우리가 만날 일도 없었겠죠. 속으로야 걱정할지 모르지만 아가씨를 직접 만나 어떻게 하겠다는 식은 아니었을 거예요. 내가 굳이 이런 이야기를 하러 나온 것은 그 녀석이 아직 아이여서입니다."

"미노루 씨는 나이보다 훨씬 어른스러워요."

도시미가 중얼거렸다.

이와 씨가 바로 말을 받았다 "하지만 애라는 사실에는 변함이 없어요. 아가씨도 내 나이가 되면 아마 싫어도 이해하게 될 거라고 생각하지만, 사람이란 어쨌든 진짜 자기 나이보다 애가 되거나 어른이 되거나 할 수는 없게 되어 있어요. 나이를 먹으면 그만큼 늙는 겁니다. 어리면 아무리 까치발을 세워 키를 크게 보이려 해도 어린 상태인 거죠."

도시미는 또 담배를 꺼냈지만 한 개비를 뽑아 손가락 끝에 끼운 채로 불을 붙이려 하지 않았다. 다시 그 담배 끝이 떨리기 시작했다.

"미노루 씨는 순수한 사람입니다." 작은 목소리로 그렇게 말했다. 그리고 목소리를 높여 재차 강조했다. "순수합니다. 저는 그런 순수한 남자애는 처음 만났습니다."

"그건 말이에요, 아가씨가 방금 이야기하는 것처럼 그 녀석이 아직 남자애이기 때문이죠. 몸은 성인일지도 모르지만."

"순수하게, 저를 좋아한다고 말해 주었어요." 도시미는 항의라도 하듯이 목소리를 높였다. "불순한 동기로 사귀는 건 아니에요."

"누구도 불순하다고 하지 않아요." 이와 씨는 조심스럽게 천천히 말했다. "하지만 아가씨는 미노루와 달리 순수하다면 뭐든 옳고 불순하면 뭐든 안 된다고 생각하는 어린애는 아니잖아요? 우리가 걱정하고 있는 것도 그런 부분이에요."

도시미는 눈을 감았다. 손가락 사이에 낀 담배가 구부러져 있었다.

"결국 헤어지라는 말씀이신가요?"

"잘 생각해 보라고 부탁하고 있는 겁니다."

"저는……." 도시미는 말끝을 흐리며 눈을 떴다가 다시 눈을 꾹 감고 나서 결심한 듯이 고개를 들어 이와 씨를 바라보았다. "저는 지금까지 미노루 씨만큼 저를 좋아해 준 사람을 만난 적이 없습니다. 지금까지 그렇게 기쁜 일은 한 번도 없었죠. 그래서 제게는 너무 소중합니다."

이와 씨는 물끄러미 도시미를 바라보았다. 그 안에 겁먹은 어린애 같은 존재가 숨어 있는 걸 발견한 기분이 들었다.

하지만 그것은 어디까지나 '어린애 같은 존재'다. 사실은 어린애가 아니다.

"분명히 그렇겠죠." 이와 씨가 말했다. "미노루는 아가씨에게 그만한 의미가 있는 남자일 겁니다. 한데 말이죠, 아가씨는 어른이에요. 어른이 애를 도피처로 삼으면 안 되요."

"도피처……?"

도시미가 되묻듯이 중얼거렸다. 이와 씨는 대답하지 않았다. 답은 도시미 스스로 찾아야 한다.

"내가 할 이야기는 그뿐이에요. 이만 일어서겠습니다."

이와 씨는 자리에서 일어섰다. 계산서를 집어 들고 출구로 향했다. 도시미는 고개를 들지 않았다. 손가락 사이에서 부러진 담배가 바닥에 툭 떨어져도 움직이지 않았다.

이와 씨는 밖으로 나오자 갑자기 지쳤다. 자식을 홀로 키워 이제야 다 컸나 보다 했는데 손자 문제까지, 그것도 이런 일에까지 나서야 하다니.

미노루의 말이 아니더라도 현역으로 있는 것은 불행이다. 이와 씨는 '리베라'가 멀어질수록 왠지 화가 치솟았다. 동시에 무슨 까닭인지 웃음이 치밀어 올랐다.

'그렇구나.' 이와 씨는 혼자 빙그레 웃었다. '이런 곳에서 웃기에는 내 자식이나 며느리는 아직 수련이 부족한 거야.'

하지만 그 웃음의 수명은 역 앞 스탠드에서 신문을 사 들고 플랫폼 벤치에 앉아 지면을 펼칠 때까지였다. 웃음이 순식간에 사라졌다. 벤젠이 증발하듯 눈 깜빡할 사이에. 그리고 등골이 서늘해졌다.

사회면 제목 활자가 눈에 들어왔다.

'야마시타 공원에서 여성 직장인 칼에 찔려 죽은 시체 발견'

4

본격 추리소설에 등장하는 '경찰'은 대개 두뇌회전이 빠르지 못하다. 하지만 현실의 경찰은 상당히 영리하고 기민하며 이해력이 뛰어난 사람들이다. 하기야 가바 씨라는 창구가 있다는 점이 작용하기도 했지만, 아다치 가즈오와 『쓸쓸한 사냥꾼』 문제는 경찰에 정보로서 보고가 되었다.

두 번째 범행을 전후해서 아다치 씨 집에는 그 서툰 글씨로 쓴 세 번째 엽서가 날아들었다. 두 살인사건은 자기가 저지른 것이라 선언하고, 게다가 그 수수께끼를 스스로 풀어 주겠다며 호언장담하고 있었다.

아니, 수수께끼를 푼다는 표현은 이상할지도 모르겠군요. 저는 『쓸쓸한 사냥꾼』의 미완인 부분을 창작한 겁니다. 그 작품 속의 범인이 왜 그런 의도를 가지고 그런 연쇄살인을 저질렀는지, 완벽하게 이해하고 있는 거죠. 그렇기 때문에 그 스토리대로 살인을 현실 세계에서 실행에 옮길 수가 있는 겁니다.

경찰에는 모든 범행이 끝난 뒤 한 달의 유예기간을 주겠다. 그때까지 동기를 비롯한 범행 전모, 즉 『쓸쓸한 사냥꾼』에서 해결되지 않은 모든 수수께끼를 풀고 자기를 체포할 수 있도록 노력해 주기 바란다. 만약 풀지 못하겠다면 전국 중계 텔레비전 뉴스 프로그램에 자기를 위한 코너를 만들어 달라. 물론 모습을 드러내지는 않겠다. 자수할 생각도 없다. 그 코너에 전화를 걸어 수수께끼를 풀어 주겠다―그런 소리들도 적었고, '그럼 또 언젠가'라는 말로 마무리하고 있었다.

정보를 경찰에 넘길 때 가바노 도시아키가 제일 고민했던 문제는 바로 현실로 드러났다. 매스컴이 난리를 치기 시작한 것이다.

"안성맞춤인 소재니까요." 도시아키는 한숨을 내쉬었다. "소란을 떨면 떨수록 범인을 기쁘게 해 줄 뿐인데."

잡지나 신문, 텔레비전 프로그램 등 여기저기서 요약된 『쓸쓸한 사냥꾼』의 스토리가 소개되었지만 역시 실물을 읽고 싶다는 욕구도 크게 들끓어 올랐다. 공연히 사람들을 두렵게 만들고 싶지는 않다며, 아다치 씨 가족은 수사 당국과 의논해 재판再版을 내지 않기로 결정했지만 소동은 가라앉지 않았다.

헌책방 업계에서도 『쓸쓸한 사냥꾼』은 일약 돈이 되는 책이 되고 말았다. 양심이 있는 업자라면 그런 것에는 손을 대지 않겠지만 어디나 마찬가지로 돈벌이에 급급한 인간은 있기 마련이라 시장에서는 갑자기 소동이 일어났다. 이럭저럭 하는 사이에 복사기로 만든 해적판이 유통되기 시작해, 그걸 들고 요란을 떨며 돌아다니는 패거리들이 있었다.

그런 일들 모두가 두 번째 피해자가 나온 지 한 달도 되지 않은 사이에 일어났다. 이와 씨나 아키코나 뜻밖의 사태에 당황하며 지켜볼 뿐이었다.

범인은 그 뒤 잠잠했다. 엽서도 오지 않았다. 소설 속에서는 두 번째 살인으로부터 세 번째 살인까지 어느 정도의 시간적 간격이 있었는지 그다지 명확하게 나와 있지 않았는데, 그래도 기껏해야 한 달이나 두 달쯤으로 보였다. 이와 씨는 이제 슬슬 범인이 움직일 때가 되었다는 생각이 들었다.

그러나 도시아키는 이와 씨의 의견에 찬성하지 않았다. "이 정도 소동이 일어났으니 범인도 움직이기 힘들 테고 반드시 소설을 충실하게 따라하려 들지는 않을 겁니다. 이미 만족하고 있을 테고요."

"만족?"

"예. 이런 짓을 하는 까닭은 세상을 깜짝 놀라게 만들고 싶고, 세상 사람들로부터 인정을 받고 싶고, 자신이 이렇게 대단한 사람입네 하며 뽐내고 싶기 때문일 겁니다. 체포하고 보면 초라하고 하찮은 인간이겠죠, 분명히. 그러니 세상이 떠들썩하고 관심을 기울이는 기간을 가능한 한 연장하려 들 겁니다."

도시아키의 예상은 맞았다. 범인은 그 뒤로 기분 좋다는 듯이 신문사에 편지를 쓰거나 텔레비전 와이드 쇼에 전화를 걸거나 경찰에 자기 범행이라고 밝히는 엽서를 보내기도 했지만 제3의 살인을 저

지르는 문제에 대해서는 확실한 이야기를 하지 않았고, 또 그 의기양양한 모습으로 미루어 판단하건대 이렇게 주목을 받고 있는 동안은 굳이 위험을 감수하려 들지도 않을 듯했다.

경찰은 이런 시기에 어떻게 해서든 범인을 잡으려고 필사적인 수사를 계속하고 있었다.

하지만—.

사건 전체가 뜻밖의 일로, 터무니없는 방향으로 움직이기 시작한 것은 두 번째 살인으로부터 여섯 주가 지나서였다.

"뭐라고요?"

일요일이라 다나베 서점은 붐볐다. 아이들이 많다 보니 아무래도 소란스러웠다. 아다치 아키코로부터 온 그 전화도 소음 때문에 내용을 알아듣기 힘들었다.

그래서 이와 씨도 처음에는 잘못 들었나 싶었다. 게다가 전화를 건 아키코의 목소리가 놀라움과 흥분 때문에 평소와 달랐고 이야기도 조리 있게 하지 못해 윤곽을 잡기가 힘들었다.

"진정해요, 침착하세요. 대체 어떻게 되었다는 겁니까? 어머님에게 무슨 일이 있는 겁니까?"

아키코는 울고 있었다. "믿을 수가 없어요. 하지만 텔레비전 방송국에서 연락이 와서…… 틀림없대요."

"그러니까, 뭐가 틀림없다는 거죠?"

아키코의 목소리가 떨렸다. "아버지가 살아 있었대요."

이와 씨는 수화기를 삼킨 듯한 기분이었다. 아키코의 목소리가 멀어지며, 머릿속에서 울려나오는 것 같았다.

"이름을 밝혔대요. 『쓸쓸한 사냥꾼』에 관해서, 그 범인이 무엇을 어떻게 해석하건 그건 모두 엉터리라고. 그걸 확실하게 밝혀 두는 게 자신의 의무라면서."

5

십이 년 만에 모습을 드러낸 아다치 가즈오는 예전의 지은이 사진으로 알려져 있던 그 얼굴, 이와 씨가 아다치 씨 집에서 보았던 그 사진 속의 얼굴과는 상당히 달라져 있었다.

실종된 십이 년 동안 일 년에 일 킬로 정도의 비율로 체중이 늘었다. 머리카락도 빠지고, 턱도 늘어졌다. 눈꺼풀은 졸린 듯이 처져 있었다.

하지만 전체적으로 얼굴이 부드러워진 것은 분명했다. 그 점은 남편의 모습을 텔레비전 화면으로 본 아다치 부인이 제일 먼저 지적했다.

"무거운 짐을 내려놓고 편안해하는 표정이에요."

이와 씨도 그런 느낌이 들었다. 그걸로 유추해 보면 십이 년 전 아다치 가즈오가 자취를 감춘 이유는—.

"글이 써지지 않았습니다."

텔레비전으로 중계된 기자회견에서 그는 떠듬떠듬 그렇게 말했다. 앞에 잔뜩 놓인 마이크 안쪽에서 턱 언저리가 이따금 움찔움찔 경련을 일으키는 게 보였지만 말이 막히거나 말끝을 흐리지 않고 질문에 대한 답변도 시원시원해 기자회견에 틈새가 벌어지지 않았다.

"『쓸쓸한 사냥꾼』은 항간에 떠돌고 있는 소문처럼 제가 처음으로 제 작품 안에서 쓰기를 꺼려 왔던 그 빌어먹을 리얼리즘을 도입한 소설이었습니다. 그런 요소를 넣지 않으면 더 이상 저 같은 스타일로 쓰는 작가는 먹고살 수가 없게 된 상태였으니까요."

십이 년이 지났지만 그 이야기를 할 때 아다치 가즈오의 눈에는 분하다는 기색이 떠올랐다.

"저는 그 빌어먹을 리얼리즘을 어떻게든 내 방식으로 요리해서 소화해야만 한다고 생각하고 있었습니다. 꽤 오래전부터 아무리 각오를 다져도 그런 방향 전환을 도모하지 않으면 창작을 계속할 수 없다는 걸 깨닫고 있었기 때문에 저 나름으로는 필사적이었습니다."

그러나 그의 노력도 헛되이 『쓸쓸한 사냥꾼』은 몇 번이고 암초에 부딪혔다.

"출판사에서는 제가 드디어 사회파적인 소재를 다룬다고 해서, 선전이라고 할 정도로 거창하지는 않지만 여기저기 상당히 많은 곳에 예고를 했습니다. 그런데 제 글은 전혀 써지지 않았죠. 이러지도 저러지도 못할 상황이었습니다. 스스로도 이걸 써내지 못하면 끝장이라고 생각하고 있었기 때문에 지옥 같은 나날이었습니다."

기분전환을 위해 낚시를 하러 산리쿠로 떠난 것도,

"처음부터 어디론가 도망쳐 버리고 싶다는 생각이 있었습니다. 갈 수 있는 곳이 아무 데도 없었습니다만."

마지막으로 묵은 여관에서 내일은 도쿄로 돌아가야 한다는 생각을 하니 가슴이 답답해 잠도 오지 않고 숨도 막히고, 다리가 후들거려 도저히 어찌할 도리가 없었다고 한다.

"이대로는 안 되겠다 싶어서 도망치기로 결심한 것은 그날 밤이었습니다."

죽은 걸로 하고 숨어버리자—본격 추리소설 작가에게는 쉬운 작업이었다. 더욱이 그는 바다낚시를 좋아했기 때문에 바위에 그럴 듯한 흔적을 남기고 자취를 감추면 다들 파도에 쓸려갔을 거라고 생각할 게 틀림없었다.

"그래서 전차와 배를 타고 홋카이도로 건너갔습니다. 큰 도시는 피해 가능하면 북쪽으로 갔죠. 제가 할 줄 아는 일이야 한정되어 있었지만 배달부에서부터 청소부, 할 수 있는 일은 뭐든 하자고 결심했습니다."

그렇게 사람들의 눈을 피해 이동하면서, 이름을 내걸고 소설을 쓰며 살아온 자신이 실제로는 전혀 이름이 나지 않아 사람들이 알아보지 못하는 존재라는 사실을 뼈저리게 느꼈다고 한다. 그래서 마음이 놓이기도 했고.

"도쿄에서는 제가 바다에서 사고를 당했다고 제법 소동이 일어났던 모양이지만 그것도 신경 쓰지 않았습니다. 어쨌든 도망칠 수 있었다—그 기쁨으로 가득했던 거죠. 가족도……."

역시 가족 이야기를 할 때는 목소리가 가라앉았다.

"미안했지만, 죽었다 여기고 포기해 주기를 바랐습니다. 소설을 쓸 수 없고, 달리 아무것도 하지 못하는 아비야 곁에 없는 게 더 낫겠다고 생각했습니다. 말하자면 저는 글쟁이로서 안락사하고 싶었던 거죠."

그 말을 들었을 때 이와 씨는 아다치 가즈오의 심정을 이해하고,

말로 표현할 수 없는 슬픔까지 느꼈다. 그 슬픔은 아다치 가즈오에 대한 느낌이기도 했고, 동시에 그의 아내와 딸에 대한 것이기도 했다.

'이해할 수 없는 소설이라 해도 괜찮았어요.'

그런 것하고는 상관없이 그 양반은 저와 아키코에게 아주 좋은 사람이었으니까요─부인은 그렇게 말했었다. 하지만 당사자인 아다치 가즈오는 글을 쓰지 못하게 된 자신은 살아서 창피를 당하느니 사라지는 게 처자식에게 더 낫겠다고 판단했던 것이다.

사람의 마음이란 왜 이리도 대책 없이 어긋나는 것일까.

하지만 텔레비전에 나온 아버지를 바라보는 아키코의 옆모습, 눈물로 뺨을 적시면서도 미소를 짓고 있는 부인의 얼굴을 보고 있자니 그래도 이 사람들은 재회할 수 있어 다행이라는 생각이 들어 기뻤다. 기자회견이 끝날 때쯤 두 사람은 아버지를 만나러 갈 것이다.

아다치 가즈오는 이번 사건을 알게 되었을 때 삿포로 시내의 한 학원에서 시간강사로 일하고 있었다. 학원의 정식 교사들을 돕고, 사무나 잡다한 일도 처리했다. 이미 아다치 가즈오의 얼굴을 기억하는 사람은 없을 테니, 도시 지역으로 가도 괜찮겠다고 판단한 것은 오 년 전이었다. 그 뒤로 내내 그 학원에서 초등학생들을 가르쳐왔다.

"사건을 알게 된 뒤 무척 망설이고 고민했습니다. 학원 경영자에게는 제 경력에 관해 대략적으로는 설명했던 적이 있기 때문에 작심하고 사실을 털어놓고 그 양반과 의논해서 이렇게 이름을 밝히고 나서게 되었습니다."

아다치 가즈오는 마이크를 향해 언성을 높였다.

"제가 드리고 싶은 말씀은 이것입니다. 『쓸쓸한 사냥꾼』은 실패작이었습니다. 그건 미완성 작품이 아니라 실패작이기 때문에 완결시킬 수 없었던 소설입니다. 따라서 계속해서 일어나는 다섯 차례의 살인도 정합성이 있는 스토리라거나 동기로 연결할 수 있는 사건이 아닙니다. 바꿔 말하면 저는 그것을 마무리 지을 수 없었기 때문에, 이야기를 만들어 낼 수 없었기 때문에 도망갔던 거니까요."

그러니 여러분, 그 범인, 『쓸쓸한 사냥꾼』의 수수께끼를 풀었다고 호언장담하는 인간의 주장은 엉터리입니다. 사상누각입니다. 그는 가짜입니다 —아다치 가즈오의 목소리가 힘차게 울렸고, 이와 씨는 불쑥 옷매무새를 바르게 하고 싶은 기분이 들었다.

아다치 가즈오는 도중에 좌절한 작가지만 가짜는 아니었다.

회견 이후 범인의 움직임은 그쳤다. 무슨 생각을 하고 있는 건지, 어떻게 하려는 건지, 뉴스나 와이드 쇼 등에서 그를 야유하거나 정체를 드러내라고 설득하는 발언이 나와도 전혀 응하지 않았다.

경찰의 수사는 계속되었다. 테두리를 좁히고 있다고 가바노 도시아키가 말했다.

"끈기 있게 수사하면 조만간 그 녀석을 잡을 수 있을 겁니다."

심야 뉴스 프로그램에서는 사회심리학자가 나와 이 범인이 체면이 깎인 충격과 경찰 수사의 손길이 뻗쳐오는 것에 대한 공포, 그리고 '살인'이라는 끔찍한 짓에 대한 자가중독 때문에 자살했을 가능성이 높다고 했다.

매스컴은 한동안 아다치 씨 집을 주목했다. 그뿐만 아니라 다나베 서점 역시 화제에 올라 가능한 한 취재를 거부하며 애를 쓰던 이와 씨도 결국은 양보하여 촬영에 임하게 되어 버렸다. 다만 인터뷰 등에는 응하지 않았다.

"텔레비전으로 보니 가게가 왠지 무척 좁아 보여요, 아버님."

며느리의 뻔한 이야기에도 이와 씨는 대답을 하지 않았다.

칠월 들어 겨우 주변이 조용해지자 아다치 씨 가족은 십이 년의 공백을 메우기 위해, 그리고 지친 몸을 쉬게 할 요량으로 다함께 이즈에 있는 온천지로 여행을 갔다.

이와 씨는 그 가족을 역까지 바래다주고, 오래간만에 푸근한 기분이 되어 다나베 서점으로 돌아왔다.

"다녀왔다."

"지금 와?"

이와 씨는 그 자리에 멈춰 섰다. 아르바이트 학생이 앉아 있어야 할 계산대 앞에 미노루가 있었던 것이다.

"너, 학교는?"

"오늘은 토요일이야. 반공일이지."

미노루가 놀리는 듯한 말투로 대답했다. 이와 씨가 토요일을 '반공일'이라고 할 때마다 미노루는 늘 이상하다며 웃었다.

"뭐하러 왔니?"

"도우러." 미노루는 계산대 의자에 앉아 등을 쭉 폈다. "손님이 별로 없어서 심심했어."

"이제 바빠질 거야."

"그렇겠지. 그런데, 할아버지."

"뭐냐?"

"오늘 밤 하고 싶은 이야기가 있는데."

"무슨 이야기를?"

"도시미 씨를 만났다면서?"

이와 씨는 그럴 필요도 없는데 공연히 계산대 근처 서가의 먼지를 털었다.

"도시미 씨는 요즘 나를 만나도 전혀 즐거워하지 않아."

미노루의 목소리는 싸늘했다.

"할아버지 덕분이야. 고마워."

그날 밤―.

우호적인 대화가 되리라고는 기대할 수도 없었다. 연립주택 방 안에서 늦게까지 마주앉아 이야기를 했지만 논의는 다람쥐 쳇바퀴 돌듯 빙빙 돌 뿐 전혀 결론이 나지 않았다.

미노루는 이와 씨를 비난하기만 했고, 이와 씨는 무로타 도시미와 어떤 이야기를 어떻게 왜 했는지를 설명할 수밖에 없었다.

"멋대로 해. 이제 할아버지하곤 이야기 안 해."

결국 참지 못하고 그렇게 고함을 지른 것이 새벽 두 시가 지나서였다. 미노루는 테이블을 걷어찰 기세로 일어서더니 밖으로 뛰쳐나갔다.

하지만.

이와 씨는 이상한 기적을 느끼고 고개를 들었다. 미노루가 돌아왔다. 뒷걸음질을 치면서. 문 쪽을 바라보고 있다. 그 뒷모습이 잔뜩 굳어 있었다.

"얘, 무슨—?"

말을 하려다 이와 씨도 보았다. 부엌칼을 든 비쩍 마른 젊은이가 창백하게 굳은 얼굴로 주춤주춤 들어오는 모습을.

'뭐야, 저 어정쩡한 자세는?'

놀라면서도 이와 씨는 그런 생각을 했다. 화가 났기 때문에 더 용기가 났다.

"당신이로군, 다나베 서점의 이와나가지?"

새된 목소리가 몹시 떨렸다.

"그래, 그런데."

"이제야 찾았군." 닭처럼 목을 떨면서 젊은이는 더듬더듬 말했다. "텔레비전에 나왔잖아. 자랑스럽다는 표정을 하고 아다치 가즈오와 함께."

분명히 그런 장면을 찍은 기억은 있다. 이와 씨는 눈을 크게 떴다. "너는—?"

"할아버지, 이 녀석이야." 미노루가 날카로운 목소리로 말했다. "그『쓸쓸한 사냥꾼』말이야. 그렇지? 네가 그랬지? 그 모방 살인 말이야."

"모방이 아니야!" 젊은이가 소리쳤다. "나만 할 수 있는 창조였어. 내게만 허락된 창조였단 말이야!"

냉장고 뒤에서 기어 나온 바퀴벌레를 때려죽일 때처럼 이와 씨는 기분이 께름칙해졌다. "무슨 소린지는 알겠어. 그런데 무엇 하러 온 거지?"

"무엇 하러 왔느냐고? 뻔하잖아!"

"분풀이하러, 앙갚음하러 온 거지, 할아버지." 미노루가 말했다. "조심해."

다시 화가 치밀어 올랐다. 계속 화가 치솟았기 때문에 이와 씨는 미노루의 충고에 따르지 않았다. 젊은이 쪽으로 한 걸음 다가가 말했다.

"어떻게 여기를 찾아냈지? 우리 서점이 텔레비전에 나온 걸 보고, 거기부터 우리 뒤를 밟은 건가? 아다치 씨 집을 찾아낼 수가 없어서 편한 쪽에 앙갚음을 하겠다는 거야? 미리 말해 두지만 우리나 아다치 씨 가족이나 네게 원한을 산 일이 없어."

"내 창작을 엉망으로 만들었잖아!"

"네 창작이라고?" 이와 씨는 발끈해서 앞뒤 상황을 계산하지 못했다. "네가 무엇을 창작했다는 거야. 이 지저분한 도둑놈아."

"난『쓸쓸한 사냥꾼』을 완성시켰어!" 젊은이는 상기된 목소리로 소리쳤다. "그걸 당신들이 망쳤어! 당신과 아다치 가즈오가."

그 한마디로 젊은이가 엽서에 썼던 '아다치 씨는 천재입니다'라는 그럴듯한 칭찬이 모두 거짓말이었다는 게 들통 났다. 결국 이 녀석은 그저 튀고 싶어 하는 쥐새끼다.

이와 씨는 호통을 쳤다.

"그『쓸쓸한 사냥꾼』은 너 같은 놈 것이 아니야. 아다치 씨 것이지."

"뭐라고?"

젊은이가 버럭 소리를 지르면서 이와 씨를 향해 돌진하자 거의 동시에 미노루도 "위험해!"라고 외치며 뛰어나왔다.

이와 씨는 방 구석으로 밀려 쓰러졌다. 미노루가 몸으로 밀쳐낸 것이다. 이와 씨는 맥없이 밀려나고 말았다.

그리고 미노루는 이와 씨의 방패가 되어 그 젊은이의 부엌칼을 거의 정면으로 막았다. 부딪히는 바람에 칼은 미노루의 옆구리를 스치고 젊은이의 손을 떠나 바닥에 떨어졌다. 미노루는 엉덩방아를 찧었다. 상처를 누른 손가락 사이로 흰 셔츠를 물들이며 피가 배어났다.

"피…… 피다."

부엌칼을 떨어뜨린 젊은이는 비틀거리며 도망가려 했다. 거의 제정신이 아닐 정도로 화가 난 이와 씨는 그 비겁한 뒷모습을 향해 호통을 쳤다.

"기다려, 이놈아!"

순찰차와 구급차가 달려왔을 때, 젊은이는 미노루와 마찬가지로 바닥에 늘어져 있었다. 젊은이의 얼굴에는 벌써 퍼렇게 된 커다란 멍이 있었지만, 미노루의 얼굴은 창백했다. 그리고 손자의 머리를 무릎에 얹고 앉아 있는 이와 씨의 얼굴 또한 그에 못지않게 창백했다.

미노루는 두 주일 정도 병원에 있다가 퇴원했다.

미노루가 치료를 받고 있는 동안 이와 씨도 거의 매일 병원에 왔지만 번거로운 이야기, 복잡한 이야기, 또 말다툼의 여지가 있는 이야기는 결코 꺼내려 하지 않았다.

그것은 미노루도 마찬가지였다. 멍하니 누워서 천장만 바라보는 일이 많았다.

그『쓸쓸한 사냥꾼』과 관계된 연쇄살인범의 원한, 미노루의 부상이 결과적으로 범인 체포로 연결되었다는 사실은 매스컴을 통해 또 요란하게 보도되었다.

하지만 뉴스를 보고 이번 사건에 대해 들었을 무로타 도시미는 전혀 병문안을 오지 않았다. 연락도 한번 없었다.

그런 사실을 미노루는 어떻게 느끼고 있을까. 왠지 두려운 생각이 들어 이와 씨는 물어볼 수가 없었다. 그러던 어느 날, 미노루가 이렇게 말했다.

"도시미 씨는 요즘 정말로 나를 만나도 전혀 즐거운 표정을 짓지 않았어. 이미 끝난 일이었나? 그래서 한 번도 오지 않는 건가?"

미노루의 옆모습이 너무 쓸쓸해 보여 이와 씨는 아무 말도 하지 못했다.

"나도 알고 있었어. 알고 있었지만 할아버지에게 화풀이를 하지 않고는 견딜 수가 없었어."

"괜찮아." 이와 씨는 그 말밖에 할 수 없었다. 그리고 그저 속으로만 생각했다. 어쩌면 그런 모습을 보인 것도 도시미의 어른스러운 배려였을지 모른다고.

『쓸쓸한 사냥꾼』에 나오는 한 부분이 문득 이와 씨의 머릿속에 떠올랐다.

'우리는 모두 쓸쓸한 사냥꾼이다. 돌아갈 집도 없이, 거친 들판에 내던져진 외톨이다. 이따금 휘파람을 불어도 대답하는 것은 바람 소리뿐이다.'

그 젊은이가 저지른, 변명할 길이 없는 끔찍한 살인 뒤에서마저도 고독한 휘파람 소리와 그 소리에 대답하는 공허한 바람소리가 들려오는 걸까?

그리고 그 부분은 이런 문장으로 마무리된다. 잠이 든 미노루 곁에서 이와 씨는 살며시 그 구절을 암송했다.

'그렇기 때문에 우리는 사람을 사랑한다. 그렇기 때문에 우리는 늘 사람의 따스한 온기를 그리워한다.'

옮기고 나서

읽는 분들마다 모두 다를 겁니다. 제게 미야베 미유키를 읽는 일은 휴식이었습니다. 신경을 날카롭게 곤두세우지 않아도 되기에 마음이 편합니다. 연필을 들고 밑줄을 치지 않아도 되고, 따로 메모를 하며 페이지를 넘기지 않아도 됩니다. 햇볕 따스한 봄날 오후, 전망 좋은 2층 카페에 앉아 그녀의 수다를 듣는 기분으로 미야베 미유키의 작품들을 접해 왔습니다. 이야기 속에서 아무리 끔찍한 사건들이 일어나도 늘 그런 느낌이었습니다.

그런 만남의 시간이 여러 해 쌓여, 이제 대표작들은 물론이고 주요 작품들 대부분이 우리말로 소개되었습니다. 그리고 '미미 여사'라는 애칭까지 얻기에 이르렀습니다. 마치 몰래 만나 수다를 떨어 주던 애인을 남에게 들켜 버린 기분이 들어 문득 주위를 두리번거리기도 합니다.

이번에 미미 여사가 들려준 여섯 가지 이야기 『쓸쓸한 사냥꾼』은 '제 취향'입니다. 제가 제일 좋아하는 『이유』나 다른 큰 작품들에서는 느끼기 힘든 미미 여사의 제스처가 있는 작품이라는 느낌입니다. 미미 여사는 여느 때와는 약간 다른 제스처를 섞어 제게 헌책방 주인 할아버지와 그 손자의 이야기를 해 줍니다. 때론 서둘러 이야기를 마무리하기도 하지만, 여섯 개의 이야기는 모두 '제 취향'으로 만족입니다.

미스터리 소설이니 여섯 편 모두에 사건이 있습니다. 끔찍한 토막 살인도 나오지만 왠지 소름이 돋지 않습니다. 주 무대가 헌책방이라 역시 탐정 역할은 헌책방 할아버지와 손자의 몫입니다. 그래서 기막힌 추리나 긴장감 넘치는 추격전, 통쾌한 액션 따위는 아예 기대도 하지 않았습니다. 오히려 할아버지와 손자의 감정 대립이 더 조마조마했고, 조손간에 티격태격하는 모습이 즐거웠습니다. 그러면서 성장해 가는 손자, 나이를 느끼는 할아버지를 보며 미미 여사의 다른 작품들에서 보이던 소년과 노인과는 제법 다른 모습을 발견했습니다.

미미 여사의 작품들에 등장하는 대부분의 소년들은 어린이와 어른의 경계에서 막 어른 쪽으로 넘어갈 또래입니다. 그러면서도 어른이 되기를 거부하는 듯한 모습을 보이기도 합니다. 불공평하고 일그러진 세계로 들어가기를 꺼리는 순수가 보입니다. 미미 여사의 작품 세계에서 그 아이들의 눈에 비친 세계는 무척 중요한 요소라고 혼자 생각해 봅니다.

이번 이야기에도 고등학교 일학년 학생 미노루가 나옵니다. 하지만 소년 미노루는 할아버지와 맞먹거나, '발정 난 고양이'처럼 밤에 나가 십 년 연상의 여성과 사귀기도 합니다. 이번 소설에서는 소년의 모습은 핵심이 아닙니다. 할아버지의 시각이 중심입니다. 『모방범』의 아리마 요시오 할아버지가 그러했듯, 이번 이야기에서는 이와 씨가 미미 여사의 전형적인 할아버지를 연기합니다. 두루 굽어 살피는 시야, 넓게 품을 수 있는 가슴, 그리고 분노할 줄 아는 감정입니다. 하지만 아리마 요시오가 완성형 할아버지였던 것과는 달리 이번 작품의 할아버지 이와 씨는 '그냥 할아버지'입니다. 그래서, 라고 할 수는 없겠지만 미미 여사는 이 책을 '할아버지께' 바치고 있습니다.

미미 여사의 장점 가운데 하나는 여러 에피소드들이 쉴 새 없이 등장하면서도 잘 짜인 전체적인 균형을 이룬다는 점일 것입니다. 작은 사건들이 끊임없이 이어지면서도 전체의 큰 흐름에 합류합니다. 소재가 이리저리 바뀌면서도 전체적으로 의미 전달은 또렷한, 뛰어난 수다를 듣는 느낌입니다.

소품이라 할 수 있는 이 『쓸쓸한 사냥꾼』 또한 예외는 아닙니다. 연작 단편집이라는 한계에도 불구하고, 여섯 편의 작은 이야기 안에 등장하는 이런저런 에피소드들은 모두 한 작품의 소재로 활용 가능한 임팩트가 있습니다. 예를 들면 「유월은 이름뿐인 달」에 나오는 도시락가게 점원의 경우, 이 남성을 주인공으로 내세운 중편 소설 하나쯤은 당연히 머릿속에 그려집니다. 또 「쓸쓸한 사냥꾼」에는 고등학생 미노루와 연애하는 한 여성이 등장하는데, 이 여성의 시점으로 본 세계를 그린다면 넉넉히 장편 한 권을 써 낼 수 있겠다는 생각이

듭니다. 물론 에피소드들이 미미 여사의 작품에서만 그런 역할을 하는 것은 아닐 것입니다. 그래도 미미 여사의 작품 속 인물들과 에피소드는 아무리 짤막해도 생생하게 느껴집니다. 뛰어난 수다꾼의 재주라고 생각합니다.

미미 여사는 한 이메일 인터뷰에서 '2008년은 시대 미스터리와 판타지'를 주로 내게 될 것이라고 했습니다. 우리 나라에서도 북스피어가 거의 독점하다시피 한 미미 여사의 시대물들이 『외딴집』의 뒤를 이을 것입니다. 시대물은 아니지만 『가모우 저택 사건』처럼 건너뛰기 섭섭한 작품들도 대기하고 있습니다. 다른 출판사에서는 『모방범』의 뒤를 잇는 『낙원』도 준비중이라고 합니다. 두 나라에서 미미 여사는 현재진행형이며, 마음만 먹는다면 누구나 그녀의 수다를 즐길 수 있습니다.

때로 전망 좋은 2층 카페 창가 자리에 앉아 미미 여사의 소설을 펼쳐 보시기를. "그런데 말이죠……" 하며 수줍게 말을 걸어올 미미 여사의 이야기는 금방 도도한 수다로 변합니다. 까탈 부릴 필요 없이 그냥 그 이야기를 들어주면 되겠습니다. 어차피 들켜 버린 밀회, 많은 분들이 함께 즐겨 주시면 오히려 다행이겠죠.

2008년 정월, 옮긴이

＊ 참고로 이 책에 실린 작품들이 발표된 시기를 적어 둡니다. 발표 매체는 모두 「소설 신조」입니다.

유월은 이름뿐인 달 – 1991년 6월

말없이 죽다 – 1991년 11월

무정한 세월 – 1992년 3월

거짓말쟁이 나팔 – 1992년 6월

일그러진 거울 – 1992년 12월

쓸쓸한 사냥꾼 – 1993년 6월

＊ 1997년에 발행된 문고본을 저본으로 삼았습니다.

＊ 작품 내용에 관한 문의는 anuken@gmail.com으로 부탁드립니다.

미야베 월드 마술은 속삭인다 누군가 대답은 필요없이 이름 없는 독 스나크 사냥 레벨7 미야베 월드 제2막 외딴집 미야베 월드 마술은 속삭인다 누군가 대답은 필요없이 이름 없는 독 스나크 사냥 레벨7 외딴집 마술은 속

쓸쓸한 사냥꾼

초판 2쇄 발행 2008년 6월 24일

지은이	미야베 미유키
옮긴이	권일영

발행편집인	김홍민 · 최내현
편집장	임지호
책임편집	조소영
표지디자인	표현디자인
용지	화인페이퍼
출력	스크린출력
인쇄 · 제본	현문
독자교정	김예진, 송혜원, 오정심, 한정선

펴낸곳	도서출판 북스피어
출판등록	2005년 6월 18일 제105-90-91700호
주소	(121-130) 서울특별시 마포구 구수동 16-5 국제미디어밸리 4층
전화	02) 701-0427
팩스	02) 701-0428
홈페이지	www.booksfear.com
전자우편	editor@booksfear.com

ISBN 978-89-91931-37-4 (04830)
978-89-91931-11-4 (세트)